Europa im Rucksack – Ein Interrail-Roman

HENRIETTE WICH

EUROPA IM RUCKSACK

EIN INTERRAIL-ROMAN

CARLSEN

Außerdem von Henriette Wich im Carlsen Verlag lieferbar:

Carlsen Clips: Immer on
Die drei !!!: Gefahr im Reitstall; Im Bann des Tarots; Kuss-Alarm!
Lost in Australien
Tristan Treuherz: Ein Ritter, ein Schatz und ein Abenteuer mit Isolde

Wir danken dem Suhrkamp Verlag für die freundliche Abdruckgenehmigung der Gedichtzeilen aus Wisława Szymborska, *Glückliche Liebe und andere Gedichte.*
Aus dem Polnischen von Renate Schmidgall.

MIX
Papier aus verantwortungsvollen Quellen
FSC® C083411

Unser Versprechen für mehr Nachhaltigkeit
• Klimaneutrales Produkt
• Papiere aus nachhaltiger Waldwirtschaft
• Hergestellt in Europa

Originalausgabe
Veröffentlicht im Carlsen Verlag
Juli 2021

Umschlagabbildungen: shutterstock.com / © Creative Travel Projects / © artyway / © carroti / © KAMONRAT / © Maria Savenko
Umschlaggestaltung: formlabor
Karte auf Umschlaginnenseite: Alexandra Helm
Corporate Design Taschenbuch: bell étage
Lektorat: Katja Maatsch
Herstellung: Karen Kollmetz
Satz: Dörlemann Satz, Lemförde
ISBN: 978-3-551-31988-3

REISEPLÄNE

Der Nachmittag war viel zu schön zum Lernen. Die Sonne schien zu meinem Fenster herein und vergoldete Lenny. Tatsache. Genauso war es. Sein Gesicht fing auf einmal an zu leuchten. Ich legte den Füller weg und bewunderte sein Profil. Die Nase mit dem kleinen Höcker, die Wange, den Mund. Wie Lenny so voll konzentriert dasaß, über die todlangweiligen Matheaufgaben gebeugt, und sich durch nichts ablenken ließ.

Ich dagegen war eine Meisterin im Ablenken. Das Abi rückte gefährlich näher, und mir fielen jeden Tag tausend Dinge ein, die ich unbedingt schnell erledigen musste, bevor ich mich an den Schreibtisch setzen konnte. Die Aquariumfische füttern, meine beste Freundin Nina anrufen oder mit meiner neuen WLAN-Kompaktkamera Selfies machen und sie übers Handy Lenny schicken.

»Reiß dich zusammen, Jasmin«, sagte ich streng zu mir selbst. »Du bist Profi, du ziehst das jetzt durch.«

Dann nahm ich mir die kürzeste Aufgabe vor: »Ein Glücksrad wird zweimal gedreht. Begründen Sie, dass die Wahrscheinlichkeit dafür, dass die Summe …«

Und schon schweiften meine Gedanken wieder ab. Dreizehn Monate war ich inzwischen mit Lenny zusammen und natürlich nicht mehr so verliebt wie am Anfang. Unser Glück war Monat für Monat verblasst, wie ein Farbfoto, das zu lange auf dem Fensterbrett liegt. Oft denke ich sehnsüchtig an unsere erste Zeit zurück. Wir waren im

Januar 2019 bei einem Horrorfilm im Kino zusammengekommen und hatten uns damals schockverliebt.

»Na, auch schon fertig?«, fragte Lenny, während er seinen Lösungsweg noch mal kurz durchging. Dann warf er einen Blick auf mein Heft und grinste. »Okay, lass mich raten: unsichtbare Tinte?«

»Schön wär's.«

Lenny stupste mich mit dem Ellbogen an. »Hey, wir haben es bald geschafft! Nur noch vierzehn Tage bis zu den Prüfungen. Und im Juni packen wir unsere Rucksäcke. Dann genießen wir das Leben in vollen Zügen.«

Ich musste lachen, weil das Bild so gut passte. Lenny und ich würden eine Interrail-Reise quer durch Europa machen. Er träumte schon lange vom Reisen, wollte im Herbst BWL mit Schwerpunkt Tourismus studieren, und ich fand die Interrail-Idee toll. Erst dachte ich zwar, es würde ziemlich anstrengend werden, drei Monate mit dem Rucksack unterwegs zu sein. Aber Lenny hatte mich dann doch überzeugt.

»Weißt du was? Ich mache einfach heute Abend weiter.« Als ich mein Heft zuklappte, glaubte ich fest daran.

»Okay. Ich könnte dir helfen, aber wenn du nicht willst …« Lenny zuckte mit den Schultern.

»Ja, ich weiß.«

Lenny konnte gut erklären und war auch noch supergeduldig. Außerdem gehörte er zu der seltenen Art Jungs, die einem Mädchen wirklich nur eine Aufgabe und nicht gleich die ganze Welt erklären wollen. Trotzdem hatte ich das Gefühl, dass er meinen IQ nicht gerade hoch einschätzte.

Ich legte das Mathebuch weg und zeigte aufs Bett. »Du könntest mir bei was anderem helfen.«

Langsam zog ich mein T-Shirt über den Kopf, ging hinüber zum Bett und ließ mich hineinfallen. Dann drehte ich mich auf den Bauch und fragte: »Wie viele Küsse passen auf meinen Rücken?«

»Aber wenn jetzt deine Eltern ...?«

»Die kommen erst heute Abend wieder.«

»Ist das nicht voll kindisch?«

»Finde ich gar nicht. Bitte! Du hast es schon so lange nicht mehr gemacht.«

»Ja, stimmt«, gab Lenny zu, kam zu mir rüber und fing an zu zählen: »Eins, zwei, drei, vier ...«

Die ersten Küsse kribbelten wie Regentropfen, aber irgendwo zwischen meinen Schulterblättern und der Taille spürte ich, dass Lenny mit seinen Gedanken abschweifte. Zum Ende hin wurden seine Küsse immer flüchtiger. Viel zu schnell war er beim Bund meiner Jeans angelangt. Er sagte leise »57«, rückte von mir weg und fuhr sich verlegen durch die schwarzen Haare.

»Das war schön«, murmelte ich, obwohl ich ein wenig enttäuscht war. Dann drehte ich mich um und wollte mich an Lenny kuscheln.

»Warte«, sagte er plötzlich. »Bleib liegen.«

Verwundert streckte ich mich wieder aus. Vielleicht wollte er es ja noch mal machen – so langsam und zärtlich wie früher ...

»Bereit für die große Reise?«, fragte er.

»Was meinst du?«

»Lass dich überraschen.« Lenny berührte mich ganz leicht in der Mitte meiner Wirbelsäule. »Hier sind wir. Und jetzt geht's los.« Langsam fuhr er mit dem Finger auf meinem Rücken nach links und ein kleines Stück nach unten. »Rate mal: Wo bin ich gelandet?«

Ich kicherte. »An einer besonders kitzeligen Stelle. Nein, im Ernst, ich glaub, ich weiß es. In Frankreich?«

»Richtig! Und wo genau?«

»Paris?«

»Wo sonst?! Da bleiben wir mindestens eine Woche. Ich will in den Louvre und ins Centre Pompidou, die vielen Kirchen sehen, nicht nur Notre-Dame ...«

Lenny zählte noch ein paar Sehenswürdigkeiten auf, bis ich irgendwann anfing zu gähnen. »Danach fahren wir aber bitte zur Erholung in die Bretagne. Ich möchte ans Meer!«

Er nickte. »Können wir machen, solange ich nicht reinspringen muss. Im Juni ist das Wasser bestimmt noch saukalt.«

Davon würde ich mich garantiert nicht abhalten lassen. Ich schwamm unglaublich gerne. Im Wasser fühlte ich mich frei.

Lennys Finger wanderte tiefer, diesmal nach rechts. Erst riet ich Italien. Dann fiel mir ein, dass die Schweiz dazwischenlag – die wir allein schon wegen der leckeren Schokolade nicht auslassen durften.

Land für Land malte Lenny die Karte von Europa auf meinen Rücken. Noch nie hatte mir Geografie so viel Spaß gemacht. Mindestens neun Länder wollten wir zusammen bereisen, und bei vielen waren wir uns einig: Tschechien, Ungarn, die Slowakei, Polen und Litauen. Lenny interessierte sich auch für Kroatien und Bosnien, während ich Österreich besser kennenlernen wollte.

Ich rollte mich vom Bauch auf den Rücken und zwinkerte Lenny zu. »Was machen wir eigentlich, wenn wir uns unterwegs streiten?«

Ich sagte es lachend, machte mir aber ernsthaft Gedanken darüber. In letzter Zeit stritten wir ziemlich oft, und danach gingen wir uns manchmal zwei, drei Tage komplett aus dem Weg – was auf der Reise schlecht funktionieren würde. Außerdem wollte Lenny immer so viel Kultur wie möglich erleben, während ich gerne stundenlang in einem Café saß und einfach nur die Menschen beobachtete.

Lenny verzog keine Miene, als er antwortete: »Wenn wir uns streiten? Dann sperre ich dich im Hostel ein und werfe den Schlüssel aus dem Fenster.«

»Kein Problem«, gab ich schlagfertig zurück. »Solange du mit im Zimmer bist.«

Lenny wurde tatsächlich rot! Das war schon ewig nicht mehr passiert und machte mich glücklich. Diese Reise war die beste Idee ever.

In der fremden, aufregenden Umgebung würden wir endlich wieder das Prickeln zwischen uns spüren. Wir würden uns wieder ganz neu ineinander verlieben. Das war unsere große Chance!

Zwei Wochen später stand ich in Ninas Küche und konnte es immer noch nicht glauben, dass ich es wirklich geschafft hatte. Nie mehr Schule! Nie mehr endlosen, zähen Stoff in mein armes, überfordertes Gehirn hineinstopfen.

Am Schluss hatte ich einen Ehrgeiz entwickelt, der mich selbst überraschte. Auf der Zielgeraden war ich zur Hochform aufgelaufen, voll motiviert in die Prüfungen gegangen und hatte mein Bestes gegeben. Na ja, letztendlich stand eine 2,6 auf meinem Abizeugnis, was ich gar nicht so schlecht fand. Ich hatte sowieso noch keinen Plan, ob ich überhaupt studieren wollte.

»Jasmin, bist du so weit?«, fragte Nina. Meine Freundin schwenkte die Sektflasche. »Wir warten nicht ewig auf dich.«

»Ja, gleich.« Ich holte meine Kamera aus der Tasche und schwang mich aufs Fensterbrett, damit ich alle aufs Bild bekam. Dann stellte ich »Serienfotos« ein, um keinen Moment zu verpassen.

Nina wickelte ungeduldig den Draht der Sektflasche auf und ließ ziemlich schnell den Korken knallen …

»Hey, du hast meine Schuhe getroffen!«, beschwerte sich Lenny.

Alle lachten und hielten Nina die Gläser hin. Die versuchte, das kostbare Nass möglichst gerecht zu verteilen.

»Cheers, Leute!«, sagte Lilli.

Meine Mitschüler prosteten in die Kamera, tranken und fielen sich schon wieder in die Arme. Es war nicht die erste Flasche, die wir heute leerten. Und ich hatte den ganzen Abend über jede Menge Fotos gemacht. Meine Speicherkarte war fast voll.

Nina balancierte ein Sektglas über ihrem Kopf. »Nicht dass du noch verdurstest, du Arme.«

»Wenigstens eine hier denkt an mich!«, bedankte ich mich mit einem vorwurfsvollen Seitenblick zu Lenny. Doch der bekam es gar nicht mit, weil er sich gerade mit seinen Freunden eine Pizza teilte.

Dann gab Nina mir hektische Zeichen. Sie fächelte sich Luft zu und zeigte zur Tür. Ich nickte und folgte ihr. Auch mir war es in der Küche zu voll und laut geworden. Nina und ich schoben uns an den Leuten vorbei ins Wohnzimmer und öffneten die Schiebetür zur Terrasse.

Ich hielt mein Gesicht in die kühle Nachtluft, ließ mich in einen Klappstuhl fallen und stöhnte: »Was ist schlimmer als eine Abifeier?«

»Drei Feiern in einer Woche!«, sagte Nina.

Wir kicherten. Dann sahen wir uns die Sterne an, die heute nur für uns zu leuchten schienen. Ich nahm einen Schluck Sekt und dachte an Lenny, bei dem es sogar schon die fünfte Abifeier war. Er kannte viel mehr Leute als ich und wurde überall eingeladen, auch von zwei anderen Gymnasien aus unserem Stadtviertel. Er hatte aber auch allen Grund zu feiern mit seinem unglaublichen 1,5-Abitur.

Nina stieß einen tiefen Seufzer aus. »Du hast es gut! Du darfst bald mit deinem Lenny in den Zug steigen. Ihr seid so ein tolles Paar!«

Den Satz hörte ich nur zu gern. Ich hatte Nina gegenüber oft betont, wie glücklich und verliebt ich immer noch war. Es war wie ein Mantra für mich selbst. Auch an der Schule galten Lenny und ich als *das* Traumpaar. Deshalb legte ich zufällig immer gerade dann den Arm um Lenny, wenn wir zu zweit über den Pausenhof gingen.

Nina brachte es noch einmal auf den Punkt: »Also *du* machst einen spannenden Europa-Trip mit deinem Freund, und *ich* muss mich hier mit streitenden kleinen Kindern herumschlagen.«

»Ich dachte, du magst deinen Ferienjob im Freibad?«, fragte ich verwundert.

»Stimmt.« Nina lachte. »Vor allem weil ich jeden Tag die schönsten Jungs in Badehose zu sehen kriege: braun gebrannt, mit Tattoos und so weiter.«

Ich pfiff leise durch die Zähne. Meine Freundin war überzeugter Single und wollte es auch bleiben. Sie liebte ihre Freiheit.

Ein frischer Wind wehte über die Terrasse. Nina trug ein ärmelloses Shirt und schlang fröstelnd die Arme um ihren Körper. »Versprich mir, dass du ganz viele Fotos schicken wirst.«

»Ja, klar.« Ich konnte es kaum erwarten, mit meiner neuen Kamera unterwegs zu sein, ein Geburtstagsgeschenk meiner Eltern. Marco aus der Foto-AG hatte sie mir empfohlen. Er war der absolute Technik-Freak und wusste alles über die Testberichte der neuesten Modelle.

»Und?«, fragte Nina jetzt. »Hast du schon deinen Rucksack gepackt? Die Interrail-Tickets gekauft?«

»Um die Tickets kümmert sich Lenny«, erzählte ich.

Es war superpraktisch, dass Lenny so gut im Organisieren war. Er wollte auch die wichtigsten Infos zu den einzelnen Reiseländern zusammenstellen. Dafür war ich für Frankreich zuständig. Durch meinen Französisch-Leistungskurs konnte ich die Sprache ziemlich gut und war auch schon mal in Paris und Auxerre gewesen.

Nina und ich redeten weiter und wurden immer alberner, nachdem wir unsere Sektgläser geleert hatten. Dann kam ein Auto angefahren. Zwei Partynachzügler stiegen aus. Es war Marco mit einer jungen Frau.

»Hi Jasmin, hi Nina«, sagte Marco. Als wir schon wieder kichern mussten, fragte er unsicher: »Haben wir was verpasst?«

»Nicht wirklich.« Nina wischte sich eine Lachträne aus den Augen. »Aber *wir* vielleicht?« Sie sah bedeutungsvoll zwischen der jungen Frau und Marco hin her.

Marco hatte noch nie eine Freundin gehabt, was kein Wunder war. Er ging voll und ganz in seinen Hobbys auf.

»Äh … ach, so!« Marco trat nervös von einem Bein aufs andere. »Also das ist Kim, meine große Schwester«, klärte er uns auf.

Kim lächelte. »Schön habt ihr es hier. Gibt's noch was zu trinken?«

»Natürlich.« Ich stand auf und bot Kim an, ihr den Weg in die Küche zu zeigen. Marco nutzte die Gelegenheit und schnappte sich meinen Klappstuhl. Er wollte erst mal eine rauchen.

Als wir ins Haus gingen, betrachtete ich Kim neugierig von der Seite. Sie war Anfang zwanzig, hatte lange braune Haare und schöne dunkle Augen. Wir kamen sofort ins Gespräch. Sie war viel offener und unkomplizierter als ihr Bruder.

In der Küche war es noch voller als vorhin. Ich holte eine Flasche Weißwein aus dem Kühlschrank und suchte zwischen Chipstüten und leeren Pizzaschachteln vergeblich nach einem Korkenzieher.

Lenny stand bei seiner Fußball-Clique, und alle redeten wieder mal lautstark über die Bundesliga. Ich musste ihm viermal zuwinken, bis er mich endlich bemerkte. Als ich die Flasche hochhielt und mit der Hand eine Drehbewegung machte, warf Lenny mir einen genervten Blick zu.

»Bin gleich wieder da«, versprach er seinen Freunden.

Lenny kam zu Kim und mir und zog sein Schweizer Taschenmesser aus der Hosentasche. Nachdem er die Flasche erfolgreich geöffnet hatte, wollte er sofort wieder verschwinden, aber ich hielt ihn am Ärmel zurück. »Warte kurz, ja?«

Ich organisierte uns drei Kaffeebecher. »Gläser sind aus. Ist jetzt leider nicht so stilvoll. Aber keine Angst, ich nehme die peinliche Snoopy-Tasse.«

Ich gab Kim einen weißen Becher und sagte: »Hier, für dich, Kim. Und das ist übrigens Lenny.«

Marcos Schwester drehte ihren Becher, auf dem in roten Buchstaben *Berlin* stand. »Lustig, der passt zu mir«, sagte sie. »Ich wohne nämlich in Berlin.«

»Echt jetzt?« Lennys genervter Gesichtsausdruck verschwand. »Das ist meine Lieblingsstadt! Ich war leider ewig nicht mehr dort. Hat sich bestimmt viel verändert.«

Kim nickte. »Ja, es wird sehr viel gebaut. Aber die Wohnungen sind echt teuer geworden.«

Ich schenkte uns Wein ein. Wir stellten uns in den Flur, damit wir besser reden konnten. Kim zeigte uns Berlin-Fotos auf ihrem Handy: Schnappschüsse vom Flohmarkt in Kreuzberg, dem Alex und von Demos, auf denen sie Transparente hochhielt.

»Sieht toll aus«, sagte ich. »Richtig profimäßig.«

Kim lachte. »Das soll es auch. Ich mache die Fotos schließlich für eine Umwelt-Organisation.«

Es war superspannend, was Kim von ihrem Job erzählte, und ich kippte meinen Wein viel zu schnell hinunter. Irgendwann bekam ich Kopfschmerzen. Ich hätte besser aufpassen und nicht so viel durcheinandertrinken sollen.

Auf einmal spürte ich eine Hand auf meiner Schulter. »Wie wär's mit einer Runde Kicker im Keller?«, fragte Nina, die mit Marco hereingekommen war.

»Gute Idee«, sagte Lenny.

Kim lächelte. »Bin auch dabei.«

So was Blödes! Ich spielte total gerne Kicker und gewann fast jedes Mal. Aber mein Kopf dröhnte immer heftiger.

»Ohne mich, Leute.« Ich kniff gequält die Augen zusammen. »Ich geh lieber nach Hause, sonst liege ich morgen den ganzen Tag flach.«

»Ach, schade!«, sagte Nina und wünschte mir gute Besserung.

Lenny fragte halbherzig: »Äh ... soll ich dich vielleicht begleiten?«

»Lass nur«, wehrte ich ab. »Ich geh zu Fuß, ist ja nicht weit. Die frische Luft wird mir guttun. Viel Spaß noch!«

Nina, Marco, Lenny und Kim verschwanden gut gelaunt in Richtung Keller.

Auf dem Heimweg fing es an zu regnen. Ich lief schneller durch die stillen Straßen, vorbei an Apfelweinkneipen, die sich langsam leerten. Zu Hause nahm ich sofort eine Kopfschmerztablette. Bevor ich todmüde ins Bett fiel, schickte ich Lenny noch ein Smiley mit Herz.

Er antwortete nicht. Das konnte nur eins bedeuten: Er hatte beim Kicker mal wieder haushoch verloren.

Als ich die Tür zum Café öffnete, wehte mir der Duft frisch gebackener Apfeltarte entgegen. Ich machte kurz die Augen zu und stellte mir vor, in Paris zu sein. Nur noch vier Tage! Ich konnte es kaum erwarten, bis unsere Reise endlich losging.

Dann sah ich mich suchend um. Lenny war noch nicht da, also setzte ich mich an den letzten freien Tisch am Fenster und bestellte einen Milchkaffee. Gegenüber saß ein älteres Paar, die Frau im Blumenkleid mit grau gelockten Haaren, der Mann in weißem Hemd und Fliege. Die beiden teilten sich ein Himbeertörtchen, redeten leise miteinander, lächelten und hielten immer wieder Händchen.

Am liebsten hätte ich sie fotografiert, aber ich wollte nicht stören. Ich fand es total berührend, sie so zu sehen. Bestimmt waren sie schon sehr lange ein Paar und schienen immer noch verliebt zu sein. Wie schafften die das bloß?

Ich dachte an Lenny und mich. Ob wir auch gemeinsam alt werden würden? Ich versuchte mir vorzustellen, wie wir in vierzig Jahren in alten Fotobüchern blättern und uns die Aufnahmen ansehen würden, die ich in all den Jahren und Jahrzehnten gemacht hatte.

Wo blieb Lenny eigentlich? In letzter Zeit kam er oft zu spät, was mich ziemlich ärgerte. Ich nahm einen Schluck Milchkaffee und dachte an die ersten Monate unserer Beziehung. Ich hatte mich vor jedem Treffen immer so mega auf Lenny gefreut. Wann hatte das eigentlich aufgehört?

Dann kam Lenny endlich. Er war außer Atem, vergaß mich zu umarmen und ließ sich auf den Stuhl neben mir fallen. »Sorry! Hast du lange gewartet?«

»Alles gut«, behauptete ich.

Lenny nickte erleichtert und überflog die Getränkekarte.

»Hat es geklappt?«

»Was?« Lenny blickte von der Karte auf und sah mich fragend an.

»Na, mit den Tickets«, half ich ihm auf die Sprünge.

»Ach so. Das mache ich noch.«

Seltsam, dachte ich. Sonst schob Lenny nie was auf die lange Bank.

»Stress dich nicht«, sagte er. »Es wird schon alles klappen.« Er nahm meine Hand und drückte sie kurz.

»Alles okay bei dir?«, hakte ich nach.

»Klar.« Lenny warf einen Blick auf meine leere Tasse. »Du hast ja gar nichts mehr zu trinken! Und keinen Kuchen. Ich lade dich ein. Bestell dir, was du möchtest. Prosecco?«

»Lieber nicht«, wehrte ich ab. »Der Kater nach der Abifeier war die Hölle. Aber danke trotzdem.«

Ich wunderte mich, warum Lenny auf einmal so großzügig war. Sonst zahlte bei uns jeder für sich, und auch für den Urlaub hatten wir getrennte Kassen ausgemacht.

Ich entschied mich für eine Apfeltarte und einen zweiten Milchkaffee. Lenny nahm dasselbe. Während wir darauf warteten, spielte Lenny mit der Zuckerdose. Irgendwie war er anders als sonst, so nervös.

»Stress mit deiner Mutter?«, fragte ich. Es wäre nicht das erste Mal.

Lenny schüttelte den Kopf. »Hä? Nein.«

Ich wollte ihn nicht weiter nerven. Wahrscheinlich hatte er einfach nur einen schlechten Tag. Die Bedienung brachte unsere Kuchen und den Kaffee. Lenny beugte sich über seine Tarte und aß sie so konzentriert, als ob es sich um eine komplizierte Matheaufgabe handelte.

Ich fing auch an zu essen und holte nebenbei mein Handy heraus. »Weißt du, worauf ich mich am meisten freue, wenn wir in Paris sind? Auf die Cafés! Wir müssen unbedingt ins Café de Flore, wo Sartre und

Simone de Beauvoir so oft waren. Das kenne ich noch gar nicht. Schau mal!«

»Hm …«, kommentierte Lenny das Foto auf meinem Handy.

Da fiel mir ein, dass er uns aus der Bücherei ein paar Reiseführer hatte mitbringen wollen. Ich fragte ihn danach, aber er hatte es vergessen.

»Schade.« Jetzt war ich schon enttäuscht. »Ich dachte, wir besprechen heute, was wir alles machen können.«

Lenny schob den leeren Teller von sich. »Und ich dachte, du willst lieber spontan sein und nicht so viel planen.«

Das stimmte, aber langsam fragte ich mich, wo Lennys Begeisterung geblieben war. Schließlich war die Reise doch seine Idee gewesen.

Das alte Paar stand auf und ging an unserem Tisch vorbei. Händchenhaltend verließen sie das Café. Als die beiden weg waren, kam mir der helle Raum auf einmal kleiner vor.

»Jasmin, ich muss dir was sagen«, platzte Lenny plötzlich heraus. »Ich komme nicht mit.«

»Was? Warum?« Ich fiel aus allen Wolken. »Hast du nicht genug Geld gespart? Kein Problem. Ich kann dir was leihen. Oder wir jobben auf der Reise und machen …«

»Das ist es nicht«, unterbrach mich Lenny und fing wieder an, mit der Zuckerdose herumzuspielen.

Mir wurde flau im Magen. Die Tarte war viel zu süß gewesen. »Klär mich auf«, sagte ich so ruhig wie möglich. »Ich stehe auf der Leitung.«

Lenny holte tief Luft. »Aus unserer Reise wird leider nichts. Ich werde für ein paar Monate nach Berlin gehen.«

»Warum das denn? Was hast du vor?«

Lenny wurde noch verlegener. »Hör mal, es ist so … Kim hat mich nach Berlin eingeladen. Wir … ich … äh … auf der Party bei Nina … Also ich wollte das nicht, ehrlich. Es ist einfach so passiert.«

Lennys Worte hingen wie die Sprechblasen eines albernen Comics über seinem Kopf. Das hier geschah in einer Geschichte, die frei erfunden war und nichts, aber auch gar nichts mit mir zu tun hatte.

»Und … was … was heißt das jetzt für uns?«, hörte ich mich fragen.

Lenny lächelte mich traurig an. »Es tut mir leid, Jasmin. Ich hab mich in Kim verliebt, aber ich will dich nicht ganz verlieren. Lass uns Freunde bleiben, okay? Meinst du, wir kriegen das hin?«

Die Sprechblasen über Lennys Kopf zerplatzten. Ich hatte verstanden, und ich war so was von wütend. »Du machst Schluss?!«

Lenny seufzte. »Das klingt so hart. Sei ehrlich, Jasmin. Wir haben uns einfach auseinandergelebt. Es ist doch schon lange nicht mehr so wie früher. Meinst du nicht, wir sollten aufhören, uns was vorzumachen?«

Lenny klang wie einer dieser megaschlauen Psychologen. Das konnte nicht der Lenny sein, der meinen Rücken mit 57 Küssen bedeckt hatte. Der mit mir quer durch Europa reisen und noch mal ganz von vorne anfangen wollte. Dieser Albtraum musste aufhören, jetzt, sofort.

Ich beugte mich über den Tisch und sah Lenny direkt in die Augen. »Das kannst du nicht machen. Du kannst nicht einfach herkommen und unsere Reise absagen. Unsere Pläne, unsere Liebe.«

»Geht's vielleicht ein bisschen leiser? Die Leute drehen sich schon nach uns um …«

»Na und?«, gab ich zurück. »Ist mir doch egal!«

Lenny stellte seine Tasse auf den Kuchenteller. »Es tut mir wirklich leid, Jasmin. Ich geh dann mal lieber. Denk bitte drüber nach. Du warst doch am Anfang eh nicht so begeistert von der Reise. Jetzt kannst du hierbleiben und ausspannen.«

»Ich glaub's nicht!«, regte ich mich auf. »Jetzt drehst du es auch noch so hin, als ob du mir einen Gefallen tust. Hau bloß ab! Ich will dich nie wiedersehen.«

Lenny zuckte kurz zusammen. Dann stand er auf, ging zum Tresen und zahlte.

Ich starrte auf den Tisch und reagierte nicht, als er auf dem Rückweg ein verlegenes »Tschüss« murmelte.

Endlich fiel die Tür hinter ihm ins Schloss. Spätestens jetzt hatte auch die letzte Zelle meines Körpers begriffen, was passiert war. Kim! Warum war mir auf der Party nichts aufgefallen? Ich war so naiv gewesen, war nicht mal auf die Idee gekommen, eifersüchtig zu sein. Hatte die beiden auch noch zusammengebracht und für sie Schicksal gespielt. Das würde ich mir nie verzeihen.

JETZT ERST RECHT

Meine Wut auf Lenny hielt gerade mal eine Stunde an. Danach warf ich mich zu Hause auf mein Bett und heulte zwei Packungen Taschentücher voll. Ich konnte einfach nicht glauben, was gerade passiert war. Das musste ein Irrtum sein, ein Fehler im System. Alles würde wieder gut werden. Lenny würde es bereuen und zu mir zurückkehren.

Ich legte das Handy aufs Kopfkissen und wartete auf seinen Anruf, auf die erlösende Nachricht, dass er einen Riesenfehler gemacht hatte. Kim hatte ihm den Kopf verdreht, er hatte zu viel getrunken auf der Party, es war nur ein harmloser Flirt gewesen. Das, was wir hatten, ging viel tiefer.

Aber er rief nicht an. Nicht an diesem Tag und auch nicht am nächsten. Nina riet mir, mich selber bei ihm zu melden, statt mich immer mehr hineinzusteigern und noch eine schlaflose Nacht zu verbringen. Irgendwann am Abend hielt ich es nicht mehr aus. Aber ich hatte Angst davor, seine Stimme zu hören. Also schickte ich ihm eine Nachricht.

Lass uns noch mal reden. Ich verzeih dir. Wir finden eine Lösung.
Je t'aime, Jasmin

Nach ein paar Minuten schrieb Lenny zurück:

Mach es uns bitte nicht noch schwerer. Ich hab mich entschieden.
Ich wünsch dir noch ein schönes Leben. Du weißt schon, mit
Champagnerfeten. Das meine ich ernst.

Ich warf mein Handy auf den Teppich. Noch lieber hätte ich es in meinem Aquarium versenkt. Jetzt zitierte Lenny auch noch unser Lied, bei dem wir das erste Mal eng umschlungen getanzt hatten, damals auf der Silvesterfete! Wie konnte er mir das antun? Wie konnte er unsere Liebe so verraten?

Und schon heulte ich wieder los. Draußen war es dunkel geworden, ohne dass es mir aufgefallen war. Ich zog die Vorhänge zu. Dann klopfte meine Mutter an der Tür und brachte mir ein Tablett mit Abendessen.

»Wenn du später reden willst, ich bin da«, sagte sie leise und zog sich wieder zurück.

Lieb von ihr, aber ich konnte nicht reden. Die Brote rührte ich nicht an. Stattdessen holte ich meine Kamera und setzte mich im Schneidersitz vors Aquarium. Die Regenbogenfische zogen ruhig ihre Bahnen. Die Barben knabberten fleißig Algen von der Scheibe. Und mein Zwergwels war mal wieder superscheu. Ich hatte Glück und konnte gerade noch ein Foto von ihm schießen, bevor er sich hinter einer Wurzel versteckte.

Vielleicht sollte ich es auch so machen: mich den ganzen Sommer über in meinem Zimmer vergraben. Pizza bestellen, Serien schauen, meine Fische fotografieren und die besten Fotos posten. Aber das würde auch Lenny sehen und sich bestimmt denken: Typisch Jasmin! Ohne mich kriegt sie den Hintern nicht hoch und verpasst wieder mal das Beste.

Von wegen! Was er konnte, konnte ich schon lange. Ich brauchte ihn nicht als Reiseführer, ich kam supergut alleine klar. Lenny würde sich noch wundern. Er sollte richtig schön neidisch werden, wenn ich in den nächsten drei Monaten Fotos aus ganz Europa postete, während er in Berlin hängen blieb.

Plötzlich war alles klar. Ich sprang auf, zog meinen Rucksack vom Schrank und warf die erstbesten Sachen hinein, die mir in die Finger kamen.

»Wie hast du denn *das* alles da reinbekommen?« Nina stand vor meinem Rucksack, der sich nach beiden Seiten ausbeulte, und versuchte ihn hochzuheben. Mit einem Stöhnen ließ sie ihn wieder fallen. »Willst du mit zwanzig einen Bandscheibenvorfall kriegen? Nimm die Hälfte raus, und du wirst mir ewig dankbar sein.«

»Das bin ich sowieso.« Ich musste meine Freundin kurz drücken. »Weil du extra für mich um halb fünf aufgestanden bist. Weil du ab und zu vorbeischauen wirst, damit meine Fische sich nicht so einsam fühlen. Und weil ich ohne dich die letzten Tage nicht überstanden hätte.«

Nina grinste. »Keine Sorge, früher oder später habe *ich* Liebeskummer und erzähle dir stundenlang, wie schlecht es *mir* geht.«

Ich löste die beiden oberen Verschlüsse und stellte meinen Rucksack auf den Kopf. T-Shirts, Jeans, Kleider und ein Stapel Reiseführer fielen auf den Teppich. Nina nahm von allem die Hälfte und sortierte meine Reiseführer ganz aus. »Die brauchst du nicht. Steht alles im Internet. Und wenn du doch mal kein WLAN hast, fragst du dich einfach durch und lernst dabei nette Jungs kennen.«

Nina hatte recht. Auch andere Mütter hatten schöne Söhne. Es gab nicht nur Lenny, obwohl er ...

»Stopp!«, befahl ich meinem Gehirn. Ich durfte nicht dauernd an ihn denken. Die Sache mit Lenny war aus und vorbei, er war Geschichte.

»Tickets und die Reservierung für den Zug nach Paris hast du?«, fragte Nina.

Ich zeigte ihr meine praktische kleine Handtasche, in der ich Geld, die wichtigsten Papiere und meinen Ausweis verstaut hatte. Dann packte ich meinen Rucksack neu, schnallte am Schluss noch die Isomatte und mein Zelt drauf und staunte, wie leicht er jetzt geworden war. Rasch warf ich einen Blick auf meine Armbanduhr. 04:58 Uhr. In einer Stunde fuhr mein Zug! Plötzlich war ich total aufgeregt.

»Ich wünsch dir ganz viel Spaß!«, sagte Nina. »Es ist *deine* Zeit, Jasmin. Lass es dir gut gehen, ja?«

»Versprochen.«

»Und wenn du irgendwann auf der Reise mal in ein großes, schwarzes Loch fallen solltest, ruf mich bitte an.«

Auch das versprach ich.

Wir umarmten uns. Danach sah ich mich im Zimmer um, ob ich auch nichts vergessen hatte. Mein Blick fiel auf die Pinnwand mit meinen Fotos. Lenny lachte mich an, runzelte die Stirn, schnitt Grimassen oder sah von einem Buch hoch. Er war in den letzten anderthalb Jahren mein absolutes Lieblingsmotiv gewesen. Dazwischen hingen Schnappschüsse von unseren gemeinsamen Ausflügen. Lauter schöne Erinnerungen, die musste ich einfach bei mir haben, so weh es auch tat. Schnell nahm ich eine Schachtel und füllte sie bis zum Rand mit Fotos.

»Tu's nicht«, warnte mich Nina. »Damit feuerst du nur deine Sehnsucht immer wieder neu an.«

Sie hatte natürlich recht. Aber ganz ohne Fotos von Lenny konnte ich doch nicht losfahren. Und auf einmal kam mir die Idee.

»Ich weiß, was ich mache!«, rief ich. »Ich nehme neun Fotos von ihm mit. Und in jedem Land lasse ich eins zurück. Ich werfe es ins Meer oder verbrenne es oder ...«

»... oder du schenkst es jemandem, den du auf der Reise triffst«, schlug Nina vor. »Das ist gut. Ein Ritual zum Loslassen.«

»Ja, genau.« Jetzt musste ich mich nur noch entscheiden. Zum

Glück hatte ich nicht mehr viel Zeit, um eine Auswahl zu treffen. Die neun Fotos passten in einen dünnen Umschlag.

»Beeil dich!«, drängte Nina. »Sonst fährt der Zug noch ohne dich ab. Gute Reise! Komm gesund zurück.«

Wir umarmten uns ein letztes Mal, dann schulterte ich meinen Rucksack und rannte zur Haustür. Draußen wurde es schon hell. Ein paar Vögel zwitscherten. Im Vorgarten standen meine Eltern und gaben mir auch noch gute Wünsche mit auf den Weg.

»Pass auf dich auf. Du kannst jederzeit anrufen«, sagte mein Vater.

»Grüß mir Paris.« Meine Mutter gab mir einen Kuss. »Und du willst wirklich nicht, dass wir dich zum Bahnhof fahren?«

Ich schüttelte den Kopf. »Nein, danke, das schaffe ich schon alleine.« Ich bog schnell um die Ecke und lief los. Als kurz darauf der Bus an mir vorbeifuhr, winkte ich hektisch mit beiden Händen.

Der Fahrer war gut drauf und wartete an der Haltestelle, bis ich angelaufen kam und atemlos einstieg.

»Na, geht's auf große Reise?«, fragte er mich.

»Ja«, antwortete ich stolz. »Interrail, drei Monate.« Ich wuchtete meinen Rucksack auf einen Fensterplatz und setzte mich daneben. Der Bus fuhr an, ich lehnte mich zurück und atmete tief durch. Heute war der erste Tag meines neuen Lebens. Ab heute wurde alles besser!

Wir näherten uns dem Zentrum. An meinem Fenster glitt die Skyline von Frankfurt vorbei. Die Spitze des Messeturms leuchtete wie ein Hut, den sich ein riesiger Wanderer aufgesetzt hatte. Ich würde Frankfurt vermissen, meine Spaziergänge durch die Altstadt mit meiner Kamera und Hand in Hand mit Lenny, auch wenn unsere letzte gemeinsame Runde schon viel zu lange her war ...

Als ich kurz darauf am Hauptbahnhof ankam, stand der ICE schon am Gleis. Ich suchte den Wagen, in dem ich reserviert hatte, und stieg ein. Es waren kaum Leute drin. Nur ein paar Geschäftsreisende, die ihre Laptops herausholten oder ihre Sitze nach hinten kippten, um noch ein bisschen Schlaf nachzuholen.

Der Gangplatz neben mir war frei. Erst in Mannheim würde jemand zusteigen. Ich schob meinen Rucksack ins Gepäckregal und machte es mir auf meinem Sitz bequem.

Am Bahnsteig pfiff die Schaffnerin. Mit sanftem Ruck setzte sich der Zug in Bewegung. Es ging los!

Wir ließen die Frankfurter Vororte hinter uns und fuhren auf freier Strecke dahin. Erst jetzt merkte ich, dass die letzte Nacht viel zu kurz gewesen war. Ich stellte meine Rückenlehne in Schräglage und machte die Augen zu. Keine gute Idee. Sofort sah ich Lenny vor mir. Die vertraute Geste, wie er sich die Haare aus dem Gesicht strich, wenn er verlegen war. Seinen Mund, kurz bevor er mich küsste. Und dann stellte ich ihn mir mit Kim zusammen vor. Wie er mit ihr lachte, ihr etwas ins Ohr flüsterte, sie berührte ...

Stopp! Ich musste aufhören, mich selbst zu quälen. Aber das ging nicht auf Knopfdruck. Die letzten Tage mit den hektischen Reisevorbereitungen waren super gewesen. Solange ich viel zu organisieren hatte, war ich abgelenkt gewesen. Aber in den nächsten vier Stunden gab es rein gar nichts zu tun. Daran hatte ich vorher nicht gedacht.

Ich machte ein schnelles Selfie, steckte die Kamera weg und starrte in den langen, halbdunklen Gang. Dann wanderte mein Blick zum freien Platz neben mir. Mit meinen Fingern strich ich über das weiche Kopfpolster. Ich vermisste Lenny. Er müsste hier sein und meine Hand halten, so wie er es früher gemacht hatte. Ich hätte die Armlehne in der Mitte hochgeklappt und mich an ihn geschmiegt. Wir hätten geredet und gelacht und uns daran erinnert, was für ein tolles Paar wir doch waren ...

Nein, ich würde hier im Zug NICHT weinen! Das hatte ich mir zu Hause hoch und heilig geschworen. Meine Fische waren Zeugen gewesen.

Stattdessen faltete ich den Fahrplan auseinander und prägte mir die nächsten Stationen ein: Mannheim, Kaiserslautern, Saarbrücken und schließlich Paris Est. Ob sich viel verändert hatte seit meinem letzten Besuch vor sechs Jahren? Damals war ich mit meinen Eltern eine Woche auf Busreise in Paris gewesen. Wir hatten zwei Stadtführungen gemacht, uns den Louvre angesehen und etliche Kirchen. Meine Mutter war ein wandelndes Lexikon, was Kirchen betraf.

Die rote Leuchtanzeige am Ende des Wagens zeigte 260 Stundenkilometer an. Es kam mir gar nicht schnell vor, weil der Zug so leise und ruhig auf den Schienen dahinglitt. Und gleichzeitig viel zu langsam, um meinem Liebeskummer davonzufahren.

Die Schaffnerin lief durch den Gang und kontrollierte mein Ticket. »Ist es dein erster Trip durch Europa?«, fragte sie mich neugierig. »Und du bist alleine unterwegs? Finde ich toll.«

»Danke.«

Ich versuchte halbwegs glaubwürdig zu lächeln, obwohl ich mir sicher war, dass ich nie wieder Spaß haben würde, nie wieder unbeschwert, verliebt und glücklich sein würde. Seit Lenny sich von mir getrennt hatte, war nichts mehr wie zuvor.

Kurz darauf wurde der ICE langsamer. Der Zugführer meldete sich über den Lautsprecher: »In wenigen Minuten erreichen wir Mannheim Hauptbahnhof. Sie haben dort Anschluss an folgende ...«

Ich blätterte in einer Zeitschrift der Bahn. Entdeckte einen Artikel über den Wiederaufbau von Notre-Dame nach dem Brand im April. Der Artikel war spannend geschrieben, aber ich las dreimal dieselbe Zeile, weil ich mich nicht konzentrieren konnte.

Beim vierten Versuch hörte ich eine freundliche, weibliche Stimme: »Bonjour! Ça va? Pardon ...?«

Ich nahm meine Jacke vom Nebensitz und musterte neugierig meine hübsche Nachbarin. Sie war etwa Anfang dreißig und trug elegante Sandalen zu ihrer Jeans.

»Allez-vous aussi à Paris?«, fragte ich in meinem besten Schulfranzösisch.

»Oui, bien sûr«, antwortete sie. Wir unterhielten uns ein bisschen über Paris, aber schon bald zog sie ihr Handy raus, setzte Kopfhörer auf und fing an, mit einer Freundin zu telefonieren. Sie redete schnell und lachte immer wieder zwischendurch.

Jetzt fühlte ich mich noch einsamer als zuvor. Ich vermisste Nina und fragte mich plötzlich, warum ich diese Reise eigentlich machte. Um es Lenny zu zeigen? Den Aufwand hätte ich mir sparen können. Es interessierte ihn doch überhaupt nicht mehr, wie es mir jetzt ging und wie ich meine Zeit verbrachte.

Die lange Zugfahrt überstand ich nur, weil ich meine Playlist mit französischen Chansons in Endlosschleife laufen ließ. Danach sang Emma Steinbakken *I know, I know, I know, I'm not gonna cry for you,* und draußen flog die Landschaft an mir vorbei, ohne dass ich groß darauf achtete. Irgendwann verzweigte sich das Schienennetz, bis der Zug endlich in den Gare de l'Est einfuhr.

Meine Nachbarin verabschiedete sich mit einem netten Lächeln, und ich ließ mich vom Strom der Reisenden in eine der beiden Bahnhofshallen treiben. Morgenlicht flutete durch die Fenster des großen Runddachs. Eine Blume aus Glas rahmte die Bahnhofsuhr ein. Die Architektur war wunderschön. Ich schoss rasch ein paar Fotos.

Dann ging ein kleines Mädchen an mir vorbei, mit einem Croissant in der Hand. Ich hatte im Zug nichts gegessen, und weil ich sowieso nicht wusste, was ich sonst machen sollte, fragte ich mein Handy nach dem Café de Flore. Die Metro fuhr bis zur Pont Neuf. Von da aus war es nur noch eine Viertelstunde zu Fuß. Erst mal musste ich mir natürlich ein Ticket kaufen, aber welches? Ich war so verplant, dass ich eine halbe Stunde brauchte, bis ich an zwei Schaltern nachgefragt und endlich ein Fünf-Tages-Ticket aus dem Automaten gezogen hatte. Und dann erwischte ich auch noch die falsche Linie.

Müde und erschöpft stand ich endlich in der richtigen Metro, eingeklemmt zwischen Franzosen und Touristen, die sich über meinen Kopf hinweg lebhaft unterhielten.

Acht Stationen später war ich da. Ich stand auf der Pont Neuf, der ältesten Brücke von Paris. Die Sonne schien, über die Seine spannte sich ein wolkenloser blauer Himmel, und weiter vorne konnte ich schon den Louvre sehen. Paris war noch schöner, als ich es in Erinnerung hatte, und das machte mich einfach nur traurig.

Ich lief die Steinbrücke entlang und ließ mich vom Handy zu meinem Ziel leiten. Erst ging es durch Nebenstraßen an Läden und kleinen Cafés vorbei. Bald erreichte ich den großen Boulevard Saint-Germain. Der war es natürlich wert, fotografiert zu werden. Vor allem die eleganten hellen Stadthäuser mit den abgerundeten Fronten, die so typisch für Paris waren. Die Kirche Saint-Germain des Prés erkannte ich am großen Glockenturm wieder. Kurz dahinter tauchte auch schon das Café de Flore auf. Die weiße Markise flatterte einladend im Wind. Ich setzte mich an einen der kleinen, runden Tische auf dem Gehsteig und lehnte meinen Rucksack an den freien Stuhl daneben. Hier hatten also Jean-Paul Sartre und Simone de Beauvoir stundenlang gelesen und an ihren Romanen geschrieben. Das konnte ich mir sehr gut vorstellen.

Nachdem ich einen sündhaft teuren Café au lait und ein Croissant bestellt hatte, schickte ich Nina und meinen Eltern eine kurze Nachricht, dass ich gut angekommen war. Dann beobachtete ich die Menschen um mich herum. Es waren viele Touristen darunter. Ihre fröhlichen Stimmen und die verschiedenen Sprachen vermischten sich miteinander. Es tat weh, die Leute so unbeschwert zu sehen. Zwischen ihnen und mir schien eine unsichtbare Wand zu sein, die mich fernhielt vom Leben und vom Lachen.

Um auf andere Gedanken zu kommen, öffnete ich meinen Rucksack. Und was fiel mir als Erstes in die Hände? Der Umschlag mit den Fotos von Lenny!

PARIS UND EINE PRISE MEER

Paris gehört zu den teuersten Städten Europas und ist bei Backpackern total beliebt. Deshalb hatte ich mich seelisch schon darauf eingestellt, dass ich meinen ersten Tag in Paris mit der nervenaufreibenden Suche nach einer günstigen Unterkunft verbringen würde. Wie durch ein Wunder klappte es schon beim dritten Hostel, das ich anrief. Jemand hatte kurzfristig storniert, und ich ergatterte das letzte Bett in einem Viererzimmer. Es lag super, mitten in Montmartre, dem historischen Viertel mit den bunten, kleinen Häusern und malerischen Gassen.

Als ich mittags dort ankam, hätte ich mich am liebsten erst mal hingelegt und mir die Decke über den Kopf gezogen. Aber daraus wurde nichts. Meine Mitbewohnerinnen, drei Mädchen aus Österreich, fragten mir sofort Löcher in den Bauch. Sofie, die jüngste der Freundinnen, rief total begeistert: »Was? Du sprichst fließend Französisch? Dann musst du uns die Stadt zeigen!«

»Ja, bitte«, sagte Pia.

Charlotte, die mit ihrer Gitarre auf einem der unteren Stockbetten saß, versprach mir, dass es sich für mich auf jeden Fall lohnen würde. »Ich bring dir dafür Gitarre bei. Damit kannst du deinen Freund beeindrucken, wenn du wieder nach Hause fährst.«

Gerade hatte ich ein paar Minuten nicht an Lenny gedacht ... »Lieb von dir«, antwortete ich ausweichend. »Aber ich bin leider hoffnungslos unmusikalisch.«

Nach einigem Hin und Her endete es damit, dass ich mich breitschlagen ließ. Sofie, Pia und Charlotte waren echt nett, und ich war dankbar, dass ich gleich Anschluss gefunden hatte.

Zehn Minuten später zogen wir gemeinsam los.

Zuerst mussten wir uns natürlich Sacré-Cœur ansehen. Die berühmte Basilika lag auf einem Hügel, nur einen Katzensprung vom Hostel entfernt. Am Fuß der langen Treppe machte ich ein paar Fotos von meinen neuen Freundinnen. Die Bilder wurden toll mit den schneeweißen Kuppeln der Kirche im Hintergrund und dem blauen Himmel darüber.

Pia, die offenbar ziemlich sportlich war, schlug vor, um die Wette die Treppe hinaufzulaufen.

»Lasst euch nicht abhalten«, sagte ich mit müdem Lächeln. Sport war das Allerletzte, worauf ich jetzt Lust hatte.

Sofie, Pia und Charlotte rannten los, wurden jedoch schon nach ein paar Metern von einem Straßenhändler aufgehalten. Er hatte auf einem bunten Tuch kleine Eiffeltürme und Armbänder ausgebreitet.

»Bonjour, ma belle!«, sagte er zu Pia, nahm ihre Hand und streifte ihr ein Armband über. »Ça te va très bien!«

Pia versuchte das Armband zurückzugeben. »No, thanks!«

Aber der Händler hielt sie am Handgelenk fest, und Pia war viel zu höflich zu ihm. Jetzt musste ich doch einen Sprint hinlegen. Mit einem Schwall französischer Schimpfwörter verlangte ich, dass er meine Freundin gefälligst in Ruhe lassen sollte. Sonst würde ich die Polizei rufen.

Das wirkte sofort. Der Händler nahm das Armband zurück und behauptete, alles wäre nur ein dummes Missverständnis gewesen.

»Ja, klar«, sagte ich, kehrte ihm den Rücken zu und hakte mich bei Pia unter.

Zu viert liefen wir weiter die Treppe hoch. Pia bedankte sich, dass ich sie vor dem fiesen Typen gerettet hatte, und Charlotte sah mich grinsend von der Seite an. »Ich will alle Schimpfwörter lernen! Mit Übersetzung.«

»Aber nicht hier«, sagte ich und wurde rot.

Ich war selber erstaunt, wie viele derbe Sprüche ich mir gemerkt hatte, als ich in der zehnten Klasse beim Schüleraustausch in Auxerre gewesen war.

Als wir oben ankamen, genossen wir die tolle Aussicht auf das Häusermeer von Paris. Es war seltsam. Das unangenehme Erlebnis mit dem Straßenhändler hatte mich wachgerüttelt. Plötzlich spürte ich wieder neue Energie und ging beschwingt mit Sofie, Pia und Charlotte in die Herz-Jesu-Kirche hinein. Ich zeigte ihnen die große Orgel und das berühmte Deckengewölbe in der Apsis mit dem wunderschönen Mosaik. Jesus breitete seine Arme weit aus. Die Dornenkrone um sein Herz schien ihm gar nichts auszumachen. Still blieben wir eine Weile stehen und ließen das Bild auf uns wirken.

Nach dem Besuch der Kirche schlug ich vor, zur Place du Tertre zu gehen. Überall auf dem Platz hatten Maler ihre Bilder ausgestellt: Ansichten von Sacré-Cœur und den bunten Läden von Montmartre.

»Hat nicht van Gogh mal hier gewohnt?«, fragte Sofie.

Ich nickte. »Ja, genau. Auch Renoir und Picasso haben das Viertel geliebt.«

Wir schlenderten an einem Stand mit Porträts vorbei.

»Wen von euch darf ich malen?«, fragte der Künstler, ein älterer Mann mit selbst gedrehter Zigarette im Mundwinkel. »Dauert auch nicht lange.«

Wir lehnten ab, weil es uns zu teuer war. Das tat mir fast leid, denn die ausgestellten Schwarz-Weiß-Zeichnungen waren richtig gut. Sofie und ihre Freundinnen gingen schon weiter, während ich noch zögerte.

Plötzlich sagte der Mann zu mir: »Bleib so!«, nahm ein kleines, quadratisches Papier und bedeckte es mit schwungvollen Kohlestrichen.

»Aber ich habe nicht so viel Geld«, protestierte ich auf Französisch.

»Macht nichts«, antwortete er und arbeitete weiter.

Neugierig kamen Sofie, Charlotte und Pia zurück und sahen dem Maler über die Schulter. In wenigen Minuten hatte er mein Porträt fertiggestellt. Er legte den Kohlestift weg und gab es mir. »A toi, tu es …?«

»Jasmin. Merci beaucoup!« Ich starrte auf das Papier und konnte es nicht glauben. Er hatte mich unglaublich gut getroffen.

Charlotte war auch total beeindruckt. »Du siehst so schön aus und gleichzeitig irgendwie …«

»… traurig«, beendete Pia den Satz.

Es stimmte. Der Maler hatte auf einen Blick erkannt, wie ich mich fühlte! Ich wollte ihm wenigstens drei Euro geben, aber er wehrte mit beiden Händen ab. »Ce ne rien«, behauptete er und wünschte mir »Bonne chance!«.

Ich bedankte mich noch einmal, dann verabschiedeten wir uns und verließen den Platz.

»Du hast echt Glück!«, beneidete mich Charlotte. »So eine tolle Erinnerung an Paris – und auch noch umsonst.«

Sofie sah mir zu, wie ich das Porträt vorsichtig in meiner Tasche verstaute. »Jetzt musst du uns aber verraten, warum du so traurig bist.«

»Erzähle ich euch später«, sagte ich. »Also ich weiß ja nicht, wie es euch geht, aber ich hab einen Riesenhunger.«

Bei einem Imbiss kauften wir uns Crèpes mit Schinken und Käse, und danach wollten die anderen unbedingt zum Eiffelturm. Mir war es nur recht. Das würde mich ablenken.

Mit der Metro waren wir schnell dort. Sofie, Pia und Charlotte kauften Tickets für den Aufzug und stellten sich in die lange Schlange. Ich entschied mich, lieber unten zu bleiben. Das warme Licht am späten Nachmittag war perfekt zum Fotografieren. Ich suchte nach ungewöhnlichen Perspektiven und experimentierte mit längeren Belichtungszeiten. Irgendwann kam ich auf die Idee, die Stahlkonstruktion von unten aufzunehmen. Das Ergebnis war verblüffend. Aus diesem Blickwinkel sah der Eiffelturm aus wie ein Spitzenmuster, das sich bis in die Unendlichkeit fortsetzte. So verging die Zeit zum Glück sehr schnell.

Sofie, Pia und Charlotte kamen begeistert zurück und schwärmten von der Aussicht. »Du hast echt was verpasst«, sagte Pia.

»Kann sein«, antwortete ich nur, und dann setzten wir unsere Besichtigungstour fort. Die Metro brachte uns zum Arc de Triomphe. Und vom Triumphbogen liefen wir die berühmten Champs-Élysées entlang bis zum Jardin des Tuileries.

»Ich kann nicht mehr!«, stöhnte Charlotte schließlich.

Pia wollte auch ins Hostel, weil sie sich eine Blase gelaufen hatte.

»Gehen wir später noch was trinken?«, fragte Sofie.

Ich schüttelte den Kopf. »Vielleicht morgen.«

Zum Glück versuchten die drei nicht, mich zu überreden. Ich kaufte mir im Supermarkt ein belegtes Baguette, duschte und ging früh ins Bett. Kaum hatte ich mich hingelegt, fielen mir auch schon die Augen zu. In der ersten Nacht in Paris schlief ich wie ein Stein.

Als ich am nächsten Morgen aufwachte, ging es mir besser. Ich hatte ein Rezept gegen Liebeskummer gefunden: Sightseeing bis zum Umfallen! Wenn es sein musste, würde ich die nächsten drei Monate so weitermachen. Einfach immer was unternehmen, um gar nicht erst in ein tiefes, schwarzes Loch zu fallen.

In den nächsten Tagen klapperte ich mit den Österreicherinnen die wichtigsten Sehenswürdigkeiten ab. Wir verbrachten einen halben Tag im Louvre, spazierten an der Seine entlang, besichtigten den Invalidendom und die Baustelle von Notre-Dame. Die Impressionisten im Musée d'Orsay kosteten uns einen weiteren halben Tag, und das Centre Pompidou durften wir uns natürlich auch nicht entgehen lassen. Noch besser als die moderne Kunst gefielen mir die gläsernen

Röhren außen an der Fassade. Wenn ich auf der Rolltreppe stand, kam ich mir vor wie in einem Raumschiff.

Am Ende dieses vollen Tages hatten Sofie, Pia und Charlotte eine Überraschung für mich. »Du hast so viel Zeit für uns geopfert. Zum Dank dafür wollen wir dich einladen«, sagte Pia.

»Kneifen gilt nicht!«, rief Charlotte.

»Schon gut«, antwortete ich lachend. »Ich komme ja mit.«

Sofie hatte eine Brasserie beim Strawinsky-Brunnen neben dem Centre Pompidou entdeckt. Abends war es immer noch warm, und die Fontänen des Brunnens verschafften uns eine angenehme Abkühlung. Um meine neuen Freundinnen nicht in allzu große Unkosten zu stürzen, wählte ich das günstigste Gericht auf der Karte: Hamburger mit Fritten.

Hungrig machten wir uns über das Essen her und prosteten uns mit dem Hauswein zu, während sich neben uns ein knallbunter Feuervogel im Wasser drehte. Ich mochte die verrückten Fabelwesen der Künstlerin Niki de Saint Phalle. Nur ihre Nanas, die Frauen mit den riesigen Brüsten, fand ich peinlich.

»Also«, sagte Charlotte über den Rand ihres Weinglases hinweg. »Heute ist die Stunde der Wahrheit. Verrätst du uns nun dein trauriges Geheimnis?«

Ich wusste, dass ich nicht länger drum herumkam. Also zog ich ein Foto von Lenny aus meiner Tasche. Es war ein Schnappschuss von der Abifeier, auf dem er glücklich in die Kamera lachte.

Sofie warf einen kurzen Blick darauf. »Er hat dir also das Herz gebrochen?«

Als ich nickte, rief Charlotte: »Mistkerl! Was heißt das auf Französisch?«

»Connard«, murmelte ich. Und dann erzählte ich, wie Lenny und ich uns auf einer Silvesterfeier kennengelernt hatten. Dass wir siebzehn Monate zusammen ziemlich glücklich gewesen waren, mit Höhen und Tiefen natürlich, aber doch glücklich. »Jedenfalls dachte ich das«, schränkte ich ein. »Inzwischen bin ich mir nicht mehr so sicher. Sonst hätte er sich nicht von einem Tag auf den anderen in diese Kim verlieben und unsere Reise absagen können.«

»Wie sieht sie denn aus?«, wollte Pia wissen.

»Bildhübsch«, fasste ich es kurz zusammen. »Nett und intelligent ist sie auch noch.«

Sofie stöhnte. »Also der übliche Albtraum.«

Wir schwiegen und starrten wie magisch angezogen auf den roten Kussmund des Brunnens. Aus seinen leicht geöffneten Lippen strömte ein Wasserrinnsal.

Pia legte mitfühlend ihre Hand auf meinen Arm. »Er ist es gar nicht wert. Du hast jemand viel besseren verdient!«

Hatte ich das wirklich? Vielleicht. Aber das Schlimme war, dass ich gar keinen anderen Mann wollte. In den acht Tagen und 21 Stunden, die uns nun schon voneinander trennten, war mir klar geworden, dass ich Lenny immer noch liebte. Seine Augen, seinen Humor und die kleine Macke, immer alles genau zu planen. Einfach alles an ihm.

Schnell konzentrierte ich mich auf eine nüchterne Metallskulptur von Jean Tinguely, dem Mann von Niki de Saint Phalle. Zwei Räder auf einem Notenschlüssel drehten sich und erzeugten damit drei kleine Wasserfontänen.

»Du steckst noch ganz schön tief drin«, stellte Charlotte fest. »Aber ich finde es toll, dass du die Reise jetzt alleine machst. In drei Monaten hast du bestimmt einen neuen Freund, wetten?«

Sofie protestierte: »Ich würde mich nicht gleich wieder binden. Genieß deine Freiheit! Du kannst machen, was du willst. Musst keine Kompromisse eingehen.«

Ich lächelte Sofie dankbar an. »Dasselbe hat mir meine Freundin Nina auch geraten.«

»Scheint eine kluge Frau zu sein«, sagte Charlotte.

Pia hob ihr Rotweinglas. »Darauf trinken wir: Auf die Freiheit! Und auf uns, die klugen Frauen.«

Ich prostete allen drei zu. »Santé! Auf uns. So schön, dass es euch gibt!«

Am nächsten Morgen entschloss ich mich spontan, Paris schon wieder zu verlassen und in die Bretagne zu fahren. Meinen österreichischen Freundinnen erklärte ich es damit, dass die Stadt auf Dauer zu teuer für mich war. Das stimmte zwar, aber eigentlich hatte ich einen anderen Grund: Paris erinnerte mich zu sehr an Lenny. Ich hatte immer noch seine Stimme im Ohr, wie er vom Louvre und von Notre-Dame geschwärmt hatte.

»Wir werden dich vermissen!«, sagte Sofie, die richtig traurig aussah. Sie und ihre Freundinnen wollten noch eine Woche bleiben.

Während ich meinen Rucksack packte und den Umschlag mit den Fotos von Lenny und mein Porträt in meiner Handtasche verstaute, spielte Charlotte noch ein Abschiedslied auf der Gitarre für mich. Wir tauschten unsere Handynummern und Adressen aus, versprachen, dass wir ganz bestimmt in Kontakt bleiben würden, und dann fuhr ich mit der Metro zum Gare Montparnasse.

Der Schnellzug nach Saint-Malo war voll, aber ich hatte zum Glück online reserviert. Diesmal verging die Fahrt viel schneller. Ich nutzte die knapp drei Stunden, um meine Fotos durchzusehen und die weniger gelungenen Aufnahmen gleich am Display zu löschen. Danach bearbeitete ich die besten Fotos, postete sie und schrieb an Nina und meine Eltern.

Draußen vor dem Fenster wurde die Landschaft immer hügeliger. Wir fuhren an wunderschönen Wäldern und Seen vorbei.

Aufgeregt stieg ich am Spätnachmittag in Saint-Malo aus dem Zug. Schon im Bahnhof roch ich die frische, salzige Seeluft. Vom Bus aus, der mich zum Zentrum brachte, konnte ich einen ersten Blick auf die berühmte Festungsanlage werfen. Wie ein Schiff aus Stein ragte sie mit ihrer langen, hohen Mauer aus dem Meer. Ich nahm das erstbeste Hostel, warf dort meinen Rucksack ab und ging sofort runter zum Strand.

Die Flut brachte weiß schäumende Wellen ans Ufer. Über den Himmel zogen dichte, graue Wolken. Ich zog meine Schuhe aus und lief barfuß. Endlich war ich wieder am Meer! Ich breitete meine Arme weit aus und ließ mir vom Wind die Haare zerzausen. Erst dann merkte ich, dass ich nur meine Handtasche dabeihatte und meine Kamera im Hostel lag. Egal! Ich wollte einfach nur die Natur genießen. Als meine nackten Füße zum ersten Mal von einer Welle überschwemmt wurden, stieß ich einen kurzen Schrei aus. Lenny hatte recht gehabt. Zum Schwimmen war es jetzt noch viel zu kalt. Plötzlich bekam ich Lust zu rennen. Ich kam im Sand nur langsam vorwärts, aber es war so toll, meinen Körper zu spüren. Irgendwann ging mir die Puste aus. Die Festung lag nun ein gutes Stück hinter mir. Ich kam zur Plage du Sillon. Hier steckten Eichenstämme tief im Sand, um die Riesenwellen abzufangen.

Vor mir ging ein Pärchen Hand in Hand. Sie blieben immer wieder stehen, um sich zu küssen. Das tat weh. Ich machte einen großen Bogen um die beiden und lief schnell weiter. Warum konnte ich jetzt nicht mit Lenny hier sein? Davon hatte ich so lange geträumt. Zum ersten Mal mit ihm zusammen das Meer zu erleben. Was er wohl gerade machte? Ging er mit Kim durch Berlin? Oder waren sie bei ihr in der WG, in ihrem Zimmer, in ihrem Bett ...?

Ein feiner Sprühregen trieb mir Tränen in die Augen. Ich musste irgendetwas tun, um mich abzulenken. Plötzlich fiel mir ein, dass ich ja die Fotos dabeihatte. Ich fächerte sie in meinen Händen auf und konnte mich erst nicht entscheiden. Dann suchte ich eine Aufnahme heraus, die ich besonders gerne mochte: Lenny, wie er rittlings auf einem Stuhl saß, beide Arme auf die Lehne gestützt, und mir ein verschmitztes Lächeln zuwarf. Das Foto war vor etwa einem Jahr entstanden, an einem Sonntag, den wir von morgens bis abends in seinem Bett verbracht hatten.

Ich ging knietief ins Wasser. Der Kälteschock nahm mir fast den Atem, aber ich hielt den Schmerz aus und wich keinen Schritt zurück.

»Leb wohl, Lenny!«, murmelte ich und zerriss das Foto in vier Teile. Ein Riss ging mitten durch sein Gesicht. Dann zerknüllte ich die Fototeile und warf sie, so weit ich konnte, ins Meer. Sie wurden vom Wind erfasst und kurz hochgewirbelt, bevor sie für immer in den Fluten verschwanden.

»Adieu, Lenny!« Ich wandte dem Meer den Rücken zu und lief, ohne mich noch mal umzudrehen, zurück zur Festung.

Die Tage in Saint-Malo reihten sich wie eine endlose Kette kleiner, bunter Muscheln aneinander. Ich besichtigte die Festung der Korsarenstadt und war heilfroh, dass heute keine wilde Hundemeute mehr herumlief, die bis ins 18. Jahrhundert die Stadt bewacht hatte. Ich beobachtete von einem Hafencafé aus, wie sich das Meer langsam zurückzog und die Fischerboote bei Ebbe strandeten. Ich schlenderte durch die verwinkelte Altstadt mit den grauen Sandsteinhäusern und Schieferdächern. Einmal machte ich bei einer geführten Wattwanderung mit und schoss unzählige Fotos. Ich war meist von frühmorgens bis spätabends auf den Beinen, aber ertappte mich leider immer noch viel zu oft dabei, dass ich dachte: Das ist so schön, das würde ich gerne mit Lenny teilen! Aber ich war auch stolz auf mich, weil ich die Tage trotzdem ein bisschen genießen konnte.

An einem regnerischen Tag fuhr ich mit einer Reisegruppe zum Mont-Saint-Michel. Den Weg über die geschwungene Stelzenbrücke bei Ebbe werde ich nie vergessen. Wie die dreistöckige Abtei auf der steilen Felseninsel immer näher rückte und unter uns eine Schafherde blökte, während sie sich das Gras der Salzwiesen schmecken ließ.

Die Tiere hatten den besten Blick und mussten nicht mal dafür bezahlen.

Weil ich mit meiner Kamera häufig kurze Stopps einlegte, blieb ich in der Reisegruppe immer weiter zurück.

Eine niederländische Familie mit zwei kleinen Kindern kam auch nicht so schnell voran. Hendrik wollte unbedingt ein Eis, und die zweijährige Katrien fragte mich fünfmal hintereinander: »Wat doe je?«

»Ich mache Fotos«, erklärte ich ihr geduldig.

Die Mutter entschuldigte sich bei mir und sprach mich auf Deutsch an. »Bist du zum ersten Mal in der Bretagne? Ich heiße übrigens Aaltje, und das ist mein Mann Joris.«

Ich nickte. »Ja. Es ist so schön hier!«

Die beiden waren auch ganz begeistert. Wir kamen in ein sehr nettes Gespräch und aßen nach der Führung durch die Abtei noch ein Eis zusammen.

»Hast du morgen schon was vor?«, fragte Joris. »Wir fahren mit unserem Van nach Paimpont und wollen uns das Grab von Merlin anschauen. Wenn du Lust hast, nehmen wir dich gerne mit.«

Ich sagte sofort zu. In der Schule hatte ich die Geschichten rund um König Artus und seine Tafelrunde superspannend gefunden. Und ohne Auto hätte ich die Gelegenheit, das Grab des berühmten Magiers zu sehen, sicher verpasst. Der einzige Haken bei der Sache war, dass die Familie schon um sieben Uhr morgens aufbrechen wollte.

Noch ziemlich verschlafen wartete ich am nächsten Morgen vor meinem Hostel. Joris und Aaltje holten mich ab. Ich setzte mich nach hinten zu den Kindern, die mir sofort ein Bilderbuch in die Hand drückten, das ich immer wieder vorlesen musste. Nach über einer Stunde wusste ich, dass Bauernhof »boerderij« heißt, und hatte ein Dutzend niederländischer Wörter gelernt. Dann wurde ich zum Glück erlöst, weil wir unser Ziel erreicht hatten. Paimpont lag mitten im Zauberwald von Brocéliande. Auch hier gab es eine Abtei, aber wir fuhren gleich weiter zu einem Parkplatz am Waldrand.

Hendrik und Katrien wurden jetzt richtig aufgeregt. Wir schlossen uns ein paar englischen Touristen an, die auf einem schmalen Pfad den Wegweisern zum Grab folgten. Sie diskutierten darüber, ob das echte Grab von Merlin nicht doch eher in England oder Schottland zu finden sei. Aber da es sich sowieso um einen Mythos handelte und niemand genau sagen konnte, ob König Artus tatsächlich gelebt hatte, spielte die Frage für mich keine Rolle. Und weil ich Frankreich so gerne mochte, glaubte ich an die Bretagne!

Die Luft im Wald war wunderbar frisch. Ich stellte mir vor, wie hinter den alten Bäumen plötzlich Ritter hoch zu Ross auftauchten und zum nächsten Turnier ritten. Nach einer Weile erreichten wir einen runden Platz mit zwei aufrecht stehenden Megalithen und einer flachen Platte. Er wirkte so unscheinbar, dass ich fast etwas enttäuscht war. Um das Grab auf meinen Fotos größer zu machen, benutzte ich einen Ultraweitwinkel und ging ganz nah ran.

»Merlin soll angeblich reiche Schätze mit ins Gab genommen haben«, erzählte Aaltje. »Die Leute haben jahrzehntelang danach gesucht, aber nie etwas gefunden.«

Ich grinste. »So ein Pech aber auch!«

Plötzlich kam Hendrik mit einem Stück Papier an. »Das hab ich gefunden, Papa! Zwischen den Steinen.«

»Leg es bitte wieder zurück«, sagte Joris. »Das ist ein Wunschzettel. Der muss hierbleiben, damit der Zauberer den Wunsch auch erfüllen kann.«

Tatsächlich steckten jede Menge kleiner Zettel zwischen den Steinplatten. Ich konnte es mir nicht verkneifen, mir den Zettel kurz anzuschauen. *Ich will eine Katze haben!*, stand darauf. Und auf einem anderen Zettel, den ich unauffällig herausfischte: *Lieber Merlin, bitte mach, dass meine Tante wieder gesund wird.*

Jetzt wollten Hendrik und Katrien natürlich, dass Mama ihre Wünsche aufschrieb.

»Ja, gleich«, sagte Aaltje und holte einen Notizblock aus ihrem Rucksack.

Gute Idee, dachte ich, auch wenn die Zeit, als ich vor dem Geburtstag noch fest daran geglaubt hatte, dass alle meine Wünsche in Erfüllung gingen, längst vorbei war.

Ich ließ mir von Aaltje ein Blatt geben und setzte mich damit etwas abseits ins Gras. Aber was sollte ich mir eigentlich wünschen? Eine Zeitreise ins letzte Jahr?

Ich wollte den Lenny zurückhaben, wie er damals gewesen war, so zärtlich und voller Leidenschaft!

Verzweifelt starrte ich auf die Bäume und blieb bei einer Eiche, dem heiligen Baum der Druiden, hängen. Auf einmal glitt mein Kugelschreiber wie von selbst übers Papier.

Lieber Merlin, bitte bring Lenny zu mir zurück. Ich wünsche mir so sehr, dass er sich wieder in mich verliebt.

Schnell faltete ich den Zettel, stand auf und steckte ihn tief in eine Lücke zwischen den Steinen. Da flog ein weißer Schmetterling zum Grab und ruhte sich auf der oberen Platte aus. Langsam klappte er seine Flügel auf und wieder zusammen. Dann flatterte er zwischen den Bäumen hindurch weiter.

SCHNECKENALARM

Nachts hatte ich dann viel Zeit, um noch einmal ausführlich über Merlins Zauberkraft nachzudenken. Mein Schlafsaal, der in den Tagen zuvor so herrlich leer gewesen war, hatte sich gefüllt und unter den Neuankömmlingen waren ein paar ausdauernde Schnarcher. Hier hätte wahrscheinlich selbst Merlin nichts ausrichten können.

Während ich stundenlang wach lag, überlegte ich, wohin ich denn nun als Nächstes reisen könnte. Von Aaltje und Joris hatte ich mich gestern schon verabschiedet, die Familie fuhr zurück in die Niederlande.

Ich liebte die Bretagne, aber langsam sollte ich mich wohl Richtung Schweiz aufmachen. Wie wäre es, wenn ich an der Loire Zwischenstation machte und mir ein paar Schlösser ansah? Aber dafür musste ich wahrscheinlich eine teure Bustour buchen.

Plötzlich fiel mir mein Schüleraustausch in Auxerre wieder ein. Das Burgund lag sogar noch näher zur Schweiz, und es wäre toll, Fleur wiederzusehen. In ihrer Familie hatte ich vor drei Jahren die Pfingstferien verbracht und im Sommer darauf war sie bei mir zu Hause gewesen. Eine Zeit lang hatten wir danach noch geskypt und uns Nachrichten geschrieben, aber irgendwann war der Kontakt leider eingeschlafen.

Ich holte mein Handy aus dem Rucksack und schrieb ihr:

Salut Fleur!
Ça va? Rate mal, wo ich gerade bin. In der Bretagne! Bin mit Interrail unterwegs in die Schweiz und könnte über Auxerre fahren. Hast du Zeit und Lust, dass wir uns sehen?
Lg, Jasmin

Zwei Stunden später, als ich versuchte, mit einem extrastarken Milchcafé meine Müdigkeit zu vertreiben, antwortete Fleur schon: *Géniale idée!*

Wir schrieben ein paarmal hin und her, und Fleur bestand darauf, dass ich mich in den nächsten Zug setzen und zu ihr fahren sollte. Das ließ ich mir nicht zweimal sagen und fing sofort an zu packen.

Auf der Zugfahrt nach Rennes holte ich eine Stunde Schlaf nach. Von Rennes ging es gleich weiter nach Paris und anschließend mit der Metro zum Gare de Bercy. Leider war der Nahverkehrszug nach Auxerre total überfüllt. Ich stand zwei Stunden im Gang und war todmüde, als ich nach insgesamt sechs Stunden Fahrt endlich ankam.

Fleur winkte mir vom Ende des Bahnsteigs. Ich erkannte sie sofort an ihrem kurz geschnittenen, dunklen Lockenkopf und den lebhaften Augen. »Salut Jasmin!« Sie umarmte mich und gab mir zwei Küsschen auf die Wangen. »Du weißt gar nicht, wie glücklich ich bin, dass du hier bist!«, sprudelte sie auf Französisch los. »Du hast mich gerettet!«

»Wovor?«, wollte ich natürlich wissen, aber Fleur klimperte als Antwort nur mit dem Autoschlüssel. »Ich stehe im Halteverbot. Maman bringt mich um, wenn ich schon wieder einen Strafzettel heimbringe.«

Schnell liefen wir durch die Halle zum Bahnhofsvorplatz. Fleur ging zu einem roten Kleinwagen und öffnete den Kofferraum. Als ich meinen Rucksack hineinquetschte, kam eine Politesse auf uns zu. Fleur schenkte ihr ein strahlendes Lächeln, wir warfen uns auf die Vordersitze, und Fleur trat beherzt aufs Gaspedal. Plötzlich war ich überhaupt nicht mehr müde.

»Geschafft!«, sagte Fleur mit einem verschmitzten Lächeln. »Und jetzt haben wir alle Zeit der Welt. Meine Maman hat mir eingeschärft, erst abends zum Apéro aufzukreuzen. Sie und Papa wollen dich mit einem Menü überraschen.«

»Aber das wäre doch nicht nötig ...«, setzte ich an, was Fleur mit einem energischen Kopfschütteln und einem »Naturellement!« beantwortete. Geschickt lenkte sie den Wagen durch den Nachmittagsverkehr und parkte kurz darauf beim Stadtwald.

Wir gingen zum Quai St. Martin, an den ich mich noch gut erinnern konnte. Vom rechten Ufer der Yonne hatte man einen schönen Ausblick auf die Kathedrale St.-Étienne und die Abteikirche St.-Germain. Stolz thronten die gotischen Kirchen über der Stadt und spiegelten sich mit dem blauen Himmel im Wasser des breiten Flusses. Das warme Licht des Spätnachmittags war perfekt. Ich schoss ein paar Fotos von Fleur vor diesem tollen Panorama. Am Schluss stellte ich die Kamera auf eine Bank, um mit Selbstauslöser Fotos von uns beiden zu machen.

»Komm!«, sagte Fleur. »Wir gehen über die Brücke rüber in die Altstadt und bummeln ein bisschen.«

Während wir durch die kleinen Gassen an verwinkelten Fachwerkhäusern vorbeischlenderten, tauschten wir unsere Neuigkeiten aus. Wir sprachen die ganze Zeit Französisch, weil ich möglichst schnell wieder in die Sprache reinkommen wollte. Das klappte eigentlich ganz gut, auch wenn mir manchmal das eine oder andere Wort nicht gleich einfiel.

Fleur hatte wie ich gerade ihr Abitur gemacht und wollte im Herbst Grundschullehramt studieren. Sie stöhnte, wie hart die Prüfungen gewesen seien, und schwor, in den Sommermonaten kein einziges Buch aufzuschlagen.

»Und wovor habe ich dich nun gerettet?«, fragte ich noch mal nach.

Fleur blieb unter der goldenen Turmuhr am Tour de l'Horloge stehen. »Vor Baumärkten«, sagte sie todernst.

Ich musste lachen. »Warum das denn?«

Fleur hakte sich bei mir unter. Erst nachdem wir durch den Torbogen gegangen waren, klärte sie mich auf.

»Mon ami Antoine und ich, wir werden bald zusammenziehen. Wir kennen uns jetzt seit drei Jahren und verstehen uns total gut, vraiment. Wir haben auch schon eine Wohnung gefunden, und es wird Zeit, dass ich endlich von zu Hause ausziehe.«

»Oh wie schön!«, hörte ich mich sagen, während sich ein kleiner Stachel Eifersucht in meinem Herzen verankerte. Warum hatten die anderen Glück in der Liebe und ich nicht?

Fleur erzählte, wie sehr sie sich am Anfang gefreut hatte. Antoine und sie hatten überlegt, wie sie sich einrichten wollten, und dabei festgestellt, dass sie völlig unterschiedlich tickten. Fleur brauchte nicht viel und wollte schnell ein paar Kisten und Möbel vom Flohmarkt kaufen. Antoine dagegen hatte den Traum, alle Möbel selbst zu bauen und die Wohnung perfekt zu stylen, weshalb er Fleur so oft wie möglich in den Baumarkt schleppte.

»Wir streiten uns nur noch«, gestand Fleur. »Am liebsten würde ich das Ganze abblasen, aber wir haben schon einen Mietvertrag für drei Jahre unterschrieben. Und ich liebe Antoine, vraiment.«

»Das wird bestimmt wieder besser«, tröstete ich sie. »Ihr trefft das erste Mal gemeinsame Entscheidungen, das ist natürlich nicht so einfach.«

Fleur machte sich von mir los und seufzte. Eine Weile gingen wir schweigend nebeneinanderher, und ich hing meinen Gedanken nach. Ja, es hatte auch Vorteile, Single zu sein! Ich musste mich mit Lenny nicht abstimmen. Auf dieser Reise konnte ich genau das tun, was ich wollte, und spontan entscheiden, wie lange ich in welchem Land blieb. Je mehr ich mir das vorsagte, umso mehr wünschte ich mir, dass Lenny jetzt hier wäre. Was hätte ich nicht alles darum gegeben, mit ihm streiten zu können!

Die Sonne senkte sich über die Dächer der Altstadt. Unsere Schatten in den Gassen wurden länger. Fleur warf einen Blick auf ihre Armbanduhr. »Langsam sollten wir zurück zum Parkplatz gehen.«

Fleurs Eltern hatten früher auf einem Hausboot gelebt, aber das war ihnen irgendwann doch zu eng geworden. Inzwischen wohnten sie in einem kleinen Reihenhaus in einem Vorort von Auxerre. Mit dem Auto fuhren wir eine halbe Stunde dorthin.

»Bonsoir, Jasmin!«, begrüßte mich Fleurs Mutter herzlich. »Du bist noch hübscher geworden, seit wir uns das letzte Mal gesehen haben.

»Une jeune femme très jolie!«, bestätigte ihr Mann, der sich eine blaue Kochschürze umgebunden hatte.

Ihre Komplimente machten mich verlegen, aber ich fand es auch schön.

Das Haus war erfüllt vom Duft nach frischem Brot, Kräutern und Wein. Wir setzten uns auf die Terrasse. Ein leichter Sommerwind fuhr durch die Pappeln, die rund um das Grundstück gepflanzt waren. Die grünen kleinen Blätter winkten uns zu. Fleurs Mutter brachte ein Tablett mit Sektgläsern. Wir tranken als Apéro einen Kir Royal. Dazu gab es selbst gebackene Windbeutel mit Käsefüllung. Ich hatte den ganzen Tag nichts Richtiges gegessen und ließ es mir schmecken.

Fleurs Eltern gratulierten mir zum bestandenen Abitur. Sie fragten nach meiner Familie und meinen Reiseplänen, und schon waren wir mitten in einem spannenden Gespräch über Heimat und Fernweh. Irgendwann stand Fleurs Papa auf und servierte uns pochierte Eier auf Toastbrot mit Rotweinsoße und Speck. Das war schon damals beim Schüleraustausch mein Lieblingsessen gewesen. Und ich genoss es sehr, dass wir uns für das Essen richtig viel Zeit nahmen.

Dann sagte Fleurs Mutter zu mir: »Der zweite Gang ist etwas ganz Besonderes! Mal sehen, ob du diese Spezialität aus dem Burgund schon kennst.«

Jetzt war ich natürlich gespannt.

»Ich hole sie«, bot Fleur an, verschwand in der Küche und kam mit einer Schüssel voller Weinbergschnecken zurück.

Ich lächelte tapfer, obwohl es mir schon beim Anblick der Schnecken den Magen umdrehte.

»Darauf kannst du dir echt was einbilden«, verkündete Fleur. »So was Feines gibt es bei uns sonst nur an Weihnachten.«

»Oh, merci«, bedankte ich mich und überlegte fieberhaft, wie ich mich am besten davor drücken konnte, davon zu essen.

Fleurs Papa drückte mir eine Zange in die Hand und zeigte mir, wie man mit den Schnecken stilvoll fertigwurde. Da hatte ich auf einmal eine super Idee. Ich stellte mich extra ungeschickt an, schoss eine Schnecke ins Rosenbeet und die nächsten beiden ins Gras neben der Terrasse.

»Malchance!«, entschuldigte ich mich. »So ein Pech aber auch. Ich glaube, ich lasse es lieber und warte auf den nächsten Gang.«

»Mais non«, sagte Fleurs Mama, pulte das glitschige Fleisch aus zwei Schnecken und legte es mir auf einen extra Teller. »Bon appétit!«

Stunden später, es war schon kurz nach Mitternacht, zogen Fleur und ich uns in ihr Zimmer zurück und kicherten gleichzeitig los wie damals als Teenager.

»Du meinst, sie haben wirklich nichts gemerkt?«, fragte ich.

Fleur schüttelte lachend den Kopf. »Nein, ganz bestimmt nicht. Nur mir war schnell klar, wie sehr du dich vor den Schnecken ekelst.«

Wir bewunderten uns gegenseitig für unsere schauspielerische Glanzleistung. Ich hatte so getan, als würde ich jeden Bissen voll genießen. Unter dem Tisch hatte Fleur mir dann ihre Serviette zugeschmuggelt. Ich hatte das Schneckenfleisch hineingleiten lassen, und Fleur hatte den Inhalt unauffällig in einem Busch entsorgt.

Die nächsten Gänge des Menüs waren zum Glück weniger aufregend gewesen. Es hatte Bressehuhn in einer leckeren Pilzsoße gegeben, danach Käse und zum Schluss Birnenkompott. Ich fühlte mich rundum satt und zufrieden – und ein klein wenig beschwipst vom Kir Royal und dem Wein, mit dem Fleurs Papa die Soßen verfeinert hatte.

Fleur bezog ihr Sofa mit einem Laken für mich. Wir putzten uns noch schnell die Zähne im Bad, schlüpften unter die Decke und machten das Licht aus.

»Bist du müde?«, fragte Fleur leise.

»Überhaupt nicht.« Ich wunderte mich selbst, weil ja ein richtig langer Tag hinter mir lag.

Fleur entschuldigte sich, dass sie so viel von sich erzählt hatte. »Jetzt bist du dran! Ich will alles wissen. Wie heißt dein Freund? Oder hast du gleich mehrere? Siehst du deshalb so blass aus? Steht dir übrigens gut. Macht dich noch interessanter.« Sie fing schon wieder an zu kichern.

»Nein«, sagte ich. »Es gibt gerade niemanden in meinem Leben.«

Fleur machte eine kurze Pause. »Liebeskummer?« Es war mehr eine Feststellung als eine Frage.

»Hm ...« Ich biss mir auf die Unterlippe, weil ich schon wieder den Stachel in meinem Herzen spürte.

Fleur wartete geduldig. Und dann erzählte ich ihr meine Liebesgeschichte mit Lenny. Noch ausführlicher und ehrlicher, als ich es bei Pia, Charlotte und Sofie getan hatte. Es tat gut. Irgendwie hatte ich das Gefühl, als ob die Last auf meiner Seele ein bisschen leichter wurde. Als ob mit jedem Wort, das ich aussprach, ein winziges Stück mehr Distanz zwischen mir und meinem Schmerz entstand.

Fleur hörte ruhig zu und sagte am Schluss: »Liebeskummer, c'est terrible! Schrecklich. Man denkt, er hört nie auf. Und es dauert sooo lange, bis man das Leben wieder richtig genießen kann.«

»Ja, genau«, stimmte ich ihr zu. »Aber ich lasse mir meine Reise nicht vermiesen, das habe ich mir geschworen. Und bis jetzt klappt es ganz gut.«

Fleur seufzte tief. »In Frankreich gibt es übrigens ein schönes Sprichwort: Vous ne pouvez pas vivre avec et pas sans les hommes.«

Ich wusste sofort, was sie meinte. »Man kann nicht mit und auch nicht ohne Männer leben.«

Fleur schnippte mit den Fingern. »Wir sollten uns abwechseln! Du darfst ein paarmal mit Antoine in den Baumarkt gehen, und ich nehme mir eine kleine Auszeit als Single.«

»Guter Plan«, sagte ich und musste plötzlich doch gähnen. »Aber vorher schlafen wir noch eine Runde.«

Am nächsten Tag weckten mich Sonnenstrahlen, die meine Nase kitzelten. Es war zwölf Uhr, ich hatte bis Mittag geschlafen! Schnell stand ich auf, da klopfte Fleur schon und kam mit einer Schale Milchkaffee und einem Croissant ins Zimmer.

»Na, worauf hast du heute Lust? Willst du dich ausruhen oder mit mir einen Ausflug machen? Wir könnten nach Vézelay fahren.«

Ich setzte mich im Schneidersitz aufs Gästesofa und tunkte mein Croissant in den Milchkaffee. »Danke, wie lieb von dir! Ausflug klingt gut. Gib mir eine halbe Stunde, dann bin ich startklar.«

Die Zeit im Bad nutzte ich nicht nur zum Duschen, sondern auch, um schnell »Vézelay« in mein Handy zu tippen. Jetzt war ich im Bilde: natürlich, der berühmte Wallfahrtsort! Ich erinnerte mich dunkel an ein Referat, das ein Mitschüler im Französisch-Leistungskurs über Vézelay gehalten hatte. Er hatte es mit der Begeisterung einer Schlaftablette vorgetragen, weshalb nicht allzu viel in meinem Gehirn hängen geblieben war.

Fleur durfte sich wieder das Auto ihrer Mutter ausleihen. Fleurs Vater gab uns Lunchpakete mit und erwähnte voller Bedauern, dass leider keine Schnecken drin seien.

»Macht nichts«, sagte ich. »Gar kein Problem.«

Ihre Eltern winkten uns hinterher, und wir fuhren schnell davon, damit sie unseren Lachanfall nicht mitbekamen. Danach lehnte ich mich zurück und versuchte mich zu entspannen. Die Strecke nach Süden führte an der Yonne entlang. Weinberge, Felder und Wiesen flogen an uns vorbei. Es war noch wärmer als gestern. In Cravant sahen wir viele Schilder, die zu Weinverkostungen einluden, und kurz darauf überholten wir eine Wandergruppe, die in der prallen Sonne mit Sonnenhüten und Stöcken unterwegs war.

»Dass die sich das antun!«, wunderte ich mich.

»Die Leute sind auf dem französischen Teil des Jakobswegs unterwegs«, erklärte mir Fleur. »Da geht man bei jedem Wetter. Das gehört dazu.«

Das stimmte wohl, aber ich selbst würde garantiert nie auf eine Pilgerwanderung gehen. Nicht, weil ich nicht religiös gewesen wäre, sondern weil es mir einfach viel zu anstrengend war.

Fleur erzählte, dass sie im vergangenen Sommer in Spanien den letzten Teil vom Jakobsweg gegangen war. Sie kam richtig ins Schwärmen dabei. »Ich hab so viele tolle Menschen getroffen. Und ich dachte ein paarmal: Jetzt schaffe ich keinen einzigen Schritt mehr, da plötzlich kam von irgendwoher doch wieder neue Energie, wie ein Geschenk. Das musst du unbedingt auch mal ausprobieren.«

»Weiß nicht, vielleicht irgendwann in zehn Jahren oder so«, antwortete ich ausweichend.

Ab Arcy-sur-Cure wurde die Landschaft noch schöner. Wälder und romantische Flusstäler wechselten sich ab. Jetzt waren es nur noch fünfzehn Kilometer bis Vézelay.

Plötzlich legte Fleur fast eine Vollbremsung hin. Ich wurde im Gurt nach vorne gerissen und stieß mit dem rechten Knie gegen das Handschuhfach. »Kannst du mir mal verraten, was das hier werden soll?«, beschwerte ich mich.

Fleur strahlte mich an. »Regarde ici! Schau, da vorne.«

Ich sah einen großen Hügel. Hellgrüne Weinreben bedeckten den unteren Teil. Weiter oben wuchs dichter, dunkelgrüner Wald. Zwischen den Baumwipfeln ragte ein heller Turm hervor. Der dazugehörige Kirchenbau schien über dem Hügel zu schweben.

»Vézelay«, sagte Fleur feierlich. »Man sieht Ste-Madeleine aus jeder Himmelsrichtung. Ich *liebe* diese Kirche.«

Wir parkten das Auto am Fuß des Hügels und gingen die steile Straße zu Fuß hoch. Auch hier trafen wir wieder Pilger, die erschöpft und aufgeregt die letzten Meter bis zu ihrem Ziel zurücklegten.

Ich blieb immer wieder stehen, weil mir die mittelalterlichen Häuser so gut gefielen. Wilder Wein rankte an den Mauern hoch. Einige der Häuser waren mit Geranienkästen geschmückt, andere hatten hübsche türkisfarbene Sprossenfenster. Kurz vor der Basilika entdeckte ich dann mein Traumhaus: ein kleines Hotel mit einem Dach aus üppig blühenden, duftenden Glyzinien über dem Eingangstor. Das musste ich unbedingt aus allen Blickwinkeln fotografieren.

Fleur sagte lächelnd: »Du solltest dir noch ein paar Fotos für die Kirche aufheben, bevor du deine Speicherkarte vollgeknipst hast.«

Daran hatte ich gar nicht gedacht. Doch als wir schließlich in die Basilika traten, vergaß ich meine Kamera völlig. Keine Kirche hatte mich bis jetzt so beeindruckt. Im Hauptportal war Jesus zu sehen, wie er an Pfingsten seine Lichtstrahlen an die Apostel und alle Völker der Erde verteilte. Jede Figur, auch die kleinen am Rand der Bögen, waren unglaublich kunstvoll gearbeitet.

Eine deutsche Reisegruppe hatte eine Führung gebucht. Sie standen so nah neben uns, dass ich die Worte der Reiseleiterin gut verstehen konnte. Sie erzählte, dass der Kirchenraum von Westen nach Osten immer heller wurde. Nachdem sie die Architektur beschrieben hatte, fügte sie am Ende hinzu: »Dadurch können wir eine wunderbare Erfahrung machen. Es gibt für uns Menschen einen Weg vom Dunkel zum Licht, vom Elend zur Erlösung, von der Trauer zu großer Freude.«

Ich hatte ihre tröstlichen Worte noch im Ohr, während ich langsam das Mittelschiff entlangging. Anfangs waren die rot und weiß gestreiften Bögen noch flach. Dann wölbten sie sich immer weiter nach oben, bis sie in einem Halbrund endeten. Jetzt stand ich mitten im Licht und wartete darauf, dass mein Herz leichter wurde. Dass ich Lenny endlich loslassen konnte. Ich strengte mich wirklich an, aber ich schaffte es nicht. Gerade hier, in diesem lichtdurchfluteten Raum, war ich so traurig und einsam wie nie zuvor.

Fleur trat leise neben mich. »Wunderschön, oder?«, flüsterte sie.

FREIER FALL

Ich hab eine Überraschung für dich«, verkündete Fleur drei Tage später. »Aber du darfst die Augen erst aufmachen, wenn ich es dir sage.«

Ich versprach es lachend, während Fleur mich an der Hand über den Place St. Nicolas führte. Wir überquerten die Straße, und kurz darauf hörte ich Fleur mit jemandem flüstern. Dann warnte sie mich: »Vorsicht, jetzt musst du einen großen Schritt nach vorne machen.«

Ich tat es. Auf einmal schwankte der Boden unter mir. Ich machte die Augen auf und sah – Lenny! Braun gebrannt, in Shorts und weißem T-Shirt stand er vor mir auf einem Hausboot und zwinkerte mir zu. »Lust auf eine kleine Bootstour auf der Yonne?«

»Viel Spaß euch beiden«, wünschte Fleur, sprang schnell ans Ufer und warf uns den Anker an Bord.

»Aber ... wa ...was ... warum ... was *machst* du hier?«, stammelte ich.

Lenny legte mir den Finger auf die Lippen. »Psst! Sag nichts. Ich war so ein Idiot. Ich hätte mich niemals von dir trennen dürfen. Ich hätte niemals zulassen dürfen, dass du alleine losfährst. Sobald du weg warst, hab ich nur noch an dich gedacht. Ich hab dich so vermisst, Jasmin, so sehr ...« Die letzten Worte flüsterte Lenny in meine Haare. Dann nahm er mein Gesicht in seine warmen Hände und küsste mich. Einmal, zweimal, immer wieder. Danach sagte er: »Komm! Ich zeig dir, wie man steuert. Und ja, wir haben das Boot ganz für uns alleine. Fleur hat es für uns gemietet. Ist sie nicht ein Schatz?«

Ich nickte stumm. Selbst wenn ich gewollt hätte, hätte ich kein Wort herausgebracht. Ich war viel zu überwältigt, verwirrt und glücklich. Tausend Fragen schwirrten mir durch den Kopf, aber ich schob sie schnell weg. Wir hatten Zeit, Lenny und ich. Wir hatten ja sooo viel Zeit!

Langsam glitt unser Hausboot stromaufwärts. Wir ließen Auxerre hinter uns und passierten die erste Schleuse. Auf dem Canal du Nivernais folgten weitere Schleusen, an denen wir warten mussten. Und auf einmal sahen wir Wasserskiläufer. Sie winkten uns fröhlich zu. In ihren dunklen Brillen spiegelte sich die Junisonne. Hinter Vincelles steuerten wir einen Liegeplatz an.

Lenny zog sich das T-Shirt über den Kopf. »Hast du Lust zu schwimmen?«

Als ob ich es geahnt hätte, hatte ich heute Morgen meinen Bikini angezogen. Lenny und ich liefen barfuß übers heiße Sonnendeck. Das Wasser glitzerte. Wir fassten uns an den Händen und sprangen gleichzeitig in den Fluss. Unter Wasser umarmten und küssten wir uns.

Lenny ließ mich sanft los und tauchte noch tiefer. Ich tauchte rasch hinterher. Bald würde ich ihn eingeholt haben. Ich schwamm eigentlich viel schneller als Lenny. Doch auf einmal war er verschwunden. Und das Wasser wurde immer trüber. Ich konnte nichts mehr sehen, geriet in Panik und schwamm zurück Richtung Oberfläche. Ich wollte nur kurz Luft holen, aber es war viel weiter nach oben, als ich gedacht hatte. Endlich konnte ich von unten die Umrisse unseres Bootes erkennen. Dann hörte ich ein tiefes Brummen. Der Motor sprang an. Wie konnte das sein? Ich starrte auf die Schiffsschraube, die sich immer schneller drehte, und sah zu, wie das Boot langsam losfuhr. So schnell wie jetzt war ich noch nie geschwommen. Ich musste es einfach schaffen! Plötzlich hörte ich ein schrilles Kreischen.

»Jasmin! Was ist los?« Jemand rüttelte an meiner Schulter.

»Lenny!«, schrie ich. »Warte auf mich!«

Das Rütteln an meiner Schulter wurde stärker. Ich versuchte die Hand abzuschütteln.

»Jasmin, wach auf!«, hörte ich eine Frauenstimme rufen.

Ich blinzelte, grelles Licht von oben blendete mich. Ich schnappte nach Luft und fing an zu zittern. Mein Schlafanzug klebte an meinem verschwitzten Körper.

Fleur beugte sich über mich und sagte: »Du hast geträumt, Jasmin. Es war nur ein Traum!«

Was? Ein Traum? Ich konnte es nicht glauben. Es war alles so real gewesen: Lenny, das Boot, die Küsse, der Tauchgang ... Dann fiel mir wieder ein: Er war gar nicht hier bei mir. Er war in Berlin bei Kim!

Als mir das klar wurde, passierte es. Das, wovon Nina bei unserem Abschied gesprochen hatte. Das, wovor ich mich die ganze Zeit gefürchtet hatte, seit ich in Frankfurt in den Zug gestiegen war. Das, wogegen ich bis jetzt so erfolgreich angekämpft hatte.

Ich fiel,
fiel,
fiel
in ein tiefes,
schwarzes Loch.

Fleur sah mich ängstlich an. »Jasmin! Ist alles in Ordnung mit dir?«

Ich nickte mechanisch.

»Soll ich dir einen Tee machen? Willst du Wasser? Oder einen Saft?« An Fleurs hektischen Angeboten merkte ich, wie verstört ich aussehen musste.

Ich zwang mich dazu, ruhiger zu atmen. Langsam richtete ich mich auf und lehnte mich mit dem Rücken an die Wand. Sie war kühl und rau und brachte einen Teil von mir zurück in die Gegenwart. Den vernünftigen Teil von mir, der wusste, wie ich weiter funktionierte und was ich als Nächstes tun musste.

»Geht morgen ein Zug von Auxerre nach Dijon?«

Fleur verstand mich nicht gleich. »Comment?«

Ich wiederholte meine Frage.

»Warum willst du denn wegfahren? Bleib doch noch hier und ruh dich ein bisschen aus!«, bat Fleur.

Ich zögerte. »Ja, gut ... Ich könnte auch erst übermorgen fahren. Ich hoffe, du kannst das verstehen.«

Fleur war schon enttäuscht, dass ich nicht bis Ende der Woche bleiben wollte, wie wir es geplant hatten. »Hab ich was falsch gemacht?«, fragte sie. »Ich weiß, ich rede viel zu viel. Ich hab dir dauernd die Ohren vollgequasselt und überhaupt nicht gemerkt, wie schlecht es dir geht. Aber damit ist jetzt Schluss, versprochen!«

Ich versuchte zu lächeln. »Du hast überhaupt nichts falsch gemacht, Fleur. Es ist total schön hier bei dir und deinen Eltern. Ihr seid alle so gastfreundlich.«

»Bist du dir sicher, dass du schon früher weiterwillst? Kann ich dich nicht doch noch umstimmen?« Fleur wartete, aber als ich nicht reagierte, seufzte sie. »Alles klar. Dann machen wir es uns morgen und übermorgen besonders schön.«

»Danke!!!«

Wir umarmten uns. Fleur schaltete das Licht wieder aus und flüsterte mir im Dunkeln zu: »Ich werde den Rest der Nacht kein Auge zutun, das weiß ich jetzt schon.«

»Wir probieren es trotzdem, okay?«, schlug ich vor.

Kurz darauf später hörte ich Fleurs tiefe, gleichmäßige Atemzüge. Im Morgengrauen, als die ersten Vögel zu zwitschern begannen, schlief ich auch endlich ein.

Um 11:32 hatte der Expresszug seine Höchstgeschwindigkeit erreicht. Er legte sich in die Kurven und ratterte über die Gleise. Noch zweieinhalb Stunden bis Dijon. Ich presste meinen Kopf gegen die kalte Fensterscheibe, damit sich das Rütteln auf meinen Körper übertrug. Ich wollte wenigstens irgendetwas spüren. In mir fühlte sich alles taub und leer an.

War es eine gute Idee gewesen, früher weiterzufahren? Ich hatte das Gefühl, keine Wahl zu haben. Wenn ich bei Fleur geblieben wäre, hätte ich alle mit meinem Liebeskummer belastet, und das wollte ich nicht. Hier im Zug konnte ich stundenlang aus dem Fenster starren und musste nicht reden, nichts erklären. Nicht mal mit Nina wollte ich telefonieren, obwohl sie es mir so lieb angeboten hatte. Es würde ja doch nichts helfen.

Was für ein schrecklicher Traum! Immer wieder flimmerten die Bilder vor meinem inneren Auge vorüber: Lenny auf dem Hausboot. Seine zärtlichen Küsse. Die Yonne. Das trübe, unheimliche Wasser ...

Wenn ich wenigstens hätte weinen können! Aber es ging nicht mehr, so sehr ich es mir auch wünschte. Auf einmal war mir alles egal: wohin ich fuhr, ob in die Schweiz, nach Österreich oder Italien. Was spielte das schon für eine Rolle? Ich wollte keine Menschen mehr sehen, keine Museen, und Kirchen schon gleich dreimal nicht. Ich hatte auch überhaupt keine Lust mehr, Fotos zu machen und zu posten. Das taten tausend andere Backpacker auch. Meine Fotos waren überhaupt nichts Besonderes. Außerdem sah Lenny sich die Fotos sowieso nicht an.

Lenny. Wie naiv ich gewesen war! Ich hatte ernsthaft geglaubt, dass ich mich einfach nur mit möglichst vielen Aktivitäten betäuben und meine Gefühle wegdrücken müsste, um über ihn hinwegzukommen. Falsch gedacht!

Sollte ich die Reise abbrechen und nach Hause fahren? Aber wer garantierte mir, dass es mir daheim nicht noch schlechter gehen würde – mit all den vertrauten Straßen und Plätzen?

»Votre billet, s'il vous plaît«, riss mich der Schaffner aus meinen Gedanken. Nervös kramte ich meinen Interrail-Pass heraus. »Et votre réservation?«, fragte er höflich.

Ich erschrak. Vor lauter Liebeskummer hatte ich vergessen, mir einen Sitzplatz zu reservieren. Ich entschuldigte mich, aber der Schaffner winkte nur müde ab. Ich wüsste doch sicher, dass der Interrail-Pass bei Schnellzügen in Frankreich *nur* mit Reservierung gültig sei. Schuldbewusst nickte ich.

»Bien, donc alors ...« Er stellte mir nachträglich eine viel teurere Reservierung aus. Und eine Strafgebühr kam auch noch obendrauf.

Selbst das war mir egal. Ich zahlte, ohne mit der Wimper zu zucken, und starrte dem Schaffner hinterher, der rasch zum nächsten Abteil weiterging. Sobald er weg war, musste ich wieder an Lenny denken. Ihm wäre so was natürlich nie passiert. Er hätte sich rechtzeitig um alles gekümmert und mir so viele lästige Dinge auf unserer Reise abgenommen.

Das ist jetzt *meine* Reise!, dachte ich wütend. Und die ziehe ich durch, egal was noch kommt.

Am Bahnhof in Dijon stopfte ich meinen Rucksack mit der Kamera in ein Schließfach. Ich hatte keine Lust, mich dauernd abzuschleppen, und ich wollte sowieso nur ein paar Stunden in der Stadt verbringen. Die Zeit totschlagen, mehr nicht.

Im Zeitschriftenladen fragte ich die Verkäuferin, wie ich am schnellsten ins Zentrum kam.

Die Frau kringelte auf einer kleinen Karte den Bahnhof und die Kirche Notre-Dame ein. »Geh zum Jardin Darcy und dann immer den Eulen nach.« Sie erklärte mir sehr schnell noch etwas auf Französisch, aber ich schaltete schon nach ein paar Sekunden ab.

»Merci«, bedankte ich mich, auch für die Karte, die sie mir kostenlos in die Hand gedrückt hatte.

Es war drückend schwül in Dijon. Graue Wolken hingen tief am

Himmel, aber es kam kein Tropfen Regen heraus. In den zehn Minuten, die ich bis zum Park brauchte, war mein T-Shirt nass geschwitzt und ich suchte vergeblich nach einem Schattenplatz. Natürlich waren alle Bänke unter den Bäumen schon besetzt. Dem Eisbären aus Stein dagegen, der stolz auf einem Sockel thronte, schien die Hitze nichts auszumachen. Er streckte seine Nase der Sonne entgegen und sah gleichgültig über mich hinweg.

Ich lief an ihm vorbei auf einen Brunnen zu. Dort gab es eine Wasserfontäne, bei der ich mich wenigstens ein bisschen erfrischen wollte. Auf dem Weg dorthin stolperte ich über eine dreieckige Platte am Boden – eine Platte mit einer kleinen Eule!

Jetzt erst verstand ich, was die Verkäuferin mir erklärt hatte. Die Dreiecke waren Pfeile. Es musste noch mehr davon geben. Offenbar waren es Wegweiser zu einem Stadtspaziergang.

Plötzlich kam mir eine verrückte Idee: Ich würde heute doch fotografieren, aber keine einzige Kirche, keine historischen Häuser und auch keine Aussichtstürme, sondern nur die Eulen. Das war eine völlig sinnlose Aufgabe, aber ich hatte etwas zu tun, musste mich konzentrieren, und nur darum ging es. Alles war besser, als dauernd die Leere und den dumpfen Schmerz in mir zu spüren.

Ich nahm mein Handy, schoss das erste Foto und ging los. Es war seltsam, gebückt durch eine fremde Stadt zu gehen, den Blick starr auf den Boden gerichtet. Ich sah die Beine und Schuhe der Passanten, sah Hunde, Rollstuhlfahrer und kleine Kinder. Und von den Häusern nur die Eingangstüren und die Mauersteine der Erdgeschosse.

Bald entdeckte ich die zweite Eule. Ich folgte der Pfeilrichtung und kam zu einem Triumphbogen. Als die Pflastersteine begannen, wusste ich, dass ich in der historischen Altstadt gelandet war. Plötzlich legten in der Nähe Kirchenglocken los. Zwei Eulen weiter erreichte ich dann einen großen Platz und ein Gebäude mit drei runden Portalen. Notre-Dame, da war ich mir ziemlich sicher.

Ein Paar behaarte Beine in Sneakers blieb vor mir stehen. »Bonjour! Hast du was verloren? Hoffentlich nicht deine Geldbörse?«

Ich richtete mich auf und blickte in das Gesicht eines jungen Franzosen mit Sonnenbrille. Er war etwa so alt wie ich und sah nett aus.

»Non«, antwortete ich schnell.

Der Franzose nahm die Brille ab und lächelte. »Alors c'est bon. Aber du solltest aufpassen. Es gibt hier Taschendiebe, die es auf hübsche, unaufmerksame Touristinnen wie dich abgesehen haben.«

»Gut zu wissen, danke.« Ich wollte weitergehen, aber der Franzose rief mir nach: »Warst du schon bei der Nordfassade von Notre-Dame?«

Ich drehte mich um und hob die Schultern, als ob ich es bedauern würde. »Hab leider keine Zeit.«

»Da verpasst du aber was.«

Offensichtlich wollte der Typ mit mir flirten, aber ein Flirt war das Letzte, was ich jetzt gebrauchen konnte. Andererseits war ich doch ein wenig neugierig geworden.

»Es ist gleich hier drüben«, sagte er. »Wenn du willst, zeige ich es dir. Ich bin übrigens René aus Paris und mache auch Urlaub hier.«

»Jasmin, aus Deutschland. Okay, aber nur kurz.«

Kurz darauf sah ich schon wieder eine Eule. Diesmal ragte sie als kleine Figur aus der Fassade von Notre-Dame.

»Wenn du sie mit der linken Hand, der Hand des Herzens, berührst, darfst du dir etwas wünschen«, erklärte mir René.

»Und der Wunsch geht dann in Erfüllung?«, fragte ich ihn skeptisch und schüttelte den Kopf. »Tut mir leid, aber das ist nichts für mich. Au revoir!«

Damit ließ ich einen ratlosen, enttäuschten René zurück und machte mich auf den Rückweg zum Bahnhof.

Ich hatte mir schon einmal in der Bretagne das Falsche gewünscht. Lenny hatte sich kein einziges Mal gemeldet, seit ich abgereist war. Er kam nicht zu mir zurück.

ERINNERST DU DICH?

Endlich saß ich wieder im Zug. Das war so ziemlich der einzige Ort, an dem ich es momentan einigermaßen aushalten konnte. In einem Abteil zu sitzen, den Rucksack über mir in der Ablage, gab mir das Gefühl, ein Ziel zu haben. Etwas, das sich zu erreichen lohnte. Dabei war es purer Zufall gewesen, dass ich mich für Fribourg entschieden hatte. Ich hatte nur möglichst kurz in der stickigen Bahnhofshalle von Dijon warten und dann am liebsten einfach immer weiterfahren wollen – diesmal *mit* Reservierung. Ich packte mein Sandwich aus, das ich noch schnell im Bahnhof gekauft hatte, aß es aber nur halb auf. Ich hatte keinen Hunger.

Zwischen Basel und Bern brauten sich vor meinem Fenster plötzlich schwarze Wolken zusammen. Ein Blitz nach dem anderen zuckte über den Himmel. Ein paar Minuten später krachte der erste Donner und Regen prasselte auf die Dächer der Waggons. Der Regen wurde so stark, dass der Zug eine Weile langsamer fahren musste.

Meine Mitreisenden, eine junge Schweizer Familie mit einem Baby, waren ziemlich besorgt. Doch das Baby bekam von dem Gewitter gar nichts mit. Tief und fest schlief es in seiner Tragetasche. Beneidenswert!

In Bern, wo ich noch mal umsteigen musste, schien schon wieder die Sonne, als ob nichts gewesen wäre. Ich rannte über die Treppen zum nächsten Gleis, um meinen Anschlusszug zu erwischen. Aber der fuhr mir vor der Nase davon.

»Alles guet!«, sprach mich eine Frau an. »Da nachste gat in zää Minüte.«

»Äh ... wann genau?«, fragte ich vorsichtshalber nach.

Die Frau wechselte vom Schwizerdütsch ins Hochdeutsche: »Du willst nach Fribourg, oder? In zehn Minuten geht der nächste Zug.«

Erleichtert bedankte ich mich für die Info. Im Zug nach Fribourg hörte ich dann abwechselnd Schweizerdeutsch und Französisch. Ich versuchte, die Gespräche auf Schweizerdeutsch zu verstehen. Keine Chance! Trotzdem würde ich in Fribourg, der Hauptstadt des gleichnamigen Kantons in der Westschweiz, gut klarkommen. Hier sprach die Mehrheit der Bevölkerung Französisch, wie ich schnell im Handy herausgefunden hatte – ganz ohne Lenny! Ich brauchte ihn wirklich nicht. Und insgeheim war ich stolz auf mich, dass ich nun schon die zweite Landesgrenze überquert hatte.

Ich kam am späten Nachmittag in Fribourg an, stieg aus dem Zug und atmete auf. Die Luft war hier viel frischer als in Dijon. Es wehte sogar ein leichter Wind. Eigentlich hätte ich mir jetzt gleich ein Hostel suchen sollen, aber ich entschied mich, erst ein bisschen herumzugehen. Vielleicht wollte ich auch vor der Nacht weglaufen. Ich hatte Angst davor, wieder so schlimm zu träumen.

An einem Kiosk zog ich einen Stadtführer aus einem Drehständer und blätterte ihn flüchtig durch. Ohne es zu wissen, hatte ich mir anscheinend eine tolle Stadt ausgesucht. Sie lag auf einem Felsplateau mit Blick auf den Fluss Saane. Der größte Teil der Altstadt wurde auf drei Seiten von der Saane eingeschlossen. Es gab hier viele Brücken und Wehrbauten und einige gut erhaltene historische Gebäude. Gestern noch wäre ich neugierig auf die mittelalterlichen Häuser gewesen, hätte bestimmt viele davon fotografiert. Doch heute erschien mir das alles sinnlos.

Ich stellte den Reiseführer zurück, schulterte meinen Rucksack und lief los, ohne groß auf den Weg zu achten. Eine Gasse mit kleinen

Geschäften führte bergab auf eine Kirche zu. Ich ging an ihr vorbei und ziellos ein Stück weiter.

Irgendwann stand ich vor einer abstrakten Skulptur mit zwei großen grauen Kugeln, die von schiefen Metallstangen gehalten wurden. Ich stutzte. So eine ähnliche Skulptur hatte ich doch schon mal in Paris gesehen!

Dann entdeckte ich die lang gestreckte Halle dahinter. Zwischen vier hellgrauen Bögen stand ein Schriftzug: *Espace Jean Tinguely – Niki de Saint Phalle*.

Jetzt fiel es mir wieder ein: der Strawinsky-Brunnen des Künstlerpaars mit seinen sich drehenden Skulpturen im Wasser. Was für ein verrückter Zufall! Aber das Museum hatte bestimmt schon geschlossen. Trotzdem ging ich zum Eingang und stellte überrascht fest, dass innen noch Licht brannte. Heute war Donnerstag, der einzige Wochentag mit verlängerter Öffnungszeit. Spontan ging ich rein, kaufte mir ein Ticket und ließ meinen Rucksack in der Garderobe zurück.

Natürlich war es kein Zufall. Der Schweizer Jean Tinguely hatte mit seiner Frau eine Zeit lang in Fribourg gelebt. Im Museum waren Werke von beiden Künstlern ausgestellt. Die technischen Installationen Tinguelys kamen in dem ehemaligen Trambahndepot gut zur Geltung. Am besten gefielen mir die zu einem Altarbild aufeinandergestapelten unzähligen Räder, die sich unermüdlich drehten, als würden sie ein unglaublich wichtiges Industriegut herstellen. Tinguely musste ein Mensch mit tollem Humor gewesen sein.

Nach einem Rundgang durch die Halle kehrte ich schließlich zu einem Exponat von Niki de Saint Phalle zurück. Auf einer schwarzen Wand hatte sie 22 Reliefs aus bunt bemaltem Polyester befestigt. Das Werk hieß »Remembering« und war 1997/1998 entstanden. Die Erinnerungen wirkten so chaotisch, dass nur die Künstlerin selbst ihren Zusammenhang hätte erklären können. Da trafen sich ein grüner Salamander, eine knallrote Schweizer Kuh, ein Flaschenöffner und ein seltsamer Fantasievogel. Am linken Rand machte eine grüne Nana einen Kopfstand mit dem Kommentar »I am upside down«. Eine kleine rote Faust rief energisch: »No!« Über einem weißen Wal mit pinkfarbener Flosse stand »You are my killer whale«, und ein echsenartiges Tier stellte die Frage: »Who is the monster?«

Ich kam von den Reliefs nicht los. Sie berührten mich. Wie gebannt stand ich vor der schwarzen Wand und starrte die einzelnen Figuren so lange an, bis ich sie als Foto vor meinem inneren Auge projizieren konnte.

»Unser Museum schließt in wenigen Minuten«, teilte eine Lautsprecheransage auf Französisch mit.

So spät schon? Die zwei Stunden hatten sich wie ein paar Minuten angefühlt. Rasch ging ich zum Ausgang und verließ als letzte Besucherin das Museum.

Und wohin jetzt? Acht Uhr abends, mein Magen knurrte, und ich hatte noch immer keinen Plan, wo ich heute übernachten sollte. Vielleicht zur Abwechslung mal auf einem Zeltplatz? Ich setzte mich auf eine Bank beim Museum und zog mein Handy heraus. Mist! Der Akku war fast leer. Ich fand vier Zeltplätze, aber alle lagen außerhalb von Fribourg.

Schnell checkte ich die Hostels. Es gab nur ein einziges, doch eine Nacht kostete doppelt so viel, wie ich ausgeben wollte. Die einfachen Hotels waren noch teurer und kamen gar nicht infrage. Es blieb mir nichts anderes übrig. Ich tippte auf die Telefonnummer des Hostels, hörte das Freizeichen und eine freundliche Männerstimme: »Bonsoir! Was kann ich für Sie …«

Da ging mein Akku in die Knie. Ich murmelte alle französischen Schimpfwörter, die ich kannte, vor mich hin. Danach lief ich stöhnend los.

Das Hostel lag natürlich nicht in der malerischen Altstadt und auch nicht an der Saane. Ich musste den ganzen Weg zurück zum

Bahnhof laufen und danach noch mal eine Viertelstunde eine Allee entlanggehen. Es dämmerte schon, als ich hinter ein paar Sportplätzen endlich mein Ziel erreichte. In der schönen Umgebung wirkte der zweckmäßige Flachbau noch nüchterner. Trotzdem freute ich mich auf ein Essen und mein Bett.

An der Rezeption stand ein Mann mit angegrautem Vollbart. Am freundlichen »Bonsoir! Was kann ich für dich tun?« erkannte ich seine Stimme gleich wieder. Erleichtert warf ich meinen Rucksack ab und fragte nach einem Bett in einem Viererzimmer.

»Du hast nicht reserviert?« Urs, wie ich auf dem Namensschild am Hemd des Mannes las, sagte: »Tut mir leid, es ist nichts mehr frei.«

»Ich gehe auch gerne in einen Schlafsaal«, bot ich an.

»Wir sind komplett voll. Und wir nehmen auch nur Gruppen aus Sportvereinen auf. Hast du das nicht auf unserer Website gelesen?«

Ich schüttelte den Kopf. Als ich dann auch noch erfuhr, dass das Bistro heute geschlossen hatte, verließ mich plötzlich der Mut. Ich war so hungrig und müde und wusste nicht mehr weiter.

Urs lächelte bedauernd und beugte den Kopf über seine Papiere. Ich murmelte »Trotzdem merci« und ging raus auf den Parkplatz.

Inzwischen war es dunkel und es fing an zu regnen. Was sollte ich jetzt bloß tun? Hier auf dem Parkplatz oder auf der Straße übernachten? Warum hatte ich mich nicht gleich um ein Hostel gekümmert? Warum hatte ich im Museum völlig die Zeit vergessen? Mit jeder Frage wurde ich nur noch verzweifelter.

»Okay, Jasmin«, sagte ich leise zu mir selbst. »Du wirst diese Nacht schon irgendwie herumkriegen.«

Bilder von Obdachlosen schossen mir durch den Kopf, die sich in der Fußgängerzone mit Zeitungen zudeckten oder sich am Bahnhof herumdrückten. Das war's! Vielleicht hatte ich Glück und die Bahnhofshalle war nachts offen. Ich musste mich beeilen. Noch regnete es nicht so stark.

Plötzlich kam Urs aus dem Hostel und winkte mir zu. »Ich habe gerade mit meiner Frau telefoniert. Wir haben bei uns zu Hause ein Gästezimmer frei. Du bist herzlich willkommen.«

Mir schossen die Tränen in die Augen. »Danke, vielen, vielen Dank!«

»Nichts zu danken. Ist doch selbstverständlich.«

Urs nannte mir die Adresse und erklärte mir den Weg. »Ich komme dann später nach. Sag meiner Frau Annelie schon mal schöne Grüße.«

Nur fünf Minuten später stand ich vor einer hellen Doppelhaushälfte. Die Tür ging auf, und ein warmer Lichtschein fiel auf den Gehsteig. Am liebsten wäre ich Urs' Frau um den Hals gefallen, als sie mich fragte: »Ich hoffe, du magst Rösti?«

Ich bekam nicht nur Rösti, sondern auch noch Schokoladenpudding als Nachtisch, und Annelie erzählte mir dazu Geschichten aus ihrer Kindheit. Sie war in Einsiedeln aufgewachsen, einem berühmten Wallfahrtsort südlich von Zürich, und schwärmte vom Sihlsee, in dem sie im Sommer jeden Tag gebadet hatte. Ich war so froh, eine freundliche Stimme zu hören und nichts reden zu müssen. Als mir immer wieder die Augen zufielen, zeigte Annelie mir das Gästezimmer. Das Bett war frisch bezogen. Ich hatte ein eigenes Bad, einen Fernseher und frische Blumen auf dem Tisch.

»Sag mal, Annelie ... Was kostet eigentlich eine Übernachtung bei euch?«, erkundigte ich mich.

Annelie wedelte empört mit der Hand. »Du bist unser Gast, das ist doch klar. Als ich jung war, bin ich auch viel gereist und hatte nicht viel Geld. Bonne nuit! Jetzt kannst du ganz beruhigt schlafen.«

Ich bedankte mich herzlich, aber als ich endlich frisch geduscht und todmüde im Bett lag, kam ich doch nicht zur Ruhe. Ich vermisste Lenny so sehr. Seinen Körper, seine Wärme, seine zärtliche Stimme, die mich tröstete. Alle schönen Erinnerungen, die ich an ihn hatte, überrollten mich auf einmal in einer riesengroßen Sehnsuchtswelle.

»You are my killer whale«, flüsterte ich in die Dunkelheit hinein. »Warum tust du mir so weh?«

Mitten in der Nacht fing ich an, in Gedanken mit Lenny zu reden. Ich war absolut ehrlich. Ich beschwor nicht nur unsere erste rosarote Verliebtheit herauf, sondern sprach auch über unsere Krisen. Dass wir beide unsere Macken hatten – ich natürlich auch! Zum Beispiel hatte ich Lenny einmal in Frankfurt einen Museumsbesuch völlig verdorben. Er war so begeistert von einer Ausstellung gewesen, aber ich hatte die ganze Zeit nur genörgelt, was mir nicht gefiel und wie sehr ich mich langweilte. Irgendwann hatte ich es geschafft: Lennys Laune war gekippt, und er hatte sich nicht mal darüber beklagt.

Ein anderes Mal – für dieses dunkle Kapitel unserer Beziehung schämte ich mich heute noch – hatte ich auf einer Party mit einem Jungen aus der Foto-AG geknutscht. Lenny war wütend und traurig gewesen, aber er hatte mir nach einer Woche verziehen und es mir nie nachgetragen.

Lenny und ich hatten schon so viele Krisen gemeistert, wir würden auch die Kim-Krise überwinden, davon war ich fest überzeugt. Es musste bloß einer von uns den ersten Schritt machen. Vielleicht wartete Lenny ja sogar darauf, dass ich diesen Schritt wagte, weil er selber zu große Schuldgefühle hatte?

Als ich an diesem Punkt angelangt war, wusste ich, was ich tun musste. Zum Glück war mein Handy wieder startklar. Ich hörte auf mein Gefühl und tippte drauflos.

Hi Lenny,
wie geht es dir? Ich bin in Fribourg in der Schweiz und denke gerade an dich. An die wahnsinnig schöne Zeit, die wir zusammen hatten.
Ich weiß, es lief in letzter Zeit nicht mehr so toll zwischen uns. Aber ich glaube, das geht allen Paaren so, wenn sie länger zusammen sind. Meinst du nicht?

Wir könnten es noch mal versuchen. Ich bin auf jeden Fall bereit dazu, ehrlich. Ich weiß, ich hab in unserer Beziehung auch Fehler gemacht. Bitte überleg es dir noch mal. Lass uns reden. Ruf mich einfach an, wenn du magst.
Viele liebe Grüße,
Jasmin

Ich hatte die Nachricht schon abgeschickt, da fiel mir noch etwas Wichtiges ein.

Hi, ich bin's noch mal. Die nächsten drei Tage bleibe ich hier in Fribourg. Danach bin ich wieder im Zug und der Empfang könnte auch mal weg sein. Nur dass du dich nicht wunderst.
Lg, Jasmin

Danach legte ich das Handy neben mich aufs Kopfkissen und ließ es nicht aus den Augen. Wenn Lenny seine Gewohnheiten nicht geändert hatte, war er auch nachts on. Er stellte sein Handy nie auf stumm, worüber ich mich früher öfter aufgeregt hatte, wenn ich über Nacht bei ihm geblieben war.

Ein paar Minuten später leuchtete mein Display auf. Er hatte sofort geantwortet! Das war bestimmt ein gutes Zeichen. Mein Herz klopfte schneller. Mit zitternden Fingern holte ich mir das Handy und las.

Ich will es nicht noch mal versuchen. Und ich will auch nicht mit dir reden.
Bitte schreib mir nicht mehr.
Lenny

Die Buchstaben verschwammen vor meinen Augen. Ich ließ das Handy fallen, als ob es sich in eine glühende Herdplatte verwandelt hätte. Dann sah ich plötzlich wieder den Killerwal von Niki de Saint Phalle vor mir. Er war so klein, dass er auch in mein Aquarium zu Hause gepasst hätte. Ohne Vorwarnung schoss mir eine Erinnerung durch den Kopf, die ich tief in meinem Unterbewusstsein vergraben hatte.

Wir kannten uns noch nicht lange, da stand Lenny einmal vor meinem Aquarium und sagte mit gekräuselten Mundwinkeln: »Fische sind irgendwie deprimierend. Sie schwimmen, fressen und glotzen dich durch die Glasscheibe an. Mehr haben sie nicht drauf.«

DIE FEUERPROBE

Fribourg hatte mich nicht verdient. Es ist wirklich eine tolle Stadt, aber ich war so mies drauf, dass ich die schöne Umgebung gar nicht zu schätzen wusste.

Am nächsten Morgen schien die Sonne von einem kornblumenblauen Himmel. Ich lief mit meiner Kamera durch die Altstadt, fuhr mit der alten Zahnradbahn hinunter ins Tal und ging über die Bernbrücke. Unter mir rauschte die Sanne, und um mich herum türmten sich die Berge auf. Ich machte ein paar Fotos, aß die beste Schoggi meines Lebens und durfte bei Urs und Annelie zwei weitere Nächte kostenlos übernachten. Auf einem Spaziergang lernte ich zwei nette Spanierinnen kennen und zog mit ihnen einen Abend lang durch die Bars. Fleur schickte mir eine Nachricht, erkundigte sich total lieb, wie es mir ging, und ich schickte ihr fröhliche Fotos mit extra vielen Smileys zurück. Nach außen hin tat ich so, als würde ich Spaß haben, aber innerlich war ich wie betäubt und kam mir vor, als würde ich mich durch einen dichten, zähen Nebel kämpfen.

Lenny hatte den letzten Funken Hoffnung, der mir geblieben war, mit einem Schlag vernichtet. Ich hätte ihm nicht schreiben sollen, mich nicht komplett lächerlich machen dürfen. Wahrscheinlich rissen Kim und er jetzt gerade Witze über mich. Wann ich es wohl endlich kapieren würde, dass es aus war – und mich nicht mehr wie ein Babyaffe an Lenny klammerte …?

Keine Sorge, ihr seid mich endgültig los! Eher lasse ich mir einen

Vollbart wie Urs wachsen, als dass ich noch eine einzige Nachricht an meinen Exfreund verschicke.

Ich genoss Annelies Gastfreundlichkeit, wusch meine Wäsche bei ihr und ließ mich von ihr sogar mit dem Auto zum Bahnhof fahren. In meinem Rucksack landete ein üppiges Lunchpaket, auf meinen Wangen zwei Küsschen und dann saß ich wieder im Zug.

»Einsiedeln wird dir gefallen«, rief Annelie mir beim Abschied durchs Abteilfenster zu. »Da hat es einen sehr schönen Zeltplatz direkt am Sihlsee.«

Ich winkte ihr ein letztes Mal zu, lehnte mich in meinem Sitz zurück und überflog auf dem Handy meine Reiseverbindung. Zweieinhalb Stunden würde ich bis Einsiedeln unterwegs sein. Ich versuchte zu schlafen, und zwischen Bern und Zürich nickte ich tatsächlich einmal kurz ein.

»Leg unbedingt einen Zwischenstopp in Zürich ein«, hatte Urs mir geraten. »Die größte Stadt der Schweiz darfst du dir nicht entgehen lassen.«

Das hatte auch Lenny gesagt. Bei ihm stand Zürich ganz weit oben auf seiner Reisewunschliste, und gerade deshalb ging ich am Züricher Bahnhof sofort zu meinem Anschlusszug. Dies hier war *meine* Reise, und ich wollte so viel wie möglich anders machen, als Lenny und ich es geplant hatten. Deshalb hatte ich auch vor, mindestens eine Woche oder sogar zwei am Sihlsee zu bleiben, zu schwimmen und endlich mal auszuspannen. Keine Sehenswürdigkeiten, kein Stress. Einfach Zeit für mich alleine genießen!

Mittags um zwölf begrüßten mich am Bahnhof Einsiedeln die Kirchenglocken des nahe gelegenen Klosters. Sie läuteten extra lange, um auch noch den letzten verschlafenen Pilger in die Kirche zu locken. Ich hatte eigentlich nicht vor, mir die Klosterkirche anzusehen. Erst mal blieb ich vor dem Bahnhof stehen und atmete tief durch. Die Bergluft schmeckte wie frisches Brot mit Kräutern drauf. Dann deckte ich mich im Supermarkt mit Proviant ein und machte mich am Kloster vorbei auf den Weg zum See. So groß und prachtvoll hatte ich mir den Bau nicht vorgestellt. Die barocke Anlage sah aus wie ein Prunkstück, das Gott höchstpersönlich zwischen Wald und Bergen in einem wunderschönen Tal abgesetzt hatte.

Touristen aus aller Welt strömten zur Kirche, darunter viele Pilger, die auf dem Schweizer Jakobsweg unterwegs waren. Einsiedeln gehörte zu den Höhepunkten, denn hier gab es die Schwarze Madonna, eine angeblich besonders wundertätige Holzfigur.

Ich glaubte definitiv nicht mehr an Wunder, aber weil ich nun schon mal da war, warf ich einen kurzen Blick in die Gnadenkapelle. Eingerahmt von einem goldenen Kranz aus Sonnenstrahlen und Wolken verschwand die zarte Holzfigur fast unter ihrem kostbaren Kleid aus hellblauer Seide.

Plötzlich hörte ich Trommeln und afrikanischen Gesang. Verwundert folgte ich der Musik durch das helle Kirchenschiff. Im Raum vor dem Altar tanzten und sangen afrikanische Pilger. Sie hatten große Körbe voller Obst als Opfergaben mitgebracht. Ich war so überrascht von dem ungewohnten Bild, dass ich eine Weile stehen blieb und mich dabei ertappte, im Takt der Trommeln mitzuwippen. Doch der starke Weihrauchgeruch stieg mir zu Kopf, und ich verließ die Kirche bald wieder durch einen Seitenausgang.

Vor der Tür sprach mich eine junge Pilgerin auf Schwizerdütsch an. »Kasch üs bim Weg witerhelfa? Mir weimer z' Campingplatz Euthal.«

»Du bischt vo do, oda?«, fragte mich ihr Freund, und beide sahen mich erwartungsvoll an.

Ob es an meinem Schokoladenkonsum lag, dass ich jetzt schon wie eine Einheimische wirkte? Ich klärte die beiden auf, dass ich aus Deutschland kam, und bot ihnen an, gemeinsam zu gehen. »Zu dem Zeltplatz will ich nämlich auch.«

»Das ist ja toll«, freute sich die Schweizerin und wechselte ins Hochdeutsch. »Ich bin Vreni, und das ist mein Freund Bernd.«

»Jasmin.«

Eigentlich hatte ich hier ja Zeit alleine verbringen wollen, aber jetzt merkte ich, dass mir die Gesellschaft doch guttat. Vreni erinnerte mich in ihrer herzlichen Art an Nina. Und Bernd sah sehr gut aus mit seinen blonden schulterlangen Haaren und der sportlichen Figur.

Zu dritt umrundeten wir den oberen Teil des Sihlsees und liefen am Ostufer entlang Richtung Süden. Vreni erzählte, dass sie und Bernd auf ihrer Pilgerreise absichtlich kein Handy und wirklich nur das Nötigste dabeihatten.

»Das wäre nichts für mich«, gab ich offen zu. »Ganz ohne Handy würde ich mich ziemlich verloren fühlen.«

Bernd lachte. »Das ging uns am Anfang genauso. Aber man gewöhnt sich schnell dran.«

»Wie lange seid ihr denn schon unterwegs?«, fragte ich.

Vreni streckte mir stolz fünf Finger entgegen. »98 Kilometer in fünf Etappen. Wir wohnen in St. Gallen und sind von Rorschach am Bodensee aus gestartet.«

Ich war beeindruckt – und noch mehr, als sie mir erzählten, dass sie nach einer Woche Pause in Einsiedeln mindestens weitere fünf Etappen auf dem Schweizer Jakobsweg in Richtung Genf dranhängen wollten.

»Komm doch mit«, schlug Vreni mir spontan vor.

»Nein, danke«, sagte ich sofort. »Pilgern ist nichts für mich. Außerdem hab ich nicht mal richtige Wanderschuhe dabei.«

Bernd grinste mich an. »Alles Ausreden. Warte mal ab. Wenn wir uns näher kennenlernen, wirst du deine Meinung schon ändern.«

Ich ließ ihn in dem Glauben und sagte nichts weiter dazu.

Am Zeltplatz war ziemlich viel los, und jetzt konnten Vreni und Bernd mir helfen. Mit ihrem Humor und einem Schwall begeisterter schweizerdeutscher Worte wickelten sie den Zeltplatzwart sofort um den Finger. Er gab uns die letzten drei Plätze auf der Zeltwiese direkt am See.

Bald hatte ich mein Zelt aufgebaut und meine Sachen so weit verstaut, dass ich eine Runde schwimmen gehen konnte. Vreni und Bernd gingen noch mal zurück zum Kloster, um sich den Stempel für ihren Pilgerausweis abzuholen und anschließend bei einer Führung mitzumachen. Wir verabredeten uns für abends beim Grillplatz, um gemeinsam etwas zu essen und zu trinken.

Der See war kalt, deshalb sprang ich schnell rein und kraulte sofort kräftig los. Nach einer Stunde schwimmen ging es mir besser. Ich schüttelte meine nassen Haare und legte mich auf mein Handtuch, um mich von der Sonne trocknen zu lassen. Von den Bergen wehte ein leichter Wind herüber, und über den Himmel zogen weiße Wolkenfetzen. Der Ort war so wunderschön, aber ich war schon wieder traurig.

Um mich abzulenken, sah ich den Kindern beim Spielen zu. Eine Mutter erklärte ihrem zweijährigen Sohn: »Es Enteli. Es Schiffli. Es Vögeli. Und do: es Blümeli!«

Bei jedem neuen Wort klatschte der Junge begeistert in die Hände. Ich winkte ihm zu, aber er versteckte sich sofort hinter dem Rücken seiner Mama.

Als die Schatten auf der Wiese länger wurden, zog ich mich an und ging mit meiner Provianttüte zum Grillplatz. Vreni und Bernd kamen bald dazu. Wir teilten Würstchen, Brot, Tomaten und Gurken. Bernd spendierte eine Flasche Weißwein aus der Klosterkellerei, und ich erzählte von meinem Erlebnis mit der Mutter und ihrem Kind.

»Jetzt kann ich übrigens auch Schweizerdeutsch«, erklärte ich selbstbewusst. »Man hängt an jedes Wort einfach ein -li an und macht aus a, o und u ein ä, ö und ü.« Mit einem Blick auf das blaue Zelt der beiden, das doppelt so groß war wie meins, sagte ich lächelnd: »Schön groß, euer Zelt. I häb nür ein Zeltli.«

Vreni hielt sich vor Lachen den Bauch. »Zeltli heißt bei uns Bonbon!«

Und Bernd feixte. »Wir müssen dich leider enttäuschen. Ein bisschen komplizierter ist unsere Sprache schon.« Er bewies es mir sofort, indem er mich fragte: »Kunnsch du hüfig do hära?«

»Wie bitte?«

»Kommst du häufig hierher?«, übersetzte Vreni für mich.

Ich schüttelte den Kopf. »Nein, ich bin zum ersten Mal in der Schweiz. Vorher war ich in Frankreich, und ich will noch mehr von Europa kennenlernen, alles mit dem Zug. Mein Interrail-Ticket gilt drei Monate.«

»Das finde ich mega mutig!«, sagte Vreni. »So ganz alleine zu reisen.« Sie wollte wissen, was ich bis jetzt schon alles gesehen und erlebt hatte.

Ganz kurz überlegte ich, ob ich Lenny erwähnen sollte, entschied mich aber dagegen. Das war die Idee! Ich würde so tun, als ob er gar nicht existierte. Auf diese Weise würde ich ihn vielleicht schneller vergessen.

Es wurde ein total schöner Abend. Bernd und ich stellten fest, dass wir Fans derselben Retro-Science-Fiction-Serie waren, und zitierten die besten Sprüche von Captain Jean-Luc Picard. Die Familien zogen sich nach und nach in ihre Zelte zurück, und irgendwann saßen wir nur noch zu dritt vor dem Feuer. Vreni legte immer wieder ein paar Holzscheite nach, damit es nicht ausging. Meine neuen Freunde verrieten, was sie am Pilgern so faszinierte. Sie fanden es toll, bei jedem Wetter in der Natur zu sein, jeden Augenblick ganz bewusst zu genießen und manchmal auch ihre Grenzen auszutesten.

»Ich fühle mich von Tag zu Tag freier und leichter«, erzählte Bernd. »Der Alltag, unser Medizinstudium, der Stress und alles, das rückt ganz weit weg.«

Vreni nickte. »Mit jedem Schritt komme ich mehr zu mir.«

Wie gerne hätte ich mich auch so frei und leicht gefühlt! Ich beneidete Bernd und Vreni schon ein bisschen.

Samtschwarze Dunkelheit senkte sich über das Tal. Die Zeltdächer wurden langsam nass vom Tau. Die Berge verwandelten sich in freundliche Riesen, die uns bewachten. Und im See spiegelte sich der Mond.

Vreni unterdrückte ein Gähnen. »Ich glaube, ich brauche jetzt eine Mütze Schlaf. Es war ein langer Tag.«

Bernd legte seiner Freundin den Arm um die Schulter. »Ich komme mit.«

Wir sagten uns gute Nacht, dann verschwanden die beiden in ihrem Zelt. Ich zog den Reißverschluss meiner Jacke höher und blieb noch am Feuer. Was Lenny wohl jetzt machte? War er auch noch auf?

»Stopp!«, unterbrach ich meine davongaloppierenden Gedanken und starrte wütend in die rote Glut. Warum fühlte ich mich nicht vollständig, nur weil ich keinen Freund mehr hatte? Vor unserer Zeit war ich doch auch gut alleine klargekommen.

Plötzlich fiel mir etwas ein. Der Umschlag mit den Fotos! Wo hatte ich den nur hingetan? Ich kroch mit meiner Handytaschenlampe ins Zelt und fing an zu suchen. Weil ich am Nachmittag meine Sachen einfach nur durcheinander reingeworfen hatte, brauchte ich ewig. Endlich fand ich den Umschlag in einem zusammengerollten T-Shirt. Als ich wieder aus dem Zelt herauskroch, rannen mir von der Plane Tautropfen in den Nacken.

Das Feuer war fast ausgegangen. Schnell warf ich ein großes Holzscheit hinein. Dann holte ich die Fotos heraus und beleuchtete sie mit der Taschenlampe. Vreni hatte recht, ich war wirklich mutig. Heute würde ich mich von meinem Lieblingsfoto trennen: Lenny, der in seinen Boxershorts in meinem Bett lag. Wir hatten gerade miteinander geschlafen, und seine Augen leuchteten. Es war mir gelungen, das Glück einzufangen.

Bevor ich es mir anders überlegte, warf ich das Foto in hohem Bogen ins Feuer. Weiß schimmerte es in der roten Glut und hielt hartnäckig den Flammen stand. Dann rollten sich langsam die Ränder, fransten aus und verfärbten sich schwarz. Plötzlich, von einer Sekunde zur nächsten, fiel das Foto in sich zusammen.

In dieser Nacht schlief ich so gut wie gar nicht. Erst musste ich dauernd daran denken, dass ich die schönste Erinnerung meiner Beziehung verbrannt hatte. Und dann kam die Kälte. Ich hatte noch nie so gefroren beim Zelten. Nach und nach zog ich alle Kleider an, die ich hatte, und stülpte mir am Schluss sogar noch die Kapuze meiner Jacke über den Kopf. Es half rein gar nichts. Ich bibberte in meinem Schlafsack, während langsam alles feucht und klamm wurde: erst die Innenwände des Zelts und danach auch meine Kleiderschichten.

Um sechs Uhr morgens musste ich auf die Toilette und traf auf dem Rückweg Bernd. Wir waren die einzigen Frühaufsteher – nein, nicht ganz. Eine Entenfamilie zog schon ihre Bahnen im See.

»Kalt, oder?«, fragte Bernd mich und grinste. »Da hilft nur eins: sich bewegen. Hast du Lust auf eine kleine Wanderung? Wir könnten auf den Chli Aubrig steigen.«

»Was? Jetzt?«

»Klar.« Bernd verschwand kurz in seinem Zelt und erschien mit einem Rucksack und einem Paar Wanderschuhe, das er vor meiner Nase an den Schnürsenkeln hin und her baumeln ließ. »Vreni leiht dir ihre Schuhe. Ihr müsstet die gleiche Schuhgröße haben.«

»Aber ich hab dir doch gesagt, dass Pilgern nicht mein Ding ist.«

Bernd drückte mir die Schuhe in die Hände. »Eine Wanderung ist keine Pilgerreise. Du bist zum ersten Mal in der Schweiz, Jasmin. Da musst du wenigstens einen Berg besteigen, sonst ...

»... sonst kommt die Kantonspolizei und verhaftet mich?«, beendete ich seinen Satz.

Bernd lachte. »Ganz genau!«

»Aber was ist mit Vreni?«

»Die will ausschlafen und wünscht uns viel Spaß.«

Langsam gingen mir die Argumente aus. »Aber meine Kleider sind ganz feucht.«

Bernd zeigte zu den Bergen im Osten, hinter deren Gipfeln sich der Himmel rosa färbte. »Die trocknen schnell in der Sonne. Außerdem wird es warm heute. Du brauchst nur ein T-Shirt und eine leichte Jacke.«

»Was ist mit Frühstück?«

»Bekommst du auf der Alm. Die ist bewirtschaftet, hab ich gehört. Und Wasser habe ich genug dabei.«

Ich gab auf. Bernd hatte einen größeren Dickkopf als eine Bergziege, wobei ich mir nicht sicher war, ob es hier in der Gegend überhaupt Bergziegen gab.

»Warte kurz«, sagte ich, zog mich schnell im Zelt um, holte meine Kamera und probierte danach Vrenis Wanderschuhe an. Leider passten sie mir wie angegossen.

Bernd und ich waren bereits eine Viertelstunde auf einem flachen Kiesweg unterwegs, der am Eubach entlangführte, als mir einfiel, dass ich noch gar nicht gefragt hatte, was Bernd unter einer »kleinen Wanderung« verstand.

Er sah mich aufmunternd von der Seite an. »Mit guter Kondition braucht man für die Rundtour etwa viereinhalb Stunden, heißt es. Aber du bist sportlich, da schaffen wir es bestimmt schneller.«

»Mal sehen«, sagte ich. Er hatte meinen Ehrgeiz geweckt.

Jetzt begann der Aufstieg auf einer schmalen Schotterstraße durch eine Schlucht. Ich kam ziemlich schnell außer Puste, während Bernd die Steigung überhaupt nichts auszumachen schien. Doch einen Vorteil hatte die Quälerei: Mein Körper erholte sich vom Kälteschock der Nacht. Mir wurde sogar so warm, dass ich meine Jacke ausziehen konnte. Immer höher ging es auf einem schönen Weg durch den Wald. Ein Bergbach, der sich mutig die Schlucht hinabstürzte, begleitete uns.

Bernd fragte mich, was ich sonst noch gerne machte, wenn ich nicht gerade in Zügen quer durch Europa fuhr. Ich erzählte ihm von meiner Familie und von meiner Leidenschaft fürs Fotografieren. Bernd fand es spannend, hörte zu und wollte alles darüber wissen. Ich vergaß dabei fast, wie anstrengend das Wandern war.

Oberhalb der Schlucht überquerten wir den Bach auf einer Metallbrücke. Danach kamen wir zu einer Weide. Karamellbraune Schweizer Milchkühe bimmelten mit ihren Glocken und fraßen ruhig weiter, während ich sie fotografierte.

Noch einmal ging es steil bergauf durch den Wald. Bernd drehte sich zu mir um und fragte: »Alles gut? Oder sollen wir eine kurze Pause machen?«

Mir lief der Schweiß in Strömen über den Rücken, aber ich wollte auf keinen Fall stehen bleiben. Es war zum Glück nicht mehr weit. Bei einer kleinen Alp überquerten wir eine Straße und erreichten kurz darauf eine Anhöhe. Ein paar Minuten später liefen wir über duftende grüne Bergwiesen auf die Wildegg-Alm zu, eine einfache Hütte mit grünen Fensterläden. Ich wusch mir zuerst das Gesicht im Brunnen und tauchte meine Hände ins kalte Wasser. Dann sog ich tief die frische, würzige Bergluft ein und genoss das Bergpanorama.

Bernd zeigte auf einen blauen Fleck im Tal. Ich staunte, wie klein der Sihlsee von hier oben wirkte. Bernd zählte die Namen der Berge ringsum auf. Woher kannte er die bloß alle? Ich konnte mir nur den Gross Aubrig merken, den großen Bruder unseres Berges. Ich schoss extra viele Fotos, weil ich wusste, dass Panoramaaufnahmen oft nicht so gut wurden, wie man es beim Knipsen erwartete. Von der Alm wehte Kaffeeduft herüber, und auf einmal bekam ich einen Riesenhunger.

Wir waren die ersten Gäste auf der Wildegg-Alm und setzten

uns draußen an den Tisch. Die Hüttenwirtin kam und fragte uns auf Schweizerdeutsch, ob wir frühstücken wollten. Das verstand ich gerade noch, doch die nächsten Wörter hatte ich noch nie zuvor gehört.

»Bestell du einfach was«, sagte ich leise zu Bernd. »Ich mag alles.«

Die Wirtin brachte uns ein Tablett mit Kaffee, Brötchen, Butter und Marmelade. Wir ließen es uns schmecken, und ich bekam nebenher einen Grundkurs in Schweizerdeutsch.

Bernd prostete mir mit seiner Kaffeetasse zu. »Möchtisch mit miar en Kaffi trinka?«

»Jo, gerne«, antwortete ich und strich goldgelbe Anke und Erdbeerkonfi auf mein Weggli.

Später stiegen Bernd und ich 150 Meter höher bis zum Gipfel des Chli Aubrig. Von hier oben war die Aussicht noch schöner. Bernd nahm mir meine Kamera weg und fotografierte mich vor dem Gipfelkreuz. Ich warf mich in Pose und lachte.

»Siehst du«, sagte Bernd zu mir. »Jetzt fühlst du dich frei, oder?«

»Ja«, sagte ich, und das stimmte wirklich. Auf der ganzen Wanderung hatte ich kein einziges Mal an Lenny gedacht!

Bernd gab mir die Kamera zurück. »Damit kannst du deinem Freund zu Hause beweisen, dass du einen Schweizer Berg bestiegen hast.«

Ich sagte nichts darauf und ärgerte mich, dass ich rot wurde.

Bernd sah mich aufmerksam an. »Häsch du a Fründ?«

Ich schüttelte den Kopf. »Nicht mehr«, murmelte ich. »Wir haben uns kurz vor der Reise getrennt.«

»Oh, tut mir leid.« Bernd zögerte kurz. Dann kam er zu mir her und umarmte mich.

Die Berührung war so unerwartet und liebevoll und tat so gut, dass mir auf einmal die Tränen über die Wangen liefen.

»Hey, du«, sagte Bernd leise. Dann nahm er mein Gesicht in seine

Hände und küsste mich auf den Mund. Nur ganz kurz, aber mein Herz fing sofort Feuer.

Gleich danach wurde Bernd rot und entschuldigte sich. »Tut mir leid, ich weiß nicht, wie das passieren konnte. Vergiss es sofort wieder, ja?«

Ich fingerte am Objektiv meiner Kamera herum. »Alles gut.«

Bernd warf einen Blick auf seine Armbanduhr. »Wir sollten dann auch mal langsam wieder absteigen ...«

»Ja, natürlich«, sagte ich und wartete, bis er losgegangen war.

Nachdem der Abstand groß genug war, folgte ich ihm. Auf dem ganzen Weg über die Almweiden und die andere Seite der Schlucht sprachen wir kein Wort miteinander. Erst als wir wieder im Tal den Eubach entlangliefen, drehte Bernd sich zu mir um und fragte mich fast beiläufig: »Sag mal, wie sind so deine nächsten Reisepläne?«

Ich hörte mich mit einer rauen Stimme antworten: »Mal sehen. Vielleicht baue ich schon heute Nachmittag mein Zelt ab. Die Nächte hier sind mir einfach zu kalt. Außerdem will ich weiter nach Italien.«

Bernd lächelte. »Gute Idee. Da frierst du bestimmt nicht.«

DOLCE VITA

Die ganze Zeit hatte ich durchgehalten, aber jetzt ging es nicht mehr. Ich musste Nina anrufen! Kurz vor dem Zeltplatz zog ich die Wanderschuhe aus und gab sie Bernd mit, weil ich Vreni noch nicht begegnen wollte. Dann lief ich barfuß hinunter zum See, setzte mich auf eine Bank am Spielplatz und wählte die Nummer meiner besten Freundin. Um mich herum lachten Kinder, und aus meinem Handy kam wie ein Echo fast das gleiche Kinderlachen, begleitet von platschenden Wassergeräuschen.

»Jasmin! Ist das schön, dich zu hören! Wie geht's dir?«

»Gut. Bin gerade in der Schweiz. Und dir? Wie ist der Job im Freibad so? Was …«

Nina unterbrach mich: »Erzähl du zuerst. Deine Stimme klingt irgendwie komisch. Ist was passiert?«

Meine Freundin kannte mich wirklich gut. »Äh … ja, kann man so sagen«, antwortete ich ehrlich.

Und dann erzählte ich ihr die ganze Geschichte mit Bernd. Dass ich ihn zuerst einfach nur nett gefunden und überhaupt nicht an mehr gedacht hatte. Und wie er mich oben am Berg getröstet und plötzlich geküsst hatte. »Ich bin total durcheinander. Was soll ich denn jetzt machen?«

»Nicht vom Beckenrand springen!«, brüllte Nina. Mit ihrer normalen Stimme sagte sie: »Genieß es doch einfach.«

»Aber er hat eine Freundin. Vreni ist total nett, und ich würde nie …«

»Musst du ja gar nicht«, unterbrach mich Nina. »Genieß das Gefühl. Du denkst an einen anderen Mann und nicht mehr nur an Lenny. Darum geht es doch. Ich finde es toll, wie du dich langsam aus deinem Liebeskummer rausarbeitest.«

»Danke, du bist die beste Freundin ever.«

Plötzlich schrillte eine Trillerpfeife durchs Handy. »Hast du Tomaten auf den Ohren?«, brüllte Nina. »Das war jetzt die allerletzte Warnung.«

Ich musste lachen. »Okay, ich stör dich nicht länger.«

»Tust du nicht. Ich soll dir übrigens schöne Grüße von deinen Fischen ausrichten. Sie vermissen dich, besonders der Zwergwels. Er macht jedes Mal ›Blubb-blubb-Jasmin?‹, wenn ich ihn besuche.«

»Liebe Grüße zurück. Blubb-blubb. Mach's gut.«

»Mach's besser. Wo geht's als Nächstes hin?«

Ich nannte die erste italienische Stadt, die mir einfiel: »Mailand.«

»Ah, Milano ... la dolce vita!«, schwärmte Nina. »Ciao, ciao!«

»Ciao, ciao!«

Hatte ich mich doch zu schnell entschieden? Ich starrte durch das Fenster des Speisewagens auf Luzern. Grauer Himmel drückte auf die Stadt, und der Vierwaldstättersee hüllte sich in einen Schleier aus Regendunst. Ja, ich bereute es, dass ich meinen Plan, eine Woche lang nur zu schwimmen und zu faulenzen, wegen Bernd aufgegeben hatte. Andererseits wusste ich, dass es kompliziert geworden wäre, wenn ich dortgeblieben wäre. Natürlich hätte ich den Zeltplatz wechseln, auf die andere Uferseite umziehen können. Aber früher oder später wären wir uns garantiert begegnet. Und wer weiß, wie sich dann unsere Gefühle entwickelt hätten? Ich wollte Vreni nicht wehtun. Wollte nicht, dass sie die gleiche Katastrophe erlebte wie ich mit Lenny und Kim.

»Haben Sie schon gewählt?«, fragte mich der deutsche Zugbegleiter.

Schnell überflog ich die Speisekarte und entschied mich für Gnocchi mit Tomatensoße und mediterranem Gemüse.

»Darf's auch noch eine Apfelschorle und ein Dessert dazu sein?«

Der hessische Tonfall des Zugbegleiters weckte in mir sofort Heimatgefühle. »Ja, gerne«, sagte ich und klappte die Speisekarte zu, ohne auf die Preise zu schauen. Heute wollte ich es mir gut gehen lassen.

Verrückt, dass ich in einem Fernzug saß, der aus Frankfurt, meiner Heimatstadt kam! Gleichzeitig war mein Zuhause so weit weg. Vierzehn Tage dauerte meine Interrail-Reise jetzt schon. Ich konnte es selber kaum glauben, als ich die Tage zusammenzählte.

Hinter Luzern arbeitete sich der EC in immer höhere Regionen hinauf. Während ich meine Gnocchi aß, rückten die Berge draußen näher, wurden größer, mächtiger und schroffer. Auf den Nordflanken und den Gipfeln lag richtig viel Schnee. Ganz kurz schaffte es die Sonne, sich zwischen zwei dunkle Wolken zu drängen. Der Schnee auf den Bergrücken sprühte Funken, und die Felszacken wirkten gleich noch viel spitzer und gefährlicher. Mir lief ein Schauer über den Rücken. Wie gut, dass ich sicher und warm in meinem Großraumabteil saß. Zu einer Klettertour mit Steigeisen hätte selbst Bernd mit all seinem Schweizer Charme mich nicht überreden können.

Ach Bernd! Ich sah ihn vor mir beim Abschied auf der Zeltwiese. Vreni hatte mir noch lange nachgewinkt, während er einfach nur dastand mit zusammengezogenen Schultern und traurigen Augen. Aber vielleicht war es nur der Schatten seines blauen Zelts gewesen, der sein Gesicht verdunkelt hatte. Wie auch immer, plötzlich wurde mir klar, warum ich Bernd sofort gemocht hatte. Wir lagen nicht nur bei Science-Fiction-Serien auf einer Wellenlänge. Er hatte mir zugehört und sich wirklich dafür interessiert, was ich dachte und fühlte.

Wann hatte Lenny mir das letzte Mal auf diese Weise zugehört? Vor sechs, sieben Monaten vielleicht? Ausgerechnet er, der sich so gut konzentrieren konnte, war mir gegenüber immer zerstreuter und gleichgültiger geworden. Das fand ich fast noch schlimmer als seinen Verrat mit Kim.

Eine Weile noch konnte ich die Schweizer Alpen bewundern und ein paar Fotos machen. Ob sie bei der Spiegelung des Fensters etwas werden würden, war die andere Frage.

Dann fuhr der Zug in den Gotthardtunnel hinein. Als es draußen dunkel wurde, hatte ich plötzlich einen Geistesblitz. Es war ein Riesenfehler gewesen, dass ich mich bisher fast nur an die schönen Erlebnisse mit Lenny erinnert und die negativen Dinge komplett ausgeblendet hatte. Damit war jetzt Schluss! Ich lieh mir von meiner Nachbarin einen Kuli und kritzelte auf die Papierserviette *Remembering*. Darunter listete ich alles auf, was mir spontan einfiel:

hat nie mit mir getanzt
zu viel Fußball
zu wenig Sex
fragt nicht, wie es mir geht
mag meine Fische nicht
viel zu verkopft
ständig unter Strom

Mehr passte nicht auf die Serviette, aber es ging mir gleich besser. Der viel zu trockene Hefekuchen zum Dessert schmeckte mir auf einmal richtig gut. Dann wurde es draußen wieder hell. Wir erreichten Bellinzona, die Hauptstadt des Schweizer Kantons Tessin. Hier wurde schon Italienisch gesprochen.

In Lugano brachte der Zugbegleiter mir die Rechnung, und die restlichen eineinviertel Stunden Fahrtzeit verbrachte ich damit, schnell ein paar Sätze Italienisch zu lernen. In der Schule hatte ich zwar mal einen Italienisch-Grundkurs mitgemacht, aber der war leider schon drei Jahre her.

»Stazione Centrale di Milano«, verkündete der Lokführer um 15:50 Uhr und ratterte im Eiltempo die nächsten Zugverbindungen herunter.

Ich verstand nur einen Bruchteil davon, lauschte aber fasziniert dem Klang der Sprache. Kein Wunder, dass es so viele Opern auf Italienisch gab. Schon die gesprochenen Worte hörten sich wie eine romantische Arie an.

Auch die Mailänder Bahnhofshalle erinnerte mich mit ihren hohen Bögen an eine Opernkulisse. Und was ich gleich an den schicken Mode- und Schmuckläden merkte: Milano war teuer.

Ich ließ mich davon nicht abschrecken und machte mich auf die Suche nach einem Hostel. Diesmal hatte ich mehr Glück als in Fribourg. Über eine App fand ich eine Unterkunft in der Nähe des Doms und reservierte sofort online ein Bett in einem Zweierzimmer. Weil alles so glattgelaufen war, gönnte ich mir den Luxus einer Taxifahrt.

Das Hostel, bei dem mich der Taxifahrer absetzte, war ein alter Backsteinbau mit gotischen Fenstern und Zinnen auf dem Dach. Innen hatten die Besitzer alles hell renoviert. Ich zahlte drei Nächte im Voraus und bezog mein Zimmer im zweiten Stock.

»Hi!«, begrüßte mich meine Mitbewohnerin, die auf dem Fensterbrett saß, rauchte und sich gleichzeitig die Fußnägel pink lackierte. »Nice to meet you. I'm Sandra from London.«

»Hi, I'm Jasmin from Frankfurt!«, grüßte ich zurück und setzte meinen Rucksack auf dem Boden ab.

Hinter der Tür war der einzige freie Platz dafür. Sandra hatte sich mit ihren Sachen im ganzen Zimmer ausgebreitet. Klamotten, Schuhe, Schminkzeug, Socken und zerknüllte Zettel lagen überall verstreut, auf dem Boden und auf beiden Matratzen des Stockbettes.

Ich fragte so ruhig wie möglich, welches Bett denn ihres sei und welches meins.

Sandra schnippte die Zigarettenasche in die Blumenvase. »Du

kannst gerne oben schlafen.« Sie lachte. »Da guckst du, was? Meine Oma lebt in Hamburg. Ich bin bei ihr aufgewachsen.«

»Toll«, sagte ich. Dass Sandra Deutsch sprach, würde es nicht unbedingt leichter machen, mit ihr ein Zimmer zu teilen. »Sag mal«, fragte ich höflich, »hast du schon das Schild gesehen?« Ich zeigte auf die rot durchgestrichene Zigarette an der Tür.

Sandra warf den Rest ihrer Kippe ins Blumenwasser. Es zischte, und ich fragte mich, ob die blassgelben Rosen das wohl überleben würden. »Dich stört der Rauch? No problem, really.« Sie lackierte ihre Nägel fertig und wippte mit den Beinen, um den Lack trocknen zu lassen. Dann kniff sie die Augen zusammen. »Du bist gerade erst angekommen in Milano, oder? Ich weiß, wo es die beste Pizza gibt. Los, komm, wir machen uns einen schönen Abend zusammen!«

»Tut mir leid«, sagte ich. »Hab keine Zeit. Bin mit meinen italienischen ... Freunden verabredet.«

Sandra lächelte amüsiert. »Verstehe, klar.« Sie hatte mich durchschaut. »Na, dann, viel Spaß mit deinen amici.«

»Danke.« Ich bahnte mir einen Weg durch das Chaos, warf hastig meinen Rucksack aufs obere Bett und kramte meine Handtasche heraus. Schnell noch die Kamera, und endlich konnte ich die Flucht ergreifen.

Zum zweiten Mal an diesem Tag dachte ich, ob ich nicht doch lieber in Einsiedeln geblieben wäre. Was hätte ich darum gegeben, jetzt in den See zu springen und einfach abzutauchen. Stattdessen musste ich mich im Großstadtdschungel zurechtfinden, Autoabgase einatmen und die Nächte mit Sandra in einem verrauchten, vermüllten Zimmer verbringen. Wenigstens war es trocken und warm, auch wenn sich die Sonne hinter einer dünnen Wolkendecke versteckte.

Und wohin jetzt als Erstes? Dahin, wo alle Touristen hinwollten? Nein, nicht zum Dom, sondern in die berühmte Einkaufspassage. Auf die Galleria Vittorio Emanuele II war ich gespannt.

Auf dem Weg dorthin bekam ich einen ersten Eindruck von Mailand. Bereits in der schmalen Nebenstraße, die zum Corso Giacomo Matteotti führte, kamen mir lauter schöne, perfekt gestylte Menschen entgegen. Kurz vor dem Dom mischten sich dann jede Menge Touristen mit ihren Selfiesticks darunter. Ich schlängelte mich an ihnen vorbei und lief weiter zur Einkaufspassage. Die war noch schöner als auf den Fotos im Internet: Stuck an den Wänden, tolle alte Geschäfte und schicke Designerläden. Ein lang gezogenes Dach aus Stahl und Glas, durch das von oben helles Licht flutete. Aber am allerbesten gefiel mir der Mosaikboden mit den kreisförmigen Mustern in Blau, Weiß und Rostrot.

Wer hier tatsächlich shoppen ging, hatte Geld wie Heu. Der Rest der Leute kam her, um zu gucken, nicht zu kaufen. Nachdem ich die Galleria einmal auf und ab gelaufen hatte, stellte ich mich unter den Bogen eines Designerladens und ging in die Hocke. Ich wollte den Fußboden fotografieren, die matte Spiegelung des Marmors. Ein paarmal stellte ich extra Langzeitbelichtung ein, damit die Bewegungen der Menschen in verwischten Spuren sichtbar wurden.

Ich knipste meine Speicherkarte voll und merkte zu spät, dass mir beide Füße eingeschlafen waren. Abwechselnd auf dem linken und dem rechten Bein hüpfte ich ziemlich unelegant hinaus ins Freie.

Ich hatte die Einkaufspassage an der Nordseite verlassen und kam auf die Piazza della Scala. Hier stand also das berühmte Mailänder Opernhaus, die Scala. Von außen wirkte sie fast schlicht mit ihrer weißen Front und den schmalen grauen Säulen über dem Balkon. Inzwischen war es Abend geworden. Auf der Straße kamen ein paar junge Italiener zusammen, begrüßten sich lebhaft mit Umarmungen und Küsschen und zogen los, um ein Lokal zu suchen.

Als mein Magen knurrte, erinnerte ich mich an Sandras Vorschlag. Nein, ich brauchte sie nicht. Ich würde auch ohne sie eine gute Pizzeria finden!

Ich ging weiter zur Piazetta Giordano dell'Amore und stieß in der Nähe auf ein Lokal mit tollen hohen Räumen. Auf der Galerie führte mich der Kellner zu einem freien Tisch in einer Ecke. »Bona sera, signorina, prego.« Und schon war er wieder verschwunden.

An zwei Steinbacköfen arbeiteten die Pizzabäcker auf Hochtouren. Ich bestellte eine Pizza Margherita und bekam kurz darauf die wagenradgroße Ausführung des Klassikers auf einem Teller, dessen Rand an keiner einzigen Stelle mehr zu sehen war.

Die Pizza schmeckte super nach frischen, aromatischen Tomaten, und der Teig war genau, wie ich ihn mochte: in der Mitte fluffig-locker und an den Rändern knusprig. Trotzdem musste ich bei der Hälfte aufgeben.

Ich sah mich im Restaurant um und stellte wieder fest, wie schick die Menschen gekleidet waren. Die Männer trugen Anzüge und viele Frauen elegante Kostüme. In meiner nicht mehr ganz sauberen Jeans und dem zerknitterten T-Shirt kam ich mir fast schäbig vor.

Egal, ich winkte dem Kellner und sagte so selbstbewusst wie möglich: »Il conto per favore.«

Der Italienisch-Crashkurs im Zug hatte sich gelohnt. Auf meinem Tisch landete kurz darauf die Rechnung. Ich opferte meinen letzten Euroschein und nutzte die Gelegenheit, um einen Kassensturz zu machen.

Auf die Rückseite der Rechnung kritzelte ich meine bisherigen Ausgaben. Die Summe war erschreckend hoch. Sicherheitshalber rechnete ich noch mal nach, aber der Betrag stimmte leider bis auf den Cent genau.

Aiuto! Hilfe!

Ich hatte in den letzten vierzehn Tagen fast doppelt so viel Geld ausgegeben, wie ich es vor meiner Abreise geplant hatte. Mein Budget für die drei Monate reichte hinten und vorne nicht.

Trotz der Hitze, die aus den Steinbacköfen nach oben strömte, bekam ich plötzlich Gänsehaut. Was sollte ich jetzt machen? Meine Reise abkürzen? Das wollte ich auf keinen Fall. Gerade wo es anfing, mir ein bisschen Spaß zu machen.

Heute, so viel war klar, würde ich das Problem nicht mehr lösen können. Ich war müde, hatte viel zu viel gegessen, und in meinen Beinen spürte ich den Muskelkater von der Wanderung am Morgen.

Ziemlich kleinlaut lief ich zurück zum Hostel und hoffte, dass Sandra schon schlief. Ich hatte nicht die geringste Lust, mir irgendwelche Fantasiegeschichten über einen tollen Abend mit meinen italienischen Freunden auszudenken.

»Hi!«, begrüßte mich Sandra fröhlich, die zwischen all ihrem Chaos eine Yogamatte ausgerollt hatte und den Krieger machte. »Na, war's schön?«

»Super«, behauptete ich und kletterte auf mein Bett, um genervt ein paar T-Shirts und Socken auf das untere Bett zu werfen und meinen Kulturbeutel aus dem Rucksack zu kramen.

Sandra schloss ihre Yogaeinheit mit einem perfekt ausbalancierten Kopfstand ab. Danach rollte sie ihre Matte zusammen und kam rüber zum Bett. »Also jetzt erzähl schon: Was ist los? Kann ich dir irgendwie helfen? Hast du trouble?«

Ich war platt. »Woher weißt du ...?«

Sandra lächelte. »Das sieht doch jeder, der zwei Augen im Kopf hat.« Sie schwang sich auf die Leiter und setzte sich im Schneidersitz neben mich.

Erst wollte ich nicht, aber dann erzählte ich Sandra doch von meinem ›trouble‹. Ich beteuerte, dass ich normalerweise gut mit Geld umgehen konnte, aber dass die Hostels und so weiter viel teurer ...

Sandra winkte ab. »Spar dir den Rest, Darling! Ich kenn das. Bin auch schon zwei Monate unterwegs, und mir geht immer wieder die Kohle aus. Aber ich hab dir doch vorhin erzählt, dass ich weiß, wo es die beste Pizza gibt.«

Ich runzelte die Stirn. »Äh ... ja? Und weiter?«

Sandra streckte ihre Beine zu einer Kerze hoch und wackelte mit ihren pinkfarbenen Zehen. »In dieser Pizzeria arbeite ich. Die suchen laufend Aushilfen in der Spülküche. Wenn du willst, kannst du morgen anfangen.«

»Spülküche?« Ich sah Sandra entsetzt an. »Ist das nicht ein Knochenjob für Männer?«

»Attenzione!«, rief Manuel laut.

Der Deckel des Geschirrspülers schwenkte nach oben, und eine heiße Dampfwolke quoll heraus. Ich war gerade noch rechtzeitig zur Seite gesprungen.

Jetzt erklärte mir Manuel, was ich zu tun hatte: die sauberen Teller ausräumen und auf einem Rollwagen stapeln. Er grinste mich an. »Stai facendo bene!«

Ob ich das wirklich gut machen würde, musste sich erst noch zeigen, aber ich strengte mich an. Die Teller waren heiß. Ich trug zwar Handschuhe, hatte aber trotzdem das Gefühl, mir die Finger zu verbrennen. Kaum war der Korb leer, kam auch schon der nächste und so weiter und so weiter. Nach einer Weile konnte ich die Teller schon etwas schneller stapeln. Doch gerade als ich richtig schön im Flow war, spuckte der Geschirrspüler einen Korb voller Besteck aus.

Manuel kippte einen Berg aus Messern, Gabeln und Löffel auf den Tisch. »Ordinare«, wies er mich an, und ich sortierte das Besteck. Messer in den linken Kasten, Gabeln in die Mitte, Löffel rechts. Dabei musste ich mich voll konzentrieren und schnell sein. In der tropischen Hitze und bei dem ganzen Lärm drumherum eine echte Herausforderung.

Nach einer Stunde durfte ich endlich auf die andere Seite wechseln. Jetzt stand ich vor dem Spüler statt dahinter. Sandra schneite mit einem Stapel schmutzigem Geschirr herein und stellte es neben mich ab.

»Für dich, Darling«, teilte sie mir freudestrahlend mit.

»Grazie«, seufzte ich. Dann räumte ich das Geschirr in einen Korb, brauste es kurz mit einer Handdusche ab und schob es in den Spüler.

Wenigstens war ich nicht alleine. Chiara, eine 50-jährige Italienerin, half mir. Sie arbeitete doppelt so schnell wie ich und schwärmte nebenbei von ihrer Familie.

»Tre bambini«, erzählte sie mir und berichtete stolz, dass alle drei studierten. Nur mit den Enkelkindern ließen sie sich Zeit. Zu viel Zeit, wie Chiara fand. Sie könne es kaum erwarten, endlich Oma zu werden.

Wenn Chiara nicht gewesen wäre, hätte ich den Job schon nach einem halben Tag hingeworfen. Doch wegen ihren aufmunternden Worten und der Aussicht, irgendwann genug Geld verdient zu haben, damit ich mir die restliche Reise leisten konnte, riss ich mich zusammen.

Es war wirklich hart. Am Abend hatte ich bleischwere Beine, raue Hände und fiel todmüde ins Bett.

»Morgen wird es besser«, tröstete mich Sandra am zweiten Tag und plauderte munter weiter, während mir schon die Augen zufielen.

Am nächsten Morgen fiel mir die Arbeit tatsächlich etwas leichter. Ich kämpfte mich durch und wurde von Manuel mit einem »Sei fantastico!« belohnt.

Das ganze Team der kleinen Pizzeria war gut drauf. Ich fand das echt bewundernswert, denn es gab nicht mal eine gemeinsame Mittagspause. Weil die Pizzeria so beliebt war, hatte sie durchgehend warme Küche. Die Mitarbeiter aßen nacheinander schnell mal was zwischendurch.

Chiara wollte auch von meiner Familie hören und bedauerte, dass ich keine Geschwister hatte. »Aber einen Freund hast du doch sicher?«

»Nein, leider nicht«, musste ich sie enttäuschen. »Er hat mit mir Schluss gemacht.«

»Idiota!«, regte Chiara sich auf. »Stupido uomo!«

Von da an überlegte sie, welcher gut aussehende junge Mann in ihrer Verwandtschaft für mich infrage käme. Auf dem Handy zeigte sie mir Fotos von ihrem Neffen, dem Cousin ihrer Schwiegermutter und zwei Söhnen ihrer besten Freundin. »Du musst sie unbedingt kennenlernen«, drängte sie. »Sehr nette Männer. Das wird klappen, garantita!«

»Äh … weiß nicht …«, wehrte ich höflich ab, während ich auf Marcos Goldkettchen starrte, ein weiterer Cousin, den Chiara aus dem Hut gezaubert hatte.

Leider ließ Chiara nicht locker, und irgendwann hatte ich eine Idee. Ich brachte ein Foto von Lenny mit, hielt es ihr unter die Nase und sagte: »Il mio nuovo amico.«

Chiara stellte schwungvoll vier Teller auf den Rollwagen und rief begeistert: »Che bell' uomo! Wehmütig betrachtete sie die Aufnahme von Lenny im Fußballtrikot. »Wenn ich noch ein paar Jahre jünger wäre …«

Ich drückte ihr das Foto in die Hand. »Schenke ich dir. Ich habe zwei Abzüge davon.«

Chiara drückte Lenny glücklich an ihre Brust. »Mille grazie! Er bekommt einen Ehrenplatz in meiner Wohnung.«

CIAO, LIEBESKUMMER!

Mein Geldproblem hatte ich also erfolgreich gelöst. Am Ende der zweiten Woche überreichte Manuel mir einen Umschlag mit dem vereinbarten Lohn und einem extra Bonus. »Weil du so fantastico gearbeitet hast. Und du kannst jederzeit wieder bei uns jobben, vergiss das nicht, Jasmin.«

Meinen Ausflug in die harte Arbeitswelt würde ich bestimmt nicht vergessen, aber ich nahm mir fest vor, ab jetzt sparsamer mit meinem Budget umzugehen, damit ich keinen neuen Job mehr annehmen musste. Taxifahrten und Restaurantbesuche waren etwas für die schicken Mailänder, nicht für mich.

Ich blieb noch zwei Tage in Mailand, bummelte durch die Gassen des Brera-Viertels und schaute mir ein paar Kunstgalerien an. Sandra zeigte mir das Navigli-Viertel, das vor allem nachts zum Leben erwachte. Sie lud mich auf einen Sundowner am Naviglio Grande, dem größten Mailänder Kanal ein. Als die Sonne unterging, wusste ich nicht, was ich zuerst machen sollte: die Lichtspiele im Wasser fotografieren oder einfach nur dasitzen und die Abendstimmung genießen.

Irgendwann legte ich die Kamera auf den Tisch. Ich wollte meinen letzten Abend in Mailand mit allen Sinnen erleben. So richtig schaffte ich das leider immer noch nicht. Sobald ich irgendwo zur Ruhe kam, musste ich wieder an Lenny denken.

Sandra zeigte mir um halb zwei Uhr morgens in unserem Zimmer noch, wie ich den Krieger am besten hinbekam. »Wenn du den jeden Tag zweimal auf deiner Isomatte machst, bist du deinen Liebeskummer bald los.«

»Okay ...« Ich versprach ihr, sie mit Fotos von meinen nächsten Stationen Verona und Venedig zu versorgen. Sie selbst wollte noch länger in Mailand jobben.

Liebeskummer-Rückfall!

Wie war ich nur darauf gekommen, mir ausgerechnet Verona als Reiseziel auszusuchen? Es lief von Anfang an schief. Ich landete im Zehner-Schlafsaal eines Hostels mit einer Frauengruppe aus Hannover, die den Junggesellinnenabschied ihrer Freundin Lena feierte: sehr laut und mit Sektflaschen, deren Nachschub nie auszugehen schien.

Lenas größter Wunsch war es, sich den Balkon von Romeo und Julia anzusehen. Die Casa di Giulietta war nur ein paar Gassen entfernt. Das alleine hätte mich nicht weiter gestört, aber die Freundinnen hatten es sich in den Kopf gesetzt, gemeinsam mit Lena einen Liebesbrief an »Julia« zu verfassen und an die Mauer des Toreingangs zu pinnen. Dort hingen schon sehr viele andere Liebesbriefe aus aller Welt, die regelmäßig von »Julia« höchstpersönlich beantwortet wurden.

»So können wir den Brief nicht abschicken«, fand Lena. »Er muss noch viel poetischer werden. Ich muss Julia unbedingt fragen, wie man erkennt, dass man wirklich die ganz große Liebe gefunden hat. Jasmin, bitte hilf uns!«

Alle meine Proteste richteten nichts aus. Die Freundinnen bestanden darauf, dass ich romantische Weisheiten aus meinem Leben beisteuerte.

»Sag jetzt nicht, du wärst noch nie verliebt gewesen!«, kicherte Jenny und reichte mir die Sektflasche weiter.

Ich nahm einen Schluck, kämpfte gegen eine neue Welle Liebeskummer an, und plötzlich fiel mir ein alberner Spruch aus meinem Poesiealbum ein:

Wer geliebt, kann nicht vergessen,
wer vergisst, hat nie geliebt,
wer geliebt und doch vergessen,
hat vergessen, wie man liebt.

Lena, Jenny und ihre Freundinnen starrten mich wie eine Fata Morgana in der Wüste an. Ihr Schweigen dauerte gefühlte drei Minuten.

»Das ist es«, flüsterte Jenny.

Lena hatte Tränen in den Augen und fiel mir um den Hals. »Danke, danke! Ich würde dich ja sooo gerne zu meiner Hochzeit einladen, aber die Gästeliste ist leider schon voll.«

»Kein Problem«, versicherte ich ihr und verdrückte mich bei der erstbesten Gelegenheit aus dem Schlafsaal.

Am nächsten Tag lief ich mit meiner Kamera durch die Altstadt von Verona. Im bunten Treiben der leger gekleideten Leute fühlte ich mich wohler als im schicken Mailand. Auf der Piazza delle Erbe fotografierte ich die Marktstände und saß anschließend stundenlang in einem Café, schlürfte einen Cappuccino und beobachtete die Menschen.

Am späten Nachmittag kam ich mit einer amerikanischen Studentin ins Gespräch. Jane war nett und fragte mich auf Englisch, ob ich heute Abend schon was vorhätte.

»Nein, noch nicht, wieso?«, wollte ich wissen.

»Meine Freundin hat mich versetzt. Wir wollten zusammen in die Oper gehen, aber jetzt hat sie auf einmal keine Lust mehr.«

»Was wird denn gespielt?«

»*Aida* von Verdi.«

Von dem Komponisten hatte ich schon mal gehört, und meine

Mutter fand *Aida* toll. Sie war die einzige Musikexpertin in unserer Familie. Neugierig war ich irgendwie schon. Ich hatte noch nie eine Oper live auf der Bühne erlebt.

»Eigentlich voll gerne«, bedankte ich mich für das Angebot. »Aber ich kann mir so eine teure Karte leider nicht leisten.«

»Ich auch nicht«, gab Jane offen zu. »Meine Eltern haben sie mir geschenkt. Sie wollen, dass ich in Europa so viel Kultur wie möglich mitkriege. Ich schenke dir die Karte weiter.«

»Echt jetzt?«

»Jaaa!« Jane verdrehte die Augen. »Aber wenn du noch lange überlegst, gebe ich sie dem nächstbesten Touristen, der hier vorbeiläuft.«

Hätte ich bloß nicht Ja gesagt oder mir die Arena di Verona doch nur von außen angeschaut. Das wäre besser gewesen. Aber so saß ich völlig unvorbereitet in dem überwältigend großen Amphitheater in einer warmen italienischen Sommernacht. Über uns leuchteten die Sterne, und auf der Bühne funkelte eine riesige goldene Pyramide, bewacht von Sphinxen und Obelisken. Jane schob mir das Programmheft zu. Schnell las ich in der Zusammenfassung, worum es ging.

Radames, Feldherr der Ägypter, liebt heimlich Aida und sie ihn. Es ist eine unmögliche Liebe, denn Aida ist die Königstochter des Erzfeindes, der Äthiopier. Sie wurde gekidnappt und dient als Sklavin bei Amneris, der Königstochter von Ägypten. Die wartet darauf, dass Radames den Sieg über die Äthiopier für sie einholt und sie heiratet. Radames siegt tatsächlich und bringt Aidas Vater als Gefangenen heim. Radames erzählt Aida von einer unbewachten Stelle, von der aus sie zu dritt – er, Aida und ihr Vater – nach Äthiopien fliehen könnten. Doch der Palast hat viele Ohren. Radames wird wegen Hochverrats zum Tod verurteilt. Aida schleicht sich heimlich in die Gruft – und das Liebespaar stirbt dort gemeinsam.

Bei der Eingangsszene dachte ich noch, das wird jetzt ein großes

Spektakel, das mich zwar beeindruckt, aber nicht berührt. Ein großer Chor in langen ägyptischen Gewändern sang aus voller Kehle, Tänzer wirbelten herum, und Männer ritten auf Pferden über die Bühne. Als Höhepunkt wurde der Pharao auf seinem Thron hereingetragen.

Doch dann sang Radames seine erste Arie: »Holde Aida, vom Himmel kommst du, von Duft und Strahlen verklärt. Du bist die Königin meiner Gedanken.«

Die Melodie traf mich mitten ins Herz. Wie gebannt lauschte ich nun der Musik.

Irgendwann raschelte es neben mir. Jane hielt mir eine Packung Taschentücher hin. Ich hatte nicht mal gemerkt, dass mir die Tränen über die Wangen liefen. Bald brauchte ich das zweite Taschentuch, und irgendwann ließ ich den Tränen einfach freien Lauf.

Das Finale gab mir den Rest. Amneris trauerte allein auf der Grabplatte und dann klagten Aida, Radames und Amneris gemeinsam in ihrer letzten Arie: »Ahnend im Herzen, dass man dich verdamme …«

Während die drei sangen, lief parallel ein innerer Film in mir ab. Hatten Lenny und ich uns nicht ähnlich stark geliebt wie Radames und Aida? Hatten wir mit unseren Reiseplänen nicht auch gehofft, dass wir diese Liebe retten könnten? Aber der Plan war von vornherein zum Scheitern verurteilt gewesen, schon bevor Kim aufgetaucht war …

Auf der Bühne lagen sich Aida und Radames in den Armen, im Tod vereint. Und ich saß auf der Tribüne und begrub meine letzte Hoffnung auf einen Neuanfang. In den drei Stunden, die die Oper dauerte, ließ ich Lenny endlich los. In jedem Akt ein Stückchen mehr, bis ich nach dem letzten Ton der Oper in den aufbrandenden Applaus hinein die kitschigsten Worte meines Lebens murmelte. Ich konnte nicht anders. Sie mussten aus mir heraus.

»Leb wohl, Lenny, leb wohl«, flüsterte ich.

Venedig war zwar nur etwas mehr als eine Zugstunde von Verona entfernt, aber mir kam es vor, als ob ich am Bahnhof einen neuen Kontinent betreten würde. Romeo und Julia, Aida und Radames blieben in Verona in ihre tragischen Dramen verstrickt, doch ich hatte den Absprung geschafft.

Ciao, Liebeskummer! Ciao, Vergangenheit, in der ich mich hilflos und ohnmächtig gefühlt hatte!

Ab heute schlug ich
ein neues
KAPITEL
in meinem
LEBEN
auf.

Vielleicht fing ich auch zum ersten Mal richtig zu leben an. Bevor ich mich in Lenny verliebt hatte, waren es meine Eltern gewesen, die die wichtigsten Entscheidungen für mich getroffen hatten. Bei Lenny hatte ich mich wieder zurückgelehnt und gewartet, was von ihm kam. Ihm war immer etwas eingefallen, das wir unternehmen konnten, und meistens fand ich das ja gut. Aber es war *sein* Tempo gewesen, dem ich mich angepasst hatte. Er war immer von einem Event zum anderen gehetzt, und ich hatte versucht, dabei Schritt zu halten. Erst jetzt merkte ich, wie anstrengend das gewesen war.

»Scusi!« Ein Mann rempelte mich ziemlich unsanft an.

Ich nahm es ihm nicht übel, schließlich stand ich mitten in der offenen Bahnhofstür, die zum Canal Grande hinausging.

Ich kam zur Hauptreisezeit nach Venedig. Die Anlegestelle der Vaporetti, der Wasserbusse gegenüber vom Bahnhof, war voller Touristen. Hektisch drängten sie in die Boote, weil sie es kaum erwarten konnten, zum Markusplatz zu kommen.

Ich nahm meinen Rucksack ab, setzte mich auf die Treppenstufen und sah ihnen lächelnd dabei zu. Dann streckte ich mein Gesicht der Sonne entgegen und genoss die Wärme nach der Zugfahrt im klimatisierten Abteil.

Es gab niemanden, der mir sagte, dass ich mich beeilen sollte. Niemanden, der von mir erwartete, möglichst viele Sehenswürdigkeiten an einem Tag abzuklappern. Und niemanden, der mir den Stadtplan mit den Worten »Lass mich mal lieber« aus der Hand nahm.

Als mir das so richtig klar wurde, machte ich die Augen zu, atmete tief durch und murmelte: »Om!«

Echt verrückt, dass ich ausgerechnet im überlaufenen Venedig entdeckte, wie tiefenentspannt man reisen konnte.

Es wurde Mittag. Die italienische Sonne brannte auf meinen Nacken. Ich stand auf und kaufte mir ein Tagesticket für die Wasserbusse. Die Linie 1 war so voll, dass ich innen keinen Platz mehr bekam. Aber am Bug konnte ich umso besser nach draußen sehen.

Die Palazzi mit ihren schmalen, gotischen Fenstern glitten langsam an uns vorbei. Ab und zu tauchte zwischen den Dächern die Kuppel einer Kirche auf. Das Wasser plätscherte, und wir fuhren unter der ersten Brücke hindurch. Wie ruhig es in Venedig war trotz der lauten Gespräche der Touristen. Kein Autolärm, kein ungeduldiges Gehupe vor den Ampeln. Rings um mich herum wurde geknipst, verliebte Pärchen machten ihre Selfies, und ich war fast gar nicht eifersüchtig. Obwohl ich mir die Kamera umgehängt hatte, nahm ich sie kein einziges Mal hoch. Ich wollte Venedig unmittelbar erleben.

»Da vorne links ist das Kunstmuseum!«, hörte ich eine Frau rufen. Sie zeigte auf einen weißen Palast mit verschnörkelten Balkonen.

Ich merkte mir die Stelle. Vielleicht würde ich morgen mal reingehen.

Nach einer Weile tauchte eine überdachte Brücke vor uns auf, die ich von Fotos kannte.

»Rialto«, kam die Durchsage durch den Lautsprecher.

Spontan entschied ich mich für einen Zwischenstopp und ließ mich mit dem Touristenstrom von einem Souvenirstand zum nächsten schieben. Im Schneckentempo überquerte ich die Rialtobrücke und landete danach bei einem Gemüse- und Obstmarkt. Am Rand des Marktes wurde es etwas ruhiger. Zwei, drei Ecken weiter entdeckte ich eine Eisdiele.

Eis hatte ich noch viel zu wenig gegessen in Italien. Geduldig reihte ich mich in die lange Schlange ein. Bei so vielen ausgefallenen Eissorten hatte ich die Qual der Wahl. Sollte ich Pistazie Amarena nehmen, Opera oder Moro di Venezia? Ich entschied mich für Manet, ein Nougateis mit salziger Pistazie. Mit dem Eis in der Hand schlenderte ich weiter durch die Gassen. Immer wieder stieß ich dabei auf kleine Weinschenken, die hier »Bacari« hießen. Manchmal war es auch nur eine Nische in der Wand mit einer Menschentraube davor. Hier traf sich die Nachbarschaft aus dem Viertel, Bekannte wurden herzlich begrüßt. Die Leute tranken ein Glas Wein und aßen ein paar Häppchen dazu. Die Handys blieben in den Taschen, alles war ganz entspannt, was mir total gut gefiel.

Ich lief in Richtung Süden, wo sich die Touristenströme wieder verdichteten. Dann machte ich einen Bogen um den Markusplatz und ging weiter zum Dogenpalast. Wie Venedig wohl im Mittelalter ausgesehen hatte, als die reichen Staatsoberhäupter die Republik lenkten? Sie mussten sehr mächtig gewesen sein. Zu gerne hätte ich eine kleine Zeitreise dorthin gemacht.

»Ist der Rucksack nicht schwer?«, sprach mich plötzlich eine ältere Frau auf Deutsch an. Sie war bestimmt über siebzig und trug eine Schiebermütze auf dem Kopf, unter der ihre kurzen weißen Haare hervorlugten.

»Ja, schon ein bisschen«, antwortete ich. »Aber man gewöhnt sich dran.«

Tatsächlich hatte ich seit meiner Ankunft am Bahnhof gar nicht mehr an meinen Rucksack gedacht. Erst jetzt merkte ich, dass meine Schultern wehtaten.

»Wenn du möchtest, kannst du den Rucksack unterstellen. Gar nicht weit von hier, neben den Giardini della Marinaressa.«

»Ach, ist da Ihr Hotel?«, fragte ich.

Die Frau schüttelte belustigt den Kopf. »Nein, nein, da ist mein Lieblings-Bacaro, wo ich mir jeden Tag meine Panini hole. Ich lebe seit zwanzig Jahren in Venedig. Ich heiße übrigens Elfriede.«

»Jasmin.«

Sollte ich das Angebot annehmen? Ich war mir nicht sicher, obwohl Elfriede nicht so wirkte, als ob sie zu einer Bande organsierter Taschendiebe gehörte.

»Du bist nicht die erste Rucksacktouristin, der ich so was anbiete«, sagte Elfriede verschmitzt. »Francesco fragt mich schon, wann ich über seinem Bacaro eine Pension aufmachen will.«

»Wenn das so ist, dann gerne.«

»Sehr schön!«, freute sich Elfriede. »Wenn du Lust hast, zeige ich dir danach meinen Lieblingsort in Venedig.«

»Die Giardini della Marinaressa?«, riet ich.

Eine halbe Stunde später schlenderte ich mit Elfriede durch einen verwunschenen kleinen Park. Schiefe Pinien streckten sich der Sonne und der Lagune entgegen. Es gab keine Touristen weit und breit, dafür ein paar Frauen in bunten Badeanzügen. Auf den ersten Blick dachte ich wirklich, sie sind echt, weil die Skulpturen super fotorealistisch gearbeitet waren, bis hin zu den Wassertropfen auf der Haut.

Eine Frau saß auf einem silbern glitzernden Wasserball und hielt den Kopf verträumt in Richtung Lagune. Eine andere lag bäuchlings auf einem Schwimmreifen. Und eine dritte balancierte mit Händen und Knien auf einem weißen Wasserball, als ob sie kurz davor wäre, einen Kopfsprung ins Wasser zu machen.

»Was siehst du in den Frauen?«, fragte Elfriede mich. »Denk nicht nach, sag einfach, was dir in den Sinn kommt.«

»Sie haben alle die Augen zu«, fiel mir als Erstes ein. »Es ist, als lauschten sie dem Meer, als atmeten sie die frische Luft und spürten ihren Körper. Wahrscheinlich freuen sie sich sehr aufs Schwimmen, und gleichzeitig zögern sie den Moment hinaus. Vielleicht weil sie jetzt schon glücklich und ganz bei sich sind.«

Elfriede nahm meine Hand und drückte sie fest. »Schade, dass Carole Feuerman heute nicht hier ist. Ich bin sicher, ihr würdet euch sehr gut verstehen.«

»Du kennst die Bildhauerin?«, fragte ich überrascht.

Elfriede lächelte. »Ich habe ihre Ausstellung 2017 als Kuratorin betreut. Carole lebt in Amerika. Sie hat ihr Werk *Schwimmer – Der weibliche Blick nach innen* genannt. Der Untertitel passt gut, nicht wahr?«

Ich nickte und stieß einen tiefen Seufzer aus. »Wie schafft diese Carole das nur? Sie drückt genau das aus, was ich spüre, wenn ich schwimme! Es muss toll sein, so eine Kunst zu erschaffen.«

EIN FASS FÜR ZWEI

Ich konnte es nicht lassen. Im Railjet von Venedig nach Klagenfurt, der die knapp 300 Kilometer in nur dreieinhalb Stunden zurücklegte, checkte ich eine andere Zugverbindung. Säße ich jetzt im Zug nach Zagreb, wie Lenny es geplant hatte, wäre ich über neun Stunden unterwegs und würde erst kurz vor Mitternacht ankommen.

Sorry, Lenny, aber nach Kroatien und Bosnien-Herzegowina musst du schon selber fahren, falls du dich irgendwann wieder aus Berlin herauswagst. Mich zieht es nämlich nach Österreich, zum Wörthersee. Dort bleibe ich mindestens eine Woche und mache endlich das, was ich schon die ganze Zeit tun wollte: ausspannen!

»Das vierte Land auf meinem Interrail-Trip«, postete ich und machte ein Selfie von mir aus dem Zug. »Fühlt sich super an.«

Ein paar Minuten später bekam ich vier Kommentare.

»Siehst toll aus, Jasmin! Viel Spaß mit den österreichischen Jungs. Nina.«

Charlotte schrieb aus der Provence: *»Mega, wie weit du herumkommst. Beneide dich. Salut, Jasmin!«*

Fleur feuerte eine begeisterte Salve von Emojis ab. Und Sandra schickte mir eine richtig lange Nachricht:

Hi Jasmin,
du fehlst mir! Mailand ohne dich ist boring. Chiara lässt dich herzlich grüßen. Sie fragt nach deiner Adresse in Frankfurt, weil sie dir ein Geschenk schicken will zu deiner Verlobung mit Lenny.

Machst du auch schön jeden Tag den Krieger?

Ciao Darling,

Sandra

Am späten Vormittag kam ich in Klagenfurt an. Ich stieg in den erstbesten Bus, ließ mich ganz bequem in die Altstadt fahren und landete zusammen mit einer Seniorengruppe aus Deutschland auf dem Neuen Platz. Offensichtlich waren sie Mitglieder eines Trachtenvereins, denn alle trugen Dirndl und Lederhosen.

»Da vorne steht ein Guide!«, rief einer von ihnen und schwenkte aufgeregt seinen Filzhut. »Die Stadtführung ist kostenlos. Kommt!«

Seine Freunde folgten ihm zu einem Brunnen in der Mitte des Platzes.

Plötzlich hatte ich Lennys Stimme im Ohr, der Stadtführungen schon immer unglaublich spießig fand. »Herdentrieb! Bei so was würde ich nie mitmachen«, hatte er mir einmal erklärt, als wir am Römer, dem alten Frankfurter Rathaus, vorbeiliefen.

Trotz Rucksack hatte ich die Senioren schnell eingeholt. Ich schloss zu ihnen auf und stellte mich in den Kreis, der sich um den Guide gebildet hatte.

Tobias lebte seit 62 Jahren in Klagenfurt. »Grüß Gott miteinander!«, hieß er uns in seiner Heimat willkommen. »Ihr seid's genau zur richtigen Zeit am richtigen Ort: Im Juni ist Klagenfurt, die Hauptstadt von Kärnten, am schönsten.« Und dann erklärte er uns das Wahrzeichen, den riesigen Lindwurm aus grauem Schiefer, der aus seinem Maul Wasser in eine Brunnenschale spuckte.

»Vor langer, langer Zeit gab es hier in der Gegend nur Sumpf, Nebel und einen dunklen Wald, in dem ein Lindwurm hauste. Keiner, der sich in den Wald hineinwagte, kehrte je zurück. Da ließ der Herzog einen Stier an eine Kette mit einem Widerhaken binden. Der Drache stürzte sich auf den Stier, wollte ihn verschlingen und kämpfte wütend gegen den Widerhaken. Mutige Knechte töteten das Untier dann mit Keulen. Noch einmal krümmte und wand sich der lange Schlangenleib, danach war es vorüber und das Land von der Plage des Lindwurms befreit.«

Tobias breitete lächelnd die Arme aus. »Am Ort des Drachenkampfes entstand ein Dorf mit einem Schloss. Es wurde über die Jahrhunderte immer größer und ist heute unser Klagenfurt.«

Ich sah mich auf dem großen, hellen Platz um und wunderte mich. Die gruselige, düstere Sage passte so gar nicht zu dieser hellen, freundlichen Stadt.

Doch Klagenfurt hatte noch mehr aus der Gruselecke zu bieten. Nach einem Rundgang über den Domplatz, an der Marienkirche und dem Benediktinerplatz vorbei, bogen wir in die Fußgängerzone ein.

Kurz darauf blieb Tobias vor einer kleinen Bronzefigur stehen, die mit dem rechten Zeigefinger zum Himmel zeigte und unter dem linken Arm ein Fass hielt.

»Ohne dieses bärtige Männlein hier gäbe es unseren Wörthersee nicht«, erzählte uns Tobias mit einem Augenzwinkern. »Vor vielen Tausenden Jahren stand auf der Fläche des heutigen Wörthersees eine große Stadt. Der Handel mit fernen Ländern machte die Menschen reich, aber keiner glaubte mehr an Gott. Zu Weihnachten feierten sie im Festsaal im Rathaus. Als die Kirchenglocken läuteten, tauchte ein bärtiges Männlein auf. Es warnte die Leute, dass jeder, der leben wollte, zur Weihnachtsmette gehen sollte. Alle lachten es aus. Um Mitternacht kam das Männlein wieder. Unter seinem Arm trug es ein kleines Fass, aus dem Wassermassen herausströmten. Die Menschen ertranken in den Fluten. Das Wasser bedeckte die Stadt und das Land ringsherum. Heute kennt man das Gewässer als den Wörthersee und das Männlein heißt bei uns Wörtherseemandl.«

Jetzt wollten die Senioren das berühmte Mandl unbedingt berühren. Sie waren nicht die Ersten und würden wohl auch nicht die Letzten sein. Der Zeigefinger des Mandl schimmerte golden von den vielen Händen der Touristen.

Ich sparte mir das Ritual und verabschiedete mich beim Guide und bei der Gruppe. Der größte Teil der Stadtführung stand zwar noch bevor, aber mein Rucksack drückte immer schwerer auf meine Schultern. Außerdem wurde es Zeit, dass ich mir eine Unterkunft suchte.

Das Wetter war so schön. Ich checkte kurz im Handy, wie warm das Wasser im Wörthersee war. Siebzehn bis zwanzig Grad stand in der Tabelle für Juni. Ich beschloss, es noch einmal mit dem Zelten zu versuchen. Am Südwestufer gab es ein größeres Zeltdorf. Der nächste Bus dorthin ging in fünf Minuten. Ich rannte los und schaffte es gerade noch rechtzeitig.

In der nächsten Dreiviertelstunde konnte ich mich entspannt zurücklehnen. Wir fuhren direkt am See entlang. Segelboote schaukelten auf dem türkisfarbenen Wasser. Bewaldete sanfte Hügel rahmten den See ein, und am Himmel tanzten Wolkenfetzen. Dann tauchte ein Strandbad auf mit bunten Sonnenschirmen und einem breiten Steg. Am liebsten hätte ich sofort auf den Halteknopf gedrückt und wäre vom Bus aus direkt ins Wasser gesprungen. Ich konnte es kaum erwarten, endlich wieder zu schwimmen. Aber es dauerte noch eine Weile, bis meine Station ausgerufen wurde.

Camping-Dorf war leicht untertrieben. Die Anlage des Camping-Village erstreckte sich über einen Kilometer. Links und rechts standen sehr viele Wohnwagen. Dazwischen gab es weitläufige Wiesen, Ferienhäuser mit Terrassen, größere runde Zelte und einen Gasthof. Dort war auch die Rezeption für Leute, die zelten wollten. An einem Samstag zur Hauptreisezeit war natürlich viel los. Die Schlange reichte bis hinaus vor die Tür.

Ich reihte mich ein und schob meinen Rucksack Zentimeter für Zentimeter weiter. Hoffentlich dauerte es nicht ewig. Mein Magen knurrte schon.

Plötzlich klopfte mir jemand von hinten auf die Schulter. »Servus! Wüllst da mit mia a Fass teilen?«

»Wie bitte?« Das konnte nur ein Scherz sein.

»A Fass, drentn beim Seerosenteich«, wiederholte der blonde Österreicher, den ich auf Mitte zwanzig schätzte.

Ich musste an das Wörtherseemandl denken und schüttelte den Kopf. »Sorry, hab mein eigenes Zelt dabei.«

»Ich auch, aber die Schlaffässer san recht günstig, wann ma sich eins teilt. Und sie san leiwand und definitiv wärmer als a Zelt.« Der Österreicher drückte mir einen Prospekt des Camping-Dorfs in die Hand, in dem die Schlaf-Wohnfässer abgebildet waren.

»Leiwand?«, fragte ich nach, um Zeit zu gewinnen.

Der Österreicher grinste mich an. »Super. Ich bin übrigens der Fabian aus Graz. Ich wollt dich net überrumpeln. War nur so a Idee.«

»Jasmin. Äh ..., danke, ... nein.«. In einem Doppelbett mit einem fremden Typen zu kuscheln war das Letzte, worauf ich Lust hatte.

Fabian warf beide Hände in die Luft und grinste noch breiter. »I steh net auf Frauen. Aber es is scho okay. I wollt di net belästigen.«

Ich lächelte verlegen und schob meinen Rucksack wieder ein winziges Stückchen weiter. Fabian redete nicht weiter auf mich ein. Eigentlich fand ich ihn ja ganz nett. Er trug ein weißes Hemd zu langen Leinenhosen und hatte einen Aquarellkasten unter dem Arm.

»Du malst?«, fragte ich ihn.

Er nickte. »Ja. Die Lichtspiegelungen auf dem See sind so einzigartig, so ...« Er suchte nach dem passenden Wort.

»... leiwand?«

Fabian lachte. »Ja, genau. Ich experimentiere gerade mit verschiedenen Blau- und Grüntönen.«

Fabian sprach jetzt Hochdeutsch, damit ich ihn besser verstehen konnte. Inzwischen waren wir fast am Tresen. Nur noch ein Pärchen checkte vor uns ein.

Auf einmal hörte ich mich sagen: »Du hast recht. So ein Fass ist bestimmt toll. Wir können uns gerne eins teilen.«

Ich bereute meine spontane Entscheidung nicht. Das Fass war voll gemütlich. Es gab einen Vorraum mit zwei Sitzbänken, einen ausziehbaren Tisch, einen Fernseher und eine Koje zum Schlafen mit Fenster. Innen duftete es wunderbar nach Kiefernholz, und außen hatten wir sogar noch eine winzige eigene Terrasse. Fabian war superhöflich, fragte mich, auf welcher Seite ich schlafen wollte, und half mir beim Auspacken. Als ich mich umzog, ging er sogar extra kurz raus.

Endlich konnte ich schwimmen gehen! Fabian setzte sich mit seinem Zeichenblock auf die Terrasse und wünschte mir viel Spaß.

Ich lief in meinen Flip-Flops zum See. Auf dem Badesteg streifte ich die Schuhe ab und spürte die warmen Holzbohlen unter meinen Fußsohlen. Ich stellte mich an den Rand des Stegs, hob die Arme und machte die Augen zu wie die Schwimmerinnen im Park in Venedig. Dann streckte ich mich und machte einen Kopfsprung in den See. Das Wasser war viel wärmer als im Bergsee in Einsiedeln. Ich kraulte ein paar Züge. Danach legte ich mich auf den Rücken und ließ mich treiben. Mein Körper kribbelte bis in die Fingerspitzen, und die Sonne wärmte mein Gesicht.

Wann war ich das letzte Mal so glücklich gewesen? Glücklich alleine? Auf meiner Reise war es definitiv das erste Mal. Und in der Zeit mit Lenny? Vielleicht wenn ich mit meiner Kamera in Frankfurt unterwegs gewesen war. Wobei ich dann oft schon an das nächste Treffen mit Lenny gedacht hatte, daran, ihn zu fotografieren, ihn zu verführen ...

»Pass auf, ich kann mich nicht halten!«, rief mir eine Stand-up-Paddlerin zu. Ich hatte nicht gemerkt, wie nah sie gekommen war. Dicht neben mir kippte sie vom Board, fiel ins Wasser und spritzte mich nass.

»Tut mir leid«, entschuldigte sie sich, als sie prustend wieder auftauchte.

»Alles gut«, sagte ich, lachte und schwamm in den See hinaus. Die ganze Zeit, während ich im Wasser war, dachte ich nicht mehr an Lenny. Erst als ich zu meiner Unterkunft zurückkam, fiel er mir wieder ein.

Der Tisch auf der Terrasse war gedeckt. Auf den Tellern lagen Nussecken, und in einem Marmeladenglas stand ein wunderschöner Strauß Wiesenblumen.

»Wie magst du deinen Kaffee?«, fragte Fabian. »Mit Milch oder Zucker?«

Lenny wäre nicht mal im Traum auf die Idee gekommen, den Tisch alleine zu decken.

»Schwarz wie die Nacht«, antwortete ich.

Nach zwei, drei Tagen hatte ich das Gefühl, Fabian schon ewig zu kennen. Er war wie der ältere Bruder für mich, den ich nie gehabt hatte.

Wir verstanden uns super und hatten einen ähnlichen Rhythmus. Vor dem Frühstück gingen wir eine Runde schwimmen. Danach tranken wir gemütlich Kaffee, unterhielten uns oder gingen zum Yoga am Seeufer. Nachmittags machte jeder sein Ding. Wir suchten unsere Lieblingsmotive zum Malen und Fotografieren, und ich ging meistens noch mal schwimmen. Abends trafen wir uns dann wieder, um uns auf Fabians Gaskocher Nudeln mit Tomatensoße zu kochen. Wenn es auf der Terrasse zu kühl wurde, legten wir uns mit Kissen auf die Bänke und schauten zusammen Serien.

»So kann es wirklich nicht weitergehen«, sagte Fabian am Ende der Woche. »Wir sind viel zu faul.«

Ich nippte an meinem Morgenkaffee und runzelte die Stirn. »Was schlägst du vor? Fallschirmspringen? Tiefseetauchen? Marathon?«

Fabian lächelte. »So was Ähnliches. Ich hab vorhin mit Raffael telefoniert, einem alten Freund. Er wohnt hier in Klagenfurt und ist seit gestern wieder in der Stadt.«

»Ein Freund oder *dein* Freund?«, konnte ich mir nicht verkneifen zu fragen.

Fabian wurde rot. »Wir hatten mal was miteinander, aber das ist ewig her. Jetzt sind wir gute Freunde. Tja, und zufällig hat Raffael ein Segelboot, auf dem er sich alleine langweilt.«

»Er lädt uns zu sich aufs Segelboot ein? Ich glaub's nicht!«

Als wir eine Stunde später an Bord gingen, glaubte ich es dann doch. Raffael war supernett. Er hatte einen tollen Humor, und wir verstanden uns sofort.

Wir fuhren jeden Tag mit dem Boot weit raus und sprangen abwechselnd in den See. Danach legten wir uns an Deck und ließen uns von der Sonne trocknen. Fabian malte wunderschöne Aquarelle, und ich machte Fotos. Am meisten mochte ich es, wenn ich einfach so mit geschlossenen Augen dalag und Fabian und Raffael beim Reden zuhörte. Sie verwendeten jede Menge österreichische Redewendungen, wenn sie zu zweit miteinander sprachen. Ich lauschte und verliebte mich immer mehr in den schönen Klang der Sprache.

Manchmal las Raffael uns auch aus seinem aktuellen Lieblingskrimi vor, der am Wörthersee spielte.

»Also stellt's euch vor«, sagte er heute mit einem Glitzern in den Augen, »dieser Ben, von Beruf Sohn, Partys, Drogen und so weiter, möchte endlich seine Eltern loswerden, um an ihr Erbe ranzukommen. Zweimal hat er schon versagt, beim dritten Mal will er alles richtig machen. Er rudert am Abend mit den Eltern auf den Wörthersee raus – beide sind Nichtschwimmer, müsst's ihr wissen – und stellt sich so blöd dabei an, dass er nicht die Eltern, sondern ein Sackerl Kokain in den See wirft.«

Raffael begann zu lesen: »›Ben starrte verzweifelt ins kohlschwarze Wasser. An dieser Stelle war der See 85 Meter tief. Keine Chance, das

Kokain wieder rauszufischen. Er konnte das ganze Drama auch abkürzen und sich selber ins Jenseits befördern …‹«

»Stopp!«, unterbrach ich Raffael. »Das will ich nicht hören.«

Er blickte enttäuscht vom Buch auf. »Aber das ist die schönste Stelle im ganzen Krimi!« Er seufzte, blätterte ein paar Seiten weiter und lächelte. »Ah, hier kommt eine romantische Liebesszene auf dem Friedhof.«

Ich hielt mir die Ohren zu und sang laut vor mich hin. Da legte Raffael lachend den Krimi weg. »Du denkst dir jetzt bestimmt, ich erfülle voll das Klischee: Alle Österreicher reden ständig vom Tod.«

»So was Ähnliches hab ich tatsächlich gerade gedacht«, gab ich zu.

Raffael schüttelte den Kopf. »Dabei lieben wir vor allem das Leben, den schönen Augenblick.« Er setzte seine Sonnenbrille ab und blickte verträumt auf den See.

»Wie wollt ihr eigentlich sterben?«, fragte plötzlich Fabian. »Welche Todesart ist besser? Plötzlich ums Leben kommen bei einem Autounfall? Ein Herzinfarkt beim Sex? Oder eine lange, schleichende Krankheit?«

Raffael verdrehte die Augen. »Das macht er extra, um dich zu ärgern, Jasmin!«

»Keine Chance«, gab ich zurück. »Mir geht es heute viel zu gut.« Dann versuchte ich, ernsthaft zu antworten. »Also ich würde mich gerne von meiner Familie verabschieden, von meinen Freunden. Aber Krebs zu haben fände ich schrecklich. Ich war noch nie gut darin, Schmerzen auszuhalten.«

Raffael stand rasch auf, um ein Segel zu hissen. Am späten Nachmittag hatte eine Flaute eingesetzt. Als er zu uns zurückkam, sagte er: »Ertrinken im See wäre auch super.«

»Oder erfrieren im Winter, einbrechen im zugefrorenen See«, ergänzte Fabian.

»Stopp!«, rief ich ein zweites Mal. »Jetzt ist es aber wirklich gut!«

Zwei weitere Tage verflogen, und als ich auf meinen Handykalender sah, erschrak ich. Ich wollte eigentlich längst in Graz oder Wien sein. So hatte ich es mir zumindest vorgenommen.

»Kein Problem«, sagte Fabian. »Die zwei Städte haken wir an einem Nachmittag ab.«

Raffael und Fabian zeigten mir einen Park voller Miniaturmodelle von bekannten Bauwerken, Schiffen und Zügen aus aller Welt. Dass ich den Eiffelturm so schnell wiedersehen würde, hätte ich auch nicht gedacht! Und tatsächlich gab es hier auch das Riesenrad aus dem Wiener Prater, das Belvedere und den Grazer Schlossberg samt Uhrturm.

Fabian und ich machten um die Wette Fotos und gingen immer tiefer in die Knie, um täuschend echte Aufnahmen hinzubekommen. Am Ende robbte Fabian sogar mit dem Bauch über den Rasen, als er mich vor dem Schloss Belvedere fotografierte. Beim Aufstehen stieß er aus Versehen mit dem Bein meine Handtasche um. Der Umschlag mit den Fotos von Lenny rutschte heraus.

»Wen haben wir denn da?«, fragte Fabian.

Raffael pfiff leise durch die Zähne. »Der sieht echt fesch aus. Ist das dein Freund?«

»Exfreund«, murmelte ich. »Er hat Schluss gemacht wegen einer anderen.«

Ich bückte mich und steckte die Fotos zurück in den Umschlag. Das letzte behielt ich etwas länger in der Hand. Es war die einzige Aufnahme, die nicht ich, sondern Lennys Vater gemacht hatte. Mit zehn Jahren waren Lennys schwarze Haare noch lockiger gewesen. Auf dem Foto saß er stolz oben auf einem Baum, den er gerade hochgeklettert war. Immer wenn ich es anschaute, stellte ich mir vor, mit offenen Armen unter dem Baum zu stehen und Lenny zuzurufen: »Spring!«

Fabian und Raffael wechselten einen kurzen Blick. Dann fragte Fabian leise: »Warum hast du die vielen Bilder dabei? Tut das net weh?«

Ich presste meine Lippen zusammen. »Ja, schon. Aber ich habe mir vorgenommen, mich auf meiner Reise von den Fotos zu trennen. In jedem Land lasse ich eins zurück.«

Fabian und Raffael schwiegen verlegen. Ich starrte an ihnen vorbei zu ein paar Kindern, die sich um einen Luftballonverkäufer drängelten. Jeder wollte zuerst einen von den bunten Heliumballons ergattern.

Als Kind hatte ich mal einen Luftballon geschenkt bekommen und eine Karte dazu. Aufgeregt hatte ich meine Adresse darauf geschrieben und den Ballon steigen lassen. Danach hatte ich wochenlang gehofft, dass jemand ihn finden und die Karte an mich zurückschicken würde. Aber das war nie passiert.

»Wartet kurz«, sagte ich zu Fabian und Raffael. Ich ging hinüber zu dem Verkäufer und suchte mir einen grünen Drachen-Ballon aus. Ich setzte mich damit auf eine Bank, schrieb auf die Rückseite des Kinderfotos Lennys Adresse und versuchte das Foto an der Schnur zu befestigen. Doch ohne ein eingestanztes Loch klappte das natürlich nicht.

»Ich hab eine Idee«, schlug Raffael vor. »Wir besorgen uns eine Plastikhülle für das Foto und knüpfen es richtig fest an die Schnur, damit es den Flug übersteht.«

Genauso machten wir es. Als die Sonne unterging, fuhren wir mit dem Segelboot raus auf den See, stellten uns an den Bug und riefen zusammen: »Drei, zwei, eins ...

... LOS!«

Ich ließ die Schnur aus meiner Hand gleiten. Der Drache hob ab und flog rasch höher und höher, hinauf in den pastellblauen Abendhimmel. Als er an der Sonne vorbeischwebte, sah es ganz kurz so aus, als würde er Feuer spucken.

DIE FREIHEIT DER KUNST

Es schlugen zwei Herzen in meiner Brust. Das eine wollte in Österreich bleiben, am Wörthersee bei Fabian und Raffael. Das andere hatte immer noch Fernweh, wollte weiterziehen nach Osten, in zwei Länder, auf die ich schon lange neugierig war: Ungarn und die Slowakei. Am Ende traf nicht mein Herz die Entscheidung, sondern das Ablaufdatum meines Interrail-Passes. Ich musste weiter, wenn ich wie geplant nach drei Monaten zu Hause sein wollte.

Fabian und Raffael brachten mich zum Zug. Am Bahnsteig lagen wir uns in den Armen und hatten alle drei Tränen in den Augen.

»Ich vermisse dich jetzt schon!«, seufzte Fabian.

»Ich euch auch!«

Raffael schenkte mir zum Abschied einen österreichischen Krimi »ohne Friedhof-Szenen, versprochen!«, und Fabian drückte mir eine Tüte mit Nussecken in die Hand: »So gute bekommst du nur bei uns in Österreich!«

Ich lud die beiden noch mal herzlich ein, mich bald in Frankfurt zu besuchen. Dann sprang ich in den Zug. Durch die verspiegelten Scheiben sah ich Fabian und Raffael auf dem Bahnsteig stehen. Sie wurden schnell kleiner und ich war mir nicht sicher: Hatte Fabian immer noch den Arm um Raffael gelegt oder nicht?

Im Abteil las ich ein paar Budapest-Blogs und notierte mir, was ich auf jeden Fall anschauen wollte. Die Paläste an der Donau und das Museum der bildenden Künste. Ich sehnte mich nach Kunst!

Danach schlug ich den Krimi auf und fing an zu lesen. Die Geschichte war so spannend, dass ich kaum einen Blick aus dem Fenster warf. Ich las und las, und als ich auf der letzten Seite endlich wusste, wer der Mörder war, fuhr der Zug in Wiener Neustadt Hauptbahnhof ein. Meine Aufregung wuchs. Im Anschlusszug nach Sopron würden wir ganz bald die Grenze zu Ungarn passieren. Und nur drei Stunden später würde ich schon in Budapest sein!

Ich nahm mir fest vor, auf der Fahrt die ungarische Landschaft bewusst anzuschauen, aber anscheinend war Raffaels Krimi doch zu aufregend gewesen. Schon nach ein paar Minuten schlief ich ein und wachte erst wieder auf, als durch den Lautsprecher der Bahnhof Budapest-Keleti angekündigt wurde.

Sieben Stunden Zugfahrt lagen hinter mir. Frisch und ausgeruht stieg ich aus. Sommerhitze flutete den Bahnsteig. Ich blinzelte und sah mich verwirrt um. Hier bin ich doch schon mal gewesen, dachte ich. Alles kam mir irgendwie so vertraut vor: die eleganten Säulen, die lichtdurchflutete hohe Halle mit dem Bogenfenster ...

Plötzlich fiel mir eine Liedzeile ein: »So maybe the chance for romance is like a train to catch before it's gone.«

Und auf einmal kamen auch die Bilder dazu: *From Sarah with love* von Sarah Connor war früher eins meiner Lieblingsvideos gewesen. Es musste hier in Budapest am Bahnhof gedreht worden sein. Was für ein verrückter Zufall!

Aber jetzt war nicht die Zeit, um zu träumen oder gar an Exfreunde zu denken. Der Trubel und Lärm um mich herum machten mir klar, dass ich mich schnell umstellen sollte von See und Natur auf eine Großstadt mit knapp zwei Millionen Einwohnern. Als Erstes musste ich Geld wechseln. Ungarn war zwar Mitglied der EU, hatte aber die eigene Währung beibehalten. In einer Wechselstube am Bahnhof bekam ich ein Bündel Scheine mit vier- und fünfstelligen Zahlen.

Und was jetzt? Eine Unterkunft natürlich, schließlich war es schon ziemlich spät. Also setzte ich mich gleich in der Bahnhofshalle auf eine Bank und checkte günstige Unterkünfte. Ein recht einfaches Hotel lag superzentral. Weil ich nicht wusste, wie lange ich in Budapest bleiben wollte, kaufte ich mir nur ein Tagesticket für die Metro.

Mein erster Eindruck von Budapest, als ich aus der Metro auf den Oktogon-Platz hochkam, war: Hier sieht es ja aus wie in Paris! Die hohen eleganten Gebäude, die breiten Straßen, das alles erinnerte mich an die französische Hauptstadt.

Auch mein Hotel war in einem hellen Altbau untergebracht. In meinem winzigen Zimmerchen konnte ich mich gerade einmal im Kreis drehen, aber dafür waren die Wände in meiner Lieblingsfarbe gestrichen: einem knalligen Orange. Und ich hatte sogar ein eigenes Bad, was für ein Luxus!

Ich sprang schnell unter die Dusche, zog mir ein Sommerkleid an, hängte mir die Kamera um und ging los.

Am Oktogon kreuzten sich die Große Ringstraße und die Andrássy út, in die ich jetzt einbog, um zur Donau zu kommen. Bei der breiten, schönen Allee musste ich schon wieder an Paris denken und an die Champs-Élysées.

Nach der langen Zugfahrt tat es gut, zu Fuß unterwegs zu sein. Am Abend ließ die Sommerhitze ein wenig nach. Ich kaufte mir an einem Imbiss einen Langós, einen Hefefladen mit Sauerrahm, und lief damit die lange Prachtstraße entlang. Ich kam an der Oper vorbei und warf immer wieder einen Blick in die Schaufenster der Designerboutiquen. Je näher das Zentrum rückte, umso höher und teurer wurden die Hotels. Und dann sah ich endlich die Donau. Ich kannte den Fluss aus Regensburg, aber hier in Budapest war der Strom so viel breiter. Eine lange Hängebrücke spannte sich von einem Ufer zum anderen. Das musste die berühmte Kettenbrücke sein. Sie verband die beiden Stadtteile Buda und Pest, die früher zwei eigenständige Städte gewesen waren. Zwei Löwen aus Stein bewachten den Zugang zur Brücke.

»Jó napot!«, begrüßte ich sie freundlich auf Ungarisch, aber sie verzogen keine Miene. Klar, sie konnten ja auch nicht jedem Touristen guten Tag sagen.

Als ich unter dem Torbogen durchging, hatte ich das Gefühl, als würde sich ein Vorhang für mich öffnen. Ich ging weiter und blieb ganz bewusst erst in der Mitte der Brücke stehen, um mich umzusehen. Das Panorama war noch beeindruckender als auf den Fotos, die ich in den Blogs und auf den Reiseseiten gefunden hatte.

Auf der Uferseite, von der ich gekommen war, ragte das Parlament hervor, ein Prachtbau mit einer großen Kuppel und unzähligen spitzen Türmchen. Es sah aus, als ob ein Zuckerbäcker eine Torte mit unglaublich vielen Schnörkeln liebevoll verziert hätte.

Auf der gegenüberliegenden Seite, in Buda, gab es gleich drei Festungen: rechts auf einem Hügel die Fischerbastei, in der Mitte auf dem Burgberg den Burgpalast und links davon die Zitadelle. An ihrer Südspitze stand die Freiheitsstatue, die zu Ehren der Soldaten errichtet worden war, die Ungarn im Zweiten Weltkrieg befreit hatten.

Ich wusste: Ohne Stativ hatte ich keine Chance, diese Weite einzufangen. Deshalb konzentrierte ich mich lieber auf die Details. Ich fotografierte einzelne Kettenglieder der Brücke, eine Straßenlaterne und die Mauersteine am Fuß der Torbögen. Und immer wieder Fußgänger vor dem Hintergrund der Brücke: ihre faszinierten Gesichter. Eine Frau, die den Kopf in den Nacken legte, ein Kind, das von einem Bein aufs andere hüpfte. Dabei vergaß ich völlig die Zeit.

Um mich herum war es inzwischen dunkel geworden, die Brücke wurde jetzt beleuchtet und tausend Lichter tanzten auf der Donau. Das war märchenhaft schön. Ich konnte mich nicht losreißen von diesem Ort. Während die anderen Touristen zu den nächsten Sehenswürdigkeiten eilten, blieb ich einfach stehen. Hier konnte ich im Augenblick sein, dachte weder an gestern noch an morgen. Ich stellte mir vor, mein ganzes Leben so zu verbringen. Nicht zu planen, einfach nur zu spüren und zu staunen, jeden Tag neu. Vielleicht sollte ich das mal ausprobieren, wenn ich zurück in Deutschland war.

Der Strom der Touristen veränderte sich. Jetzt waren bereits erste Nachtschwärmer unterwegs auf der Suche nach einer Bar oder einem Club. Eine Gruppe junger Ungarn blieb neben mir stehen.

»Jó estét! Machst du bitte ein Foto von uns, kérem?«, sprach mich eine Frau in einer Mischung aus Ungarisch und Englisch an.

»Igen«, sagte ich. »Yes, of course.« Ich nahm ihr Handy und bat die Gruppe, näher zusammenzurücken.

Sie lachten und winkten in die Kamera. Ich schoss mehrere Fotos hintereinander.

Die Frau und ihre Freunde waren begeistert, als sie sich die Aufnahmen auf dem Display ansahen.

»Köszönöm!«, bedankten sie sich und fragten mich, ob ich denn heute Abend schon was vorhätte.

Ich schüttelte den Kopf. »Nem.« Und dann erzählte ich kurz, dass ich heute erst angekommen war.

»Great!«, meinte die Frau. »Dann kennst du die Ruinenbars noch nicht, oder? Komm doch mit. Wir zeigen sie dir.«

Ihr Freund wandte ein, dass ich nach der langen Reise bestimmt müde sei.

»Nem!«, widersprach ich entschieden. Budapest war viel zu schön, um jetzt schon schlafen zu gehen.

Wir liefen zurück auf die Uferseite des Stadtteils Pest und tauschten unsere Namen aus: Gergö und Réka waren Geschwister, dann gab es noch Péter, und die Frau, die mich angesprochen hatte. Sie hieß Jázmin.

»Ich auch!«, rief ich überrascht, und wir mussten beide lachen.

Ab jetzt redeten wir Englisch, weil meine Ungarisch-Kenntnisse über ein paar wenige Alltagswörter nicht hinausgingen.

Auf dem Weg erklärte mir Péter, was es mit den Ruinenbars auf sich hatte. Im jüdischen Viertel gab es viele verlassene Ruinen, die Studenten mit wenig Geld, aber dafür viel Fantasie und Möbeln vom Sperrmüll in hippe Bars verwandelt hatten. Manche waren sehr laut und voller Touristen. Meine ungarischen neuen Freunde wollten mir eine etwas ruhigere Bar zeigen, in der man sich noch gut unterhalten konnte.

Als wir kurz darauf das Lokal betraten, blieb ich mit offenem Mund im Eingangsbereich stehen. Bunte Stühle und Tische waren kreuz und quer im Raum verteilt. Lampen in der Form verschnörkelter Kronleuchter hingen neben einem Fahrrad an der Decke. An den Wänden gab es keinen freien Zentimeter. Alles war von kleinen Bildern, Fotos, Zetteln, Uhren und Graffiti bedeckt.

»Kommst du?«, fragte Réka. »Um die Ecke gibt es einen zweiten Raum.«

Ich folgte ihr und den anderen. In einer Nische war noch ein Tisch frei. Darüber hing ein Kunstwerk, das aus mehreren Schichten bestand: Bleistiftzeichnungen, farbige Ornamente und darüber als Relief bunte Legosteine, Fahrradklingeln und zwei Puppenkörper mit verdrehten Armen.

»Toll, oder?«, fragte Jázmin.

Ich nickte stumm und beschloss, morgen unbedingt noch mal hierherzukommen, um mir alles in Ruhe anzusehen. Niki de Saint Phalles Werke hatten mir schon so gut gefallen, aber diese Kunst fand ich noch freier, noch verrückter.

Wir bestellten Wein, Gulaschsuppe, Pommes und vegane Burger. Jeder probierte von allem etwas. Die Speisen waren pikant gewürzt und schmeckten toll.

Nachdem wir fast alles aufgegessen hatten, klopfte Gergö mit dem Messer an sein Glas. »Jetzt müssen wir meine wunderbare Schwester hochleben lassen. Sie hat heute die Aufnahmeprüfung bestanden.«

Réka strahlte. »Ich kann es noch gar nicht richtig glauben. Ab September studiere ich an der Uni für Theater- und Filmkunst.«

»Gratuliere!«

»Auf Réka!«, riefen alle und stießen mit ihr an.

Es stellte sich heraus, dass Réka Regisseurin werden und Kurzfilme über die Menschen in Budapest drehen wollte. Das klang spannend, doch bald drehte sich das Gespräch nicht mehr nur um die Ausbildung, sondern um die ungarische Kulturpolitik.

Jázmin fand, dass die Regierung viel zu viel Einfluss auf die Hochschulen und Kulturinstitutionen nahm. »Sie wirft uns Theaterleuten vor, wir seien zu links und nicht patriotisch genug, aber das stimmt gar nicht.«

»Wenn das so weitergeht, gibt es bald keine Kunstfreiheit mehr«, sagte Péter ernst.

»Das glaube ich nicht«, widersprach Gergö. »Die Unis werden sich ihre Unabhängigkeit schon bewahren. Aber das ist ein schwieriges Thema – und heute Abend werden wir es bestimmt nicht lösen.«

Jázmin lächelte mir zu. »Was willst du dir alles ansehen in Budapest? Den Burgpalast und die Zitadelle?«

Den Rest des Abends redeten wir über die Stadt und ihre Geschichte, aber mir gingen Péters Worte nicht aus dem Kopf. Die Freiheit der Kunst hatte ich immer für selbstverständlich gehalten. Wie wichtig sie war, wurde mir jetzt erst so richtig bewusst.

Am nächsten Tag lieh ich mir ein Fahrrad aus und radelte durch die Stadt. Am Ostufer der Donau entlang, am Parlament vorbei bis zur Margareteninsel und dann noch ein Stück weiter. Auf dem Rückweg fielen mir mehrere Paar Schuhe auf, die jemand wie zufällig dort abgestellt hatte. Ich hielt an und betrachtete die Schuhe genauer: Halbschuhe, Pumps, Wanderschuhe. So täuschend echt, als wären sie aus Leder und nicht aus Metall. Erst auf den zweiten Blick entdeckte ich drei Gedenktafeln in den Sprachen Ungarisch, Englisch und Hebräisch. Übersetzt lautete der Text auf den Tafeln: »Im Gedenken an die Opfer, die 1944/45 von bewaffneten Pfeilkreuzlern erschossen wurden und in die Donau stürzten.«

Ich schlang fröstelnd die Arme um meine Schultern. Wie viele unschuldige Menschen hatten hier ihr Leben verloren? Und wie viele Hundertausende Juden waren am Ende des Zweiten Weltkriegs aus Ungarn nach Ausschwitz transportiert und ermordet worden?

Ich ging in die Hocke und fotografierte einen Halbschuh, in den jemand eine Löwenzahnblume gesteckt hatte. Eine kleine, stille Geste an einem stillen Mahnmal, die ich nie vergessen würde.

In den nächsten zwei Tagen erkundete ich die Stadt zu Fuß und mit dem Rad. Ich besichtigte den Burgpalast, die Nationalgalerie und die Festungsanlage der Fischerbastei. Ich sah mir im Museum der bildenden Künste berühmte alte Meister an: El Greco, Goya und Holbein gefielen mir besonders gut. Lange betrachtete ich in der ungarischen Sammlung die Porträts der Könige und Adligen mit ihren ernsten Gesichtern. Und zweimal kehrte ich in die Ruinenbar zur modernen Graffiti-Kunst zurück, bevor ich mich mit den lästigen Dingen des Lebens beschäftigen musste: Wäsche waschen im Waschsalon und eine neue Zahncreme kaufen.

Nach den vielen Besichtigungen war mein Gehirn so voll mit Eindrücken, dass es nichts mehr aufnehmen konnte. Ich wollte wieder Natur erleben und schickte Réka mittags vom Hotel aus eine Nachricht.

Sie rief mich an und empfahl mir den Duna-Ipoly-Nationalpark sechzig Kilometer nördlich von Budapest. Am Donauknie mündete der Ipoly bei Szob in die Donau.

»Mach am besten eine Kanutour auf dem Ipoly. Der fließt langsamer als die Donau. Da kannst du die Landschaft genießen.«

»Super Idee! Köszönöm«, bedankte ich mich bei ihr. Kanufahren reizte mich schon lange. Jetzt hatte ich endlich die Gelegenheit dazu.

Réka schickte mir die Kontaktdaten eines Kanuverleihs, der geführte Touren anbot. Ich checkte die Angebote im Internet und war geschockt. Eine kleine Drei-Stunden-Tour würde ein ziemlich großes Loch in meine Reisekasse reißen. Andererseits war ich noch nie Kanu gefahren und kannte die Strömungen hier nicht. Mir alleine ein Kanu auszuleihen war zu riskant. Ich überlegte hin und her, starrte auf die orange Wand meines Hotelzimmers, aber die gab mir leider auch keine Antwort.

Schließlich warf ich meine Vorsätze, für den Rest der Reise eisern zu sparen, über Bord, und mailte dem Verleih.

Ja, es sei noch ein Platz frei, hieß es. Morgen Mittag Start in Nagymaros Beach. Das passte perfekt. Ich hatte mein Hotelzimmer bis morgen gebucht.

Mein letzter Nachmittag in Budapest! Ich packte Bikini und Handtuch ein und fuhr mit dem Rad zum Heldenplatz. Den Rest des Tages verbrachte ich im Széchenyi-Thermalbad. Dort schwamm ich im Strömungskanal, legte mich auf den Rücken und ließ meinen Blick über die prunkvolle, gelbe Säulenhalle schweifen. Ich kam mir vor wie eine ungarische Prinzessin.

FELSEN, WALD UND PANIK

»Szia, Budapest!«, murmelte ich wehmütig am nächsten Morgen. »Wir sehen uns wieder, versprochen!«

Gemächlich fuhr mein Zug durch hübsche Vororte und hielt nach einer Stunde in Nagymaros-Viségrad, einem kleinen Bahnhof. Der Ort war eingebettet in die Hügel des Donautals und lag mitten im Grünen. In einer Bäckerei versorgte ich mich mit Proviant und lief hinunter zur Donau. Ich konnte es kaum erwarten, bis es endlich losging!

An der Fähre, dem vereinbarten Treffpunkt, hielt ich Ausschau nach den anderen Teilnehmern der Kanutour. Doch dort traf ich nur auf ein älteres, österreichisches Ehepaar mit einem Mietauto und einen Lkw-Fahrer, der sich gerade damit abmühte, seinen großen Laster auf die Plattform zu manövrieren. War ich zu früh? Ich stellte meinen Rucksack ab und holte mein Handy heraus.

Drei Nachrichten leuchteten auf dem Startbildschirm auf. Alle drei vom Veranstalter der Kanutour. »Sajnálom«, las ich und dann einen ungarischen Text, von dem ich kein Wort verstand. Als ich die Nachrichten öffnete, fand ich denselben Text auch auf Englisch.

»Sorry …« Die Kanutour falle aus, weil der Guide krank geworden sei. Eine Verschiebung der Tour auf einen späteren Zeitpunkt sei leider nicht möglich. Ich würde das Geld natürlich erstattet bekommen.

»Scheiße!«, rief ich und erntete einen vorwurfsvollen Blick vom österreichischen Ehepaar.

Das war doch nicht möglich! Ich überflog die Nachrichten noch mal. Sie waren schon gestern abgeschickt worden, als ich mich im Thermalbad treiben ließ. Seither hatte ich nicht mehr aufs Handy geschaut.

»Scheiße«, murmelte ich ein zweites Mal. Warum hatte ich mir mein Zugticket nicht online gekauft, sondern am Schalter? Dann hätte ich die Nachrichten rechtzeitig gelesen und wäre nicht umsonst hierhergekommen.

Wütend kickte ich meinen Rucksack um und setzte mich darauf. Die schöne Kanutour! Ich hatte mich so darauf gefreut. Enttäuscht starrte ich hinüber zum Badestrand. Urlauber planschten in der Donau. Ein Mann hatte sich einen Campingstuhl ins flache Wasser gestellt. Um ihn herum tobten Kinder. Eine Familie mit orangefarbenen Schwimmwesten zog gerade ein Kanu in den Fluss.

Ich konnte gar nicht hinsehen und war megagefrustet. Was sollte ich jetzt machen? Nicht mal zum Schwimmen hatte ich Lust.

Der Mann von der Fähre rief mir etwas auf Ungarisch zu. Er winkte und tippte dabei auf seine Armbanduhr. Anscheinend legte die Fähre gleich ab, und er wollte wissen, ob ich mitfuhr.

»Igen!«, rief ich zurück und rannte zum Ticket-Häuschen.

»Visegrád?«, fragte die Frau.

Ich nickte und hätte auch Ja gesagt, wenn sie mir einen Fahrschein nach Sulina angeboten hätte, wo die Donau ins Schwarze Meer floss.

Ganz kurz überlegte ich, ob die Fähre das Gewicht des riesigen Lasters, des Mietautos plus mein eigenes wohl aushalten würde, dann sprang ich mutig hinüber.

Die Strömung der Donau war stark. Die Fähre mit dem daran vertauten Schlepperboot holte in einem großen Bogen gegen den Strom aus. Ein paar Minuten später erreichte sie den Anlegesteg auf der anderen Seite.

Das war's schon? Ich hatte gehofft, dass die Fahrt viel länger dauern würde. Genervt ließ ich mich wieder auf meinen Rucksack fallen. Das

Ehepaar fuhr grußlos an mir vorbei, und der Lkw-Fahrer hüllte mich in eine Wolke aus Abgasen.

Die Sonne wurde immer heißer. Ich raffte mich auf und lief an der Hauptstraße entlang in den Ort hinein. Rechts von mir ragten steile Hügel auf, die vom Donauufer in den Himmel zu wachsen schienen. Ganz oben thronte eine alte Burg.

Ein spektakuläres Panorama, keine Frage, aber ich brauchte dringend etwas zu trinken. Meine Wasserflasche war längst leer. Beim ersten Café legte ich eine Pause ein. Und weil ich jetzt ja richtig viel Geld gespart hatte, ging ich sofort zur Kuchentheke und deutete auf ein Schokoladentürmchen.

»Kozáktipp«, sagte die Bedienung und schob das Türmchen auf einen Teller.

Ich bestellte ein großes Glas Leitungswasser dazu und trank es in einem Zug aus. Der Kozáktipp entpuppte sich als Kakao-Buttercreme auf Biskuitboden, die mit Bitterschokolade überzogen war. Bei der Kalorienbombe musste ich an Raffael denken. Tod durch Schokolade wäre eine Variante, die ich mir durchaus vorstellen konnte.

Aus Neugier sah ich im Handy nach, was »Kozáktipp« auf Deutsch hieß. Kosakenzipfel! Meine Mutter liebte den alten Sketch von Loriot. Im Café hatte ich WLAN. Es war albern, aber ich tat es trotzdem. Ich schaute mir den Sketch an, mit Kopfhörern natürlich: Zwei befreundete Ehepaare im Restaurant, die sich erst das Du anbieten und Süßholz raspeln. Bis die Männer sich einen Kosakenzipfel als Nachspeise teilen und sich deswegen so in die Haare kriegen, dass am Ende des Essens die Freundschaft zerstört ist.

Ich lachte laut auf, und es machte mir überhaupt nichts aus, dass die Leute an den Nachbartischen mich neugierig ansahen. Mein Ärger war verflogen. Wenn es mit dem Kanufahren nicht klappte, würde ich eben etwas anderes unternehmen. Die Gegend am Donauknie war wirklich schön.

Die Bedienung sprach leider kein Englisch und die anderen Gäste auch nicht. Also machte ich mich im Internet schlau. In Skanzen gab es ein Freilichtmuseum, das größte Bauernhofmuseum in ganz Ungarn. Bauernhöfe interessierten mich allerdings nicht besonders, und man brauchte ein Auto, um das Museum zu erreichen. Ansonsten wurden Fahrradtouren und viele Wanderwege empfohlen. In den Bewertungen schwärmten alle, wie atemberaubend die Vulkanhügel und die Aussichtspunkte ins Donautal waren.

Bernd gegenüber hatte ich es in Einsiedeln nicht zugeben wollen, aber die Wanderung hatte mir trotz der Anstrengung gut gefallen. Warum sollte ich nicht auch mal alleine losziehen?

Ich fand im Internet eine Seite mit ausführlichen Wegbeschreibungen. Eine Tour sprach mich besonders an: ein Rundweg über die wildromantischen Visegráder Berge mit einer Passage durch eine Klamm mit Wasserfällen. Es gab nur drei Haken bei der Sache: Die anspruchsvolle Wanderung dauerte sechs Stunden, Vreni konnte mir diesmal nicht ihre Wanderschuhe ausleihen, und nach Dobogókő, dem Ausgangspunkt, fuhr weder ein Zug noch ein Bus.

Seufzend steckte ich mein Handy wieder ein und aß den Kosakenzipfel auf. Nein, es war alles viel zu umständlich und gefährlich. Ich würde morgen einfach nur ausspannen und mich in der Donau erfrischen.

»Danke fürs Mitnehmen!« Ich stieg aus dem Auto und winkte Renate und Paul nach, die mit dem Mietwagen zu ihrem Ferienhaus weiterfuhren.

War es Zufall oder Schicksal, dass ich das österreichische Ehepaar von der Fähre beim Frühstück in meiner Pension wiedergetroffen hatte? Wie auch immer, ich hatte die beiden völlig falsch eingeschätzt. Sie waren unglaublich nett und hilfsbereit. Als sie dann von ihrem Ferienhaus in Dobogókő erzählten, hatte sich plötzlich alles gefügt.

Und jetzt stand ich hier vor einer Premiere: der längsten Wanderung meines Lebens!

Dank Renate und Paul musste ich nur ein paar Schritte gehen und erreichte bereits den ersten, 699 Meter hohen Gipfel. Von einer Felsenterrasse aus konnte ich die bewaldeten Berge bewundern, die Täler und den Bogen der Donau, der tatsächlich wie das Knie eines Riesen aussah. Ich holte meine Kamera aus dem kleinen Rucksack, den Renate mir geliehen hatte, machte ein paar Fotos und das erste Selfie.

Zum Glück war es heute nicht ganz so heiß. Ich folgte der blauen Markierung nach Osten und lief zügig los. Der Weg führte abwärts durch den Wald. Ich musste aufpassen, dass ich mit meinen Sneakers auf dem Schotter nicht ausrutschte. Im Király-Tal kam ich an einer Hütte vorbei. Zwei Wanderer saßen auf einer der Bänke. Ich hatte auch Lust, mich auszuruhen, ging aber lieber weiter, weil ich genau wusste, dass es mir hinterher schwerfallen würde, mich wieder aufzuraffen.

In steilen Serpentinen führte der Pfad immer näher an einen sprudelnden Gebirgsbachbach heran. Ihn zu überqueren war gar nicht so einfach. Geschafft!

Dann begann ein langer und anstrengender Aufstieg im Eichenwald. Immer wieder überholten mich sportliche Wanderer. Nach über einer Stunde war ich endlich oben auf dem Bergrücken. Und nach einem weiteren kurzen Anstieg wurde ich mit dem zweiten Panorama belohnt: Jetzt stand ich direkt über dem Donauknie, sah die Burg in Visegrád und das Dorf. Irgendwo dort unten mussten auch das Café mit den Kosakenzipfeln sein und meine Pension.

Ich stärkte mich mit einem Käsebrot, nahm ein paar Schluck Wasser und holte den Umschlag mit den Fotos von Lenny heraus. Er fühlte sich schon leichter an. Seit ich in Ungarn war, hatte ich kaum mehr an Lenny gedacht. Sollte ich hier oben ein Foto zurücklassen? Nein, lieber später irgendwo im Wald.

Ich wanderte weiter. Immer noch ging es aufwärts, bis ich den zweiten Gipfel erreicht hatte: den 639 Meter hohen Prédikálószék. Hier gab es einen Aussichtsturm aus Holz. In langer Reihe zogen sich die Bergrücken der Gebirgslandschaft weiter, unterbrochen von tiefen, steilen Tälern, die alle in Richtung der Donau ausliefen.

Nach einer Pause und einer Unmenge neuer Fotos erreichte ich einen Buchenwald. Auf einmal tauchte vor mir eine haarsträubend steile Felsenreihe auf. Sie musste vor langer Zeit bei einem Vulkanausbruch entstanden sein. Ich lief supervorsichtig auf dem steinigen Pfad und kam nur sehr langsam vorwärts. Im Wald führte der Weg so steil nach unten, dass mir bald die Knie wehtaten. Dabei hatte ich die schwierigste Stelle noch vor mir: die Klamm! Bei einer Kapelle legte ich eine Rast ein und füllte in der eiskalten Quelle meine Wasserflasche auf. Ich mochte gar nicht mehr aufstehen und wurde auf einmal schrecklich müde. In den Beinen spürte ich schon den Muskelkater. Ich musste mir eingestehen, dass ich die Länge der Wanderung unterschätzt hatte. Am liebsten wäre ich umgekehrt.

»Du schaffst das nie«, hörte ich plötzlich Lenny sagen. »Wandern war doch noch nie dein Ding. Warum bist du nicht an der Donau geblieben? Das hast du jetzt davon.«

Ich wurde wütend. Lennys Stimme hatte in meinem Ohr nichts verloren. Es war mein Leben und meine Entscheidung. Und es war höchste Zeit, ein weiteres Foto loszuwerden. Ich wählte eins aus, bei dem Lenny den Mund verzog, weil er nicht damit gerechnet hatte, fotografiert zu werden. Hinter der Kapelle gab es einen runden Stein, etwa so groß wie ein Fußball. Ich hob ihn an, legte das Foto darunter und drückte den Stein wieder fest auf den Boden.

Das Ritual hatte mir neuen Antrieb gegeben. Ich ignorierte die Schmerzen und lief wieder los. Nach einer Viertelstunde kam ich zu einem Rastplatz. Von dort aus ging es rechts über einen weiteren Bach zur Rám-Schlucht. Am Anfang war sie noch relativ breit, und ich konnte mich an einem Geländer festhalten. Doch bald rückten die dunklen, moosbewachsenen Felsenwände immer enger zusammen. Wenn hier wenigstens andere Wanderer unterwegs gewesen wären, dann hätte ich mich noch einigermaßen sicher gefühlt. Aber ausgerechnet hier traf ich keinen Menschen.

Mein Mut sank von Minute zu Minute. Ich fragte mich, was passieren würde, falls ich ausrutschte und mich verletzte. Würde mich jemand finden? Und wie kam ich dann ins nächste Krankenhaus?

Stopp! Ich musste mich auf den nächsten Schritt konzentrieren, durfte an nichts anderes denken.

Ich kam zu einem rauschenden Wasserfall und zur ersten Leiter. Die Metallsprossen führten senkrecht nach oben. Ich atmete tief durch und begann hochzuklettern. Nach drei Sprossen wurde mir plötzlich schwindelig. Meine Beine fingen an zu zittern. Ich klammerte mich mit den Händen an die Sprossen und traute mich weder vor noch zurück.

»Bist du überhaupt schwindelfrei?«, fragte eine Stimme in mir. Diesmal war es meine eigene, und sie klang fast ein bisschen amüsiert, nach dem Motto: Jetzt bin ich aber echt gespannt, wie du aus der Nummer wieder rauskommst.

Was war nur los mit mir? Hatte ich wirklich Angst vor einer lächerlichen kleinen Leiter? Andere Bergsteiger trauten sich ins Hochgebirge, hingen an Seilen über dem Abgrund.

Der Vergleich interessierte meine Beine nicht. Sie zitterten nur noch stärker. Ich bekam sie nicht mehr unter Kontrolle und wurde immer verzweifelter.

»Los, Jasmin«, versuchte ich mir selber Mut zu machen. »Nimm die nächste Sprosse. Nur eine. Danach darfst du dich wieder ausruhen.«

Also gut. Ich atmete ein paar Mal tief ein und aus. Dann warf ich einen Blick nach unten zu meinem linken Fuß.

Schock! Jetzt erst sah ich, wie tief und steil die Schlucht war. Runter traute ich mich auf keinen Fall. Mir blieb nur eine Möglichkeit: nach oben!

Meine Brust war zu eng zum Atmen. Die Angst schnürte mir die Kehle zu. Aber ich musste weiter. Am besten so schnell wie möglich. Dann hatte ich es bald hinter mir.

Ich zwang meine Hände loszulassen. Sie waren schweißnass. Trotzdem streckte ich sie, eine nach der anderen, nach der nächsten Sprosse aus. Zog mein rechtes Bein hoch, stellte es ab, und sofort das linke nach. Ich verfehlte die Sprosse, mein Fuß trat ins Leere! Der andere Fuß rutschte auch ab. Ein Ruck ging durch meinen Körper. Meine linke Hand glitt ab. Und meine rechte Hand war nicht stark genug. Ich konnte mich nicht mehr halten.

Panik!

Ich schrie, stürzte und prallte gegen einen Stein.

Jetzt war es passiert. Ich hatte mich bestimmt verletzt! Meine Angst war so groß, dass ich mich nicht traute, mich zu bewegen. Ich blieb reglos liegen. Panisch schnappte ich nach Luft. Dann wurde mir schwarz vor Augen.

»Ahoj?«, hörte ich jemanden rufen. »Ahoj!!«

Schon wieder Lenny? Nein, diese Stimme klang anders, war tiefer.

Ich blinzelte, sah einen Schatten über mir und zuckte zusammen.

»Nebojácne!«, hörte ich. »No worries! Do you speak English? Oder Deutsch?«

Ich schluckte und brachte endlich ein Wort heraus. »Deutsch.«

»Super.«

Vorsichtig öffnete ich meine Augen etwas weiter. Ein junger Mann lächelte mich an. Mit dunkelbraunen kurzen Haaren und einer Brille mit kleinen, runden Gläsern.

»Ich bin Vito, ich bin Arzt«, sagte er. »Geht es dir gut? Kannst du dich bewegen?«

Ich war so unendlich froh, nicht mehr alleine zu sein, dass ich nicht gleich antworten konnte. Welcher Engel hatte mir mitten in dieser schrecklichen Klamm einen Retter geschickt? Einen Arzt, der auch noch Deutsch konnte?

»Tut dir etwas weh?«, fragte Vito und tastete vorsichtig meine Gelenke ab.

»Weiß nicht«, antwortete ich, und das stimmte wirklich. Vor lauter Panik spürte ich meinen Körper nicht mehr.

Aber ich traute mich jetzt wenigstens, ganz vorsichtig mein oberes Bein zu bewegen. Mit zusammengebissenen Lippen wartete ich auf den Schmerz, aber er kam nicht. Ich wurde mutiger und testete mein linkes Bein. Auch kein Problem.

»Schön langsam aufrichten«, mahnte Vito.

Meine rechte Schulter tat ein bisschen weh, aber nur, weil der Riemen vom Rucksack eingeschnitten hatte. Vito gab mir die Hand und half mir beim Aufstehen. Meine Beine fingen sofort wieder an zu zittern. Zum Glück konnte ich trotzdem stehen und alle Gelenke bewegen.

»Alles gut«, sagte ich. »Nur ein paar blaue Flecken, glaube ich.«

Vito ließ meine Hand los und sah mir prüfend in die Augen. »Dann bin ich ja froh. Aber warum in aller Welt spazierst du hier mit Sneakers herum? Das ist ein Gebirge, kein Spazierweg!«

»Warum?« Ich stellte fest, dass Vito wunderschöne blaugrüne Augen hatte. Er versuchte streng auszusehen, was ihm aber nicht besonders überzeugend gelang. Schnell hielt ich mich an einem Felsen fest und wiederholte: »Warum? Weil ich vermutlich die leichtsinnigste, dümmste Touristin in ganz Ungarn bin. Nein, falsch. Die dümmste Touristin auf der ganzen Welt.«

Vito musste lachen. So laut und herzhaft, dass sein Lachen als Echo von den Felswänden widerhallte. Das brachte mich wieder zurück in die Wirklichkeit.

»Kannst du mir helfen, irgendwie diese Leitern hochzukommen? Ich muss nämlich nach Dobogókő oder eigentlich nach Visegrád.«

Vito verschränkte die Arme vor der Brust. »Ja, klar. Wenn du mir dafür deinen Namen verrätst?«

»Jasmin.«

Vito lächelte. »Gefällt mir, dein Name.« Er machte eine kurze Pause. Dann fragte er: »Weißt du, was der Dalai-Lama über Dobogókő gesagt hat?«

Ich schüttelte den Kopf. »Nein, was denn?«

Vito machte es spannend. Nach einer weiteren Pause sagte er: »Auf dem Dobogókő befindet sich das Herzchakra der Welt.«

AHOJ VITO!

Schmerzen sind relativ. Am Morgen nach der sechsstündigen Wanderung hatte ich einen höllischen Muskelkater, blaue Flecken und eine Blase an der linken Ferse. Meine Beine waren mit Mückenstichen übersät, und im Nacken hatte ich einen Sonnenbrand abbekommen. Trotzdem saß ich mit einem Dauergrinsen im Auto. War es ein Traum, den ich gerade erlebte, oder passierte das alles wirklich?

Schnell kniff ich die Augen zu, wartete kurz und machte sie wieder auf.

Kein Traum. Vito saß neben mir und steuerte mit ruhigen Händen den Kleinwagen über die Donaubrücke. Wir waren auf dem Weg in die Slowakei, das nächste Land auf meiner Interrail-Reise und gleichzeitig Vitos Heimat.

»Danke, dass du mich nach Košice mitnimmst«, sagte ich zu ihm.

Vito lächelte. »Ist wohl meine Berufskrankheit. Ich helfe gerne. Aber nicht, dass du auf die Idee kommst, dass ich ab sofort rund um die Uhr auf dich aufpasse.«

»Keine Sorge! Ich bin schon erwachsen und komme eigentlich gut alleine klar«, beruhigte ich ihn.

»Am besten machst du ab jetzt um Leitern einen großen Bogen. Dann bist du safe.«

Ich musste lachen. »Sag mal, warum sprichst du eigentlich so gut Deutsch?«

Vito schaltete einen Gang zurück und beschloss, den Lkw vor ihm doch nicht zu überholen. »Ich bin ein Werbeträger für Europa, wenn du so willst. Die Familie meiner Mutter hat deutsche und ungarische Wurzeln. Mein Vater ist in Prag in der ehemaligen Tschechoslowakei geboren, und ich bin in Košice aufgewachsen.«

»Dort arbeitest du als Arzt?«

Vito nickte. »Ja, als Assistenzarzt im Krankenhaus. Ist ziemlich anstrengend. Deswegen genieße ich gerade meinen Urlaub. Hab noch drei Tage frei. Die werde ich stinkfaul zu Hause auf dem Sofa verbringen. Und was hast du so vor? Warum willst du nach Košice und nicht nach Bratislava wie die meisten Touristen?«

Das war tatsächlich zuerst mein Plan gewesen, bis ich mich spontan anders entschieden hatte. Ich hatte gelesen, dass Košice, die zweitgrößte Stadt der Slowakei, günstiger als Bratislava und nicht so überlaufen war. Es gab noch zwei weitere Pluspunkte: Die berühmte Zipser Burg lag in der Nähe und das Andy-Warhol-Museum, wo ich unbedingt hinwollte.

»Das Museum, ja, richtig«, sagte Vito nachdenklich. »Da war ich noch nie. Was hat Andy Warhol eigentlich mit der Slowakei zu tun? Hat er nicht in Amerika gelebt?«

Stolz breitete ich mein Wissen aus, das ich mir vor meiner Reise in einer Warhol-Biografie angelesen hatte. »Warhols Eltern kamen aus einem Dorf in den Karpaten. Sie sind später nach Amerika ausgewandert.«

»Also mit Burgen und Bergen kenne ich mich besser aus als mit Kunst«, gab Vito offen zu. »Wobei ... Actionfilme sind eigentlich auch Kunst, oder? Da bin ich ein großer Fan.«

Ich fand es toll, dass er so ehrlich war, und lehnte mich zurück, um aus dem Fenster zu schauen.

Über eine Stunde waren wir jetzt schon von Visegrád Richtung Osten unterwegs und immer noch in Ungarn. Felder und Wiesen flogen an uns vorbei. Hin und wieder tauchte eine kleine Ortschaft auf, dann breitete sich wieder bis zum Horizont die weite, flache, grüne Landschaft vor uns aus.

In Mezőkövesd, einer ungarischen Kleinstadt, machten wir Rast und aßen in einem hübschen, reetgedeckten Haus zu Mittag. Vito bestellte sich ein Gulasch. Ich nahm Paprikás Krumpli. Hinter dem schönen Namen verbarg sich eine Suppe mit Kartoffeln und Paprika.

Als wir danach wieder ins Auto stiegen, ging es rauf in den Norden. Wir fuhren an Miskolc vorbei, der viertgrößten Stadt Ungarns. Die Landschaft veränderte sich. Im Osten tauchte das erste Gebirge auf.

Gegen Mittag hätte ich den Grenzübergang beinahe verpasst. Ein unauffälliges blaues Schild mit den goldenen Sternen der EU, Hinweisschilder für den Zoll und drei mobile Toilettenhäuschen – und schon waren wir in der Slowakei.

Die Vororte von Košice mit ihren nüchternen Hochhäusern, Industriebauten und Autohäusern enttäuschten mich ein bisschen. Doch bald näherten wir uns dem Zentrum, und der Turm des gotischen Doms blitzte zwischen den Dächern hervor. Er lag auf einer Art kleinen Stadtinsel. Links und rechts davon teilte sich die Innenstadt in West und Ost auf. Die Häuser erinnerten mich an Österreich, mit dem Unterschied, dass einige der Fassaden hier in kräftigen Bonbonfarben gestrichen waren. Das fand ich toll.

»Hast du schon eine Unterkunft?«, fragte Vito.

Ich schüttelte den Kopf. »Nein, leider noch nicht.«

Vito setzte den Blinker und hielt kurz am Straßenrand. »Warte mal …« Er warf mir einen verlegenen Blick zu und trommelte nervös aufs Lenkrad.

Überlegte er etwa, mich zu sich nach Hause einzuladen? Hoffentlich nicht. Dann würde unser schöner, prickelnder kleiner Flirt ganz schnell kompliziert werden.

Vito holte sein Handy heraus, wählte eine eingespeicherte Nummer und rief: »Ahoj, to som ja Vito …« Er redete sehr schnell auf Slowakisch weiter, wurde unterbrochen, wiederholte mehrmals »Áno!«, dann wieder »Nie!« und sagte schließlich: »Ďakujem.«

Danke wofür?, fragte ich mich.

Vito legte das Handy weg und strahlte mich an. »Meine Tante hat noch ein Zimmer frei in ihrer Pension. Die liegt ganz in der Nähe der Fußgängerzone.« Er nannte mir einen sagenhaft günstigen Preis pro Nacht und fragte, ob ich das Zimmer haben wollte.

»Áno, rád!«, sagte ich. »Sehr gerne.«

»Das freut mich.« Vito setzte den Blinker und fuhr los.

Zwei Straßen weiter hielt er vor einem rosafarbenen Altbau mit weißer, schnörkeliger Stuckverzierung. Er sprang aus dem Auto, nahm meinen schweren Rucksack aus dem Kofferraum und trug ihn wie eine superleichte Feder zum Eingang.

»Ďakujem«, sagte ich. »Für alles. Du hast mir so toll geholfen.«

Vito schob seine runde Brille höher auf die Nase. »Nie, nie! Das war doch selbstverständlich.«

Ich musste lächeln, weil ich es lustig fand, dass »nein« auf Slowakisch »nie« hieß.

»Also dann …« Vito zögerte beim Abschied. Erst wollte er mich umarmen. Dann gab er mir stattdessen die Hand. »Ich wünsche dir eine superschöne Zeit in Košice. Mach's gut, Jasmin!«

»Du auch, Vito. Genieß deinen Urlaub.«

In dem Moment ging die Tür auf. Eine Frau in einem hübschen Hemdblusenkleid begrüßte uns herzlich. »Ahoj, Vito! Ahoj, Jasmin. Ich doch darf sagen Du? Tut mir leid, mein Deutsch nicht so gut. Ich bin Nela.«

»Ahoj, Nela! Ich freue mich sehr, dich kennenzulernen.«

»Ich mich auch. Kommt doch rein!«

»Heute nicht, teta Nela«, sagte Vito. »Ich muss los. Zbohom!«

Einerseits war ich traurig, weil er so schnell Tschüss sagte, aber andererseits auch erleichtert. Sonst hätte ich meine Gefühle wohl nicht länger unter Kontrolle gehabt.

Nela nahm mich am Arm und zog mich ins Haus hinein. Sie hatte ihre Pension altmodisch eingerichtet, mit Plüschsesseln im Wohnzimmer und Trockenblumen-Sträußchen auf den Tischen im Frühstücksraum. In meinem Zimmer lag eine bunt bestickte Tagesdecke auf dem Bett. Ich fühlte mich sofort wohl.

»Wenn du noch was brauchst, melde dich«, sagte Nela und zog sich zurück.

Ich ließ mich aufs Bett fallen, streckte die Beine aus und murmelte: »Wahrscheinlich hab ich es mir nur eingebildet. Vito hat gar nicht mit mir geflirtet.«

Rasch fing ich an, meine Sachen in den Schrank zu räumen. Diesmal lohnte es sich, weil ich ein paar Tage in Košice bleiben wollte. Meine lädierte Ferse brauchte ein neues Pflaster. Danach war ich startklar.

Wie zentral die Pension lag, stellte ich fest, als ich zu einem ersten Spaziergang aufbrach, um die Stadt zu erkunden. Ich bog zweimal um die Ecke und stand schon vor dem gotischen Elisabeth-Dom. Um bis zur Spitze des Turms hochsehen zu können, musste ich meinen Kopf weit in den Nacken legen.

Der Dom war viel größer, als ich erwartet hatte. Auch vom Innenraum und von dem goldenen Elisabeth-Altar mit den 48 Tafelbildern war ich beeindruckt. Aber ich wollte nicht so lange in der Kirche bleiben, auch wenn sie die Sommerhitze abschirmte. Ich war neugierig auf die Stadt.

Hinter dem Elisabeth-Dom stieß ich auf einen kleinen Park mit einem weitläufigen Brunnen. Plötzlich schossen aus den flachen Becken Fontänen in die Luft. Gleichzeitig hörte ich Musik. Erst dachte ich, dass jemand einen tragbaren Lautsprecher in den Park mitgebracht hatte, bis mir klar wurde, dass die Musik aus dem Brunnen kam.

Flöten spielten eine sanfte Melodie, Harfe und Geigen setzten ein. Im Takt zur klassischen Musik tanzten die Wasserspiele.

Ich machte eine Serie von Fotos und zwei Videos. Im Internet fand ich schließlich die Erklärung: »Der singende Brunnen von Košice.«

So etwas wunderbar Verspieltes hatte ich noch erlebt! Ich blieb, bis die letzten Töne verklungen waren und die Fontänen versiegten. Dann ging ich weiter zum Staatstheater, einem eleganten barocken Gebäude. Auf dem Platz davor gab es viele Cafés. Hier traf sich anscheinend die halbe Stadt.

Ich erwischte einen Platz unter einem Sonnenschirm und bestellte mir eine Cola mit viel Eis. Darauf hatte ich mich die ganze Zeit gefreut: gechillt in einem Café zu sitzen und in Ruhe Menschen zu beobachten.

Am Nebentisch saß eine Gruppe junger slowakischer Männer, die sich lebhaft unterhielten. Ich ertappte mich dabei, dass ich sie mit Vito verglich. Keiner sah so gut aus wie er. Keiner schien seinen feinen Humor zu haben. Die Männer redeten zu laut, sie lachten zu laut und schienen sich andauernd anzügliche Witze zu erzählen.

Stopp!, rief ich mir in Gedanken zu. Was sollte das werden?

Die romantische Musik des singenden Brunnens hatte mich in eine völlig falsche Richtung gelenkt. Ich hatte es gerade halbwegs geschafft, mich innerlich von Lenny zu lösen. Und ich würde mich nicht sofort ins nächste emotionale Chaos stürzen. Mal davon abgesehen, dass Vito sich sowieso nicht wieder melden würde.

Ich nahm einen Schluck Cola und überlegte, wie ich meinen ersten Abend in Košice verbringen wollte. Neben dem Café hing ein Plakat des Staatstheaters. Heute gab es eine moderne Ballettaufführung. Das klang doch gut. Bestimmt konnte man auch online Karten kaufen. Ich fand die entsprechende Seite, doch alle Karten waren bereits ausverkauft. Schade!

Ein paar Klicks weiter entdeckte ich die Seite der Kulturfabrik. In einer ehemaligen Tabakfabrik hatte man ein Kulturzentrum eingerichtet. Das wollte ich mir ansehen. Ich lief zurück zur Pension, kaufte mir auf dem Weg ein Sandwich im Supermarkt und zog mich um. Heute hatte ich zum ersten Mal wieder Lust, mich zu schminken.

Als es dunkel wurde, machte ich mich auf den Weg. Das Kulturzentrum war im Norden der Altstadt. Ich konnte es nicht verfehlen. Viele junge Leute hatten dasselbe Ziel wie ich.

Neonlichter erhellten den Innenhof. Die Tische und Klappstühle im Freien waren schon gut besetzt.

Ich sah mich erst mal um. An den Wänden des alten Backsteingebäudes gab es ein großflächiges Graffito: ein Zug von lauter Menschen mit Rucksäcken. Ein Mann hielt ein Kind an die Hand. Ein anderer hatte seine Hand auf die Schulter der Frau vor ihm gelegt. Unternahmen alle diese Leute zusammen eine lange Reise? Kamen sie von der Arbeit aus der Fabrik? Oder waren sie etwa auf der Flucht? Das war schwierig zu sagen, weil die Gesichter von Rauchwolken verhüllt wurden, die aus Fabrikschloten im Bildhintergrund aufstiegen.

Ich holte mir ein Bier an der Bar und setzte mich an einen freien Tisch am Rand. Kurz darauf stieß ein Pärchen dazu, das offenbar frisch verliebt war. Nur im äußersten Notfall lösten sie die Lippen voneinander, um zwischendurch Luft zu holen. Sie fühlten sich von mir überhaupt nicht gestört, aber ich umgekehrt schon.

Ich stand auf und ging rein. Innen waren Techniker gerade damit beschäftigt, Kabel zur Bühne zu verlegen.

»Gibt es heute noch ein Konzert?«, fragte ich sie auf Englisch.

Einer der beiden nickte. »Ja, geht bald los. Eintritt ist frei.«

Da hatte ich wirklich Glück! Ich suchte mir einen Stuhl in der vorletzten Reihe aus. Nach und nach füllte sich der hohe Raum. Die fröhlichen Stimmen hallten bis zur hohen Decke mit den offen gelegten Rohrleitungen. Ich versuchte, mit der Frau neben mir ins Gespräch zu kommen, aber sie konnte leider weder Englisch noch Deutsch.

Jetzt fingen die Leute an zu klatschen. Ein Mann und eine Frau erschienen auf der Bühne, beide in Lackledermänteln und schwarzweiß gestreiften Hosen. Er hatte eine E-Gitarre dabei. Die Frau stellte sich vors Mikrofon und fing an zu singen. Erst hauchte sie nur ein paar Töne, dann legte sie richtig los. Ihre Stimme überschlug sich, sie kreischte immer lauter. Der Mann spielte dazu ohrenbetäubende, minimalistische Akkorde. Die Musik wurde immer düsterer und härter. Das Publikum war voll begeistert.

Leise stand ich auf und verließ den Saal. Meine Ohren taten weh, und mein Kopf dröhnte.

Ich wollte nur noch eins: so schnell wie möglich zurück in die Pension und mir die Decke über den Kopf ziehen.

In meiner ersten Nacht in Košice schlief ich unruhig. Ich träumte von Lenny, der auf der Bühne der Kulturfabrik stand und ins Mikrofon röchelte: »Ich hab dich nie geliebt, Jasmin. Niemals, ich hab immer nur so getan. Aber du bist darauf reingefallen.«

Stöhnend drehte ich mich auf die andere Seite und versuchte wieder einzuschlafen.

EIS UND HEISS

Jasmin? Bist du schon wach?«

Jemand klopfte an meine Tür. Ich schreckte aus dem Bett hoch und blinzelte in die Sonne, die durch die hellen Vorhänge hereinschien. Wo war ich? Mein Blick fiel auf die Trockenblümchen auf dem Nachttisch. Košice. Die Pension. Mein Zimmer. Ich atmete auf.

Wieder klopfte es, diesmal lauter.

»Wer ist da?«, fragte ich.

»Besuch für dich, Jasmin. Vito«, hörte ich Nelas Stimme.

Vito? Von einer Sekunde zur nächsten war ich hellwach. »Ich komme in zehn Minuten runter!«, rief ich durch die Tür.

Zehn Minuten sind natürlich viel zu wenig, wenn man sich duschen, anziehen, Zähne putzen und gut aussehen will.

Vito wartete im Fernsehzimmer auf mich. Er versank in einem Plüschsessel und hatte seine Beine lang ausgestreckt. Als er mich sah, ging ein Strahlen über sein Gesicht.

»Ahoj, Jasmin!«

»Ahoj, Vito! Ich dachte, du entspannst dich zu Hause?«

»Geht leider nicht.« Vito arbeitete sich mühsam aus dem Sessel heraus. »Es gibt da ein kleines Problem. Wir Slowaken haben eine lästige Angewohnheit: Gastfreundschaft.«

Ich musste grinsen. »Puh! Hört sich wirklich schlimm an. Und wie lösen wir jetzt das Problem?«

Vito stand auf und kam lächelnd auf mich zu. »Ganz einfach: Ich könnte dir mein Land zeigen. Was hältst du davon, wenn wir heute mit dem Auto zur Zipser Burg fahren und uns danach noch die Dobšinská-Eishöhle ansehen?«

»Hm ...«, machte ich und ließ ihn ein bisschen zappeln. »Weiß nicht. Eigentlich wollte ich heute alleine ...«

Vito sah mich verschmitzt an.

»Also gut. Warum nicht?«

»Jéj!«, freute sich Vito. Er klimperte mit dem Autoschlüssel und sagte auf dem Weg zur Tür: »Wetten, du hast noch nicht gefrühstückt? Ich hab Mohnnudeln gekauft. Der Cappuccino müsste auch noch warm sein.«

»Und das sagst du erst jetzt?«, rief ich gespielt entrüstet und nahm ihm den Autoschlüssel aus der Hand.

Wir frühstückten im Auto und krümelten die Sitze voll. Die Mohnnudeln waren aus lockerem Hefeteig und schmeckten himmlisch. Mit jedem Bissen schmolzen meine Vorsätze dahin, meine Gefühle zurückzuhalten. Das war sowieso keine gute Idee gewesen. Ich wollte meine Reise schließlich in vollen Zügen genießen.

Nach nur einer Stunde Fahrt mit dem Auto waren Vito und ich in einer anderen Welt. Auf einem grünen Hügel erhob sich, weithin sichtbar, eine Burg mit einer langen Wehrmauer. Wie eine träge Schlange hatte sich die Mauer am Fuß der Anlage ausgebreitet und schien nur darauf zu warten, zum Leben erweckt zu werden. Sofort musste ich ans Mittelalter denken, an Ritter in Rüstungen und an Turniere.

»Kennst du *Dragonheart*?«, fragte mich Vito.

»Den Film nicht, nur den Trailer. Ein Drache und ein Ritter kämpfen gemeinsam gegen einen bösen Prinzen? Ehrlich gesagt stehe ich nicht so auf Actionfilme.«

»Ich schon.« Vito zeigte stolz zur Zipser Burg. »Der Film wurde hier gedreht. Für die Wasserfall-Szene musste man aber ganz schön tricksen. Die haben einen 75 Meter breiten künstlichen See angelegt und eine Stahlkonstruktion mit 25 Pumpen. Damit wurden 6000 Liter Wasser pro Sekunde hochgepumpt. Hat sich voll gelohnt: Der Wasserfall war sechs Meter breit.«

Faszinierend, dass Vito sich sogar die genauen Zahlen merken konnte. Für mich hätte allerdings auch die Hälfte der Details gereicht.

Wir stellten das Auto auf dem Parkplatz ab und wanderten den Weg zur Burg hoch. Wir hatten es nicht eilig. Vito erklärte mir immer mal wieder etwas, und ich machte Fotos von der Burganlage und der märchenhaften slowakischen Landschaft drum herum. Die grünen Hügel und goldenen Weizenfelder im Vordergrund wirkten umso sanfter, weil sich dahinter die violetten Umrisse des Hochgebirges abzeichneten. Auf einigen Bergen lag Schnee, also mussten sie deutlich höher sein als die in Ungarn am Donauknie.

»Schau!«, sagte Vito mit einem feierlichen Ausdruck in der Stimme. »Das ist die Hohe Tatra. Ich liebe den Nationalpark dort, die Wälder und die Gebirgsseen. Am schönsten finde ich es, wenn ich dort klettere und mir immer wieder neue Herausforderungen suche. Manchmal mache ich aber auch ganz einfache Wanderungen. Dann kommt es mir vor, als wäre ich eins mit der Natur. In der Hohen Tatra ist man dem Himmel ein Stück näher.«

Er schwieg, und ich spürte, wie intensiv er mit seinem Land und den Bergen verbunden war. Fast war ich ein bisschen neidisch auf ihn. Und es weckte in mir eine neue Sehnsucht. Ich nahm mir fest vor, mehr Ausflüge in die Natur zu machen, wenn ich zurück in Deutschland war.

»Und, was sagst du dazu?«, fragte Vito erwartungsvoll.

Offenbar hatte ich den Satz davor verpasst.

»41426 Quadratmeter«, wiederholte Vito. »Die zweitgrößte Burganlage in ganz Mitteleuropa. Nur die Prager Burg ist noch größer. Die Zipser Burg wurde übrigens im 11. und 12. Jahrhundert erbaut. Im

15. Jahrhundert hat man sie stark erweitert. Ein Palast, ein Rittersaal und eine Kapelle kamen dazu.«

»Gehen wir jetzt rein?«, fragte ich ungeduldig.

Vito lachte auf. »Natürlich. Sag einfach, wenn ich zu viel rede.«

»Tust du gar nicht«, antwortete ich, weil ich gerade dabei war, mich in seine Stimme zu verlieben.

Vito kaufte zwei Tickets für uns und bestand darauf, mich einzuladen. Es gab auch Führungen, aber wir wollten uns die Burg lieber zu zweit ansehen.

In der Ausstellung waren Kanonen und Ritterrüstungen aufgebaut. In einem karg eingerichteten Raum standen ein Bett, ein Stehpult und ein Stuhl, über dem ein Umhang hing. Ich stellte mir vor, dass hier im Mittelalter eine Frau gelebt – und sicher im Winter ziemlich gefroren hatte.

Die Kapelle war schlicht und konzentrierte sich ganz auf Jesus am Kreuz. An den Wänden hingen Holzfiguren der zwölf Apostel. Die Gesichter und Bärte waren fein geschnitzt und wirkten unglaublich lebendig.

Wir traten hinaus ins Freie und stiegen die steile Wendeltreppe zum Turm hoch. Von hier oben erst konnte man erkennen, dass die Wehrmauer die komplette Burg umschloss. Die Aussicht war toll, nur leider hatte ein Schwarm kleiner Fliegen den Turm besetzt. Wir flüchteten vor ihrem Ansturm.

Eine Etage tiefer gefiel mir die Aussicht sogar noch besser. Durch die Fensteröffnungen und Bögen der Ruine hatte ich immer wieder neue, kostenlose Rahmen für meine Fotos.

Am Schluss legte ich die Kamera auf einer niedrigen Mauer ab, stellte den Selbstauslöser ein und winkte Vito. »Schnell!«

Wir liefen zu einem Torbogen und warfen uns Arm in Arm in Pose.

Meine Kamera machte dreimal hintereinander »Klick!«.

»War's das schon?«, wollte Vito wissen.

»Ja.«

Er ließ den Arm locker auf meiner Taille liegen. »Warte! Vielleicht kommt ja doch noch ein Blitz?«

Ich schüttelte lachend den Kopf und löste mich aus Vitos Arm. Als wir kurz darauf wieder im Auto saßen, spürte ich seine Berührung immer noch. Es fühlte sich wunderschön an.

Eine weitere Stunde Fahrt lag vor uns. Zuerst fuhren wir Richtung Westen auf einer Landstraße durch kleinere Ortschaften, später bogen wir in den Süden ab und die Bäume um uns herum wurden immer dichter. Die bewaldeten Hügel zogen sich bis hinunter zur Straße. Gezackte Felswände tauchten auf, die Strecke wurde kurviger. Vito schaltete einen Gang zurück, um die Steigung und die Serpentinen besser zu bewältigen.

»Weißt du, wie dieser Gebirgszug heißt?«, fragte er mich. »Slowakisches Paradies!«

Ich sah in Vitos blaugrüne, leuchtende Augen und nickte.

Kurz darauf hielten wir bei einem Parkplatz. Hier trafen wir auf Touristen und Reisegruppen, die auch zur Dobšinská-Eishöhle wollten. Ich zog mir eine Jacke an und stieg aus. Es duftete nach Wald und frischer, feuchter Luft.

»Tja«, sagte Vito mit einem Augenzwinkern zu mir. »Jetzt musst du leider schon wieder wandern.«

»Kein Problem«, gab ich schlagfertig zurück. »Ich hab ja einen Arzt dabei, für alle Fälle. Falls ich in eine Felsspalte stürze oder so.« Ich sagte es lachend, bekam aber jetzt noch Gänsehaut, wenn ich an die Klamm zurückdachte.

Unter den Touristen waren auch viele Senioren, was mich sofort wieder beruhigte. Wir wanderten etwa zwanzig Minuten auf einem breiten Weg durch den Wald. Es ging stetig bergauf, aber ich kam nicht groß außer Puste.

Wir erreichten eine Hütte mit hellen Holzschnitzereien. Hier war der Ausgangspunkt für die Führungen. Alleine durfte man die Eishöhle nicht betreten.

Während wir warteten, bis unsere Gruppe dran war, fragte ich Vito, wie es sein konnte, dass in der Höhle das Eis nie schmolz, wo es doch im Sommer in der Slowakei sehr heiß werden konnte. Bis zu vierzig Grad hatte ich gehört.

Vito erzählte mir, dass es an der besonderen Form der Höhle lag. Der Gang führte vom Eingang schräg nach unten. Im Winter sammelte sich dort die absinkende kalte Luft an. Sie durchkühlte die Höhle und hielt die Temperatur dauerhaft unter dem Gefrierpunkt.

Jetzt ging es endlich los! Unser Guide sprach Slowakisch, und Vito übersetzte mir das Wichtigste.

Eine steile Eisentreppe führte tief in den Berg hinein. Sobald wir ein paar Stufen nach unten gegangen waren, umfing uns eisige Kälte. Dabei waren Decke und Wände zunächst noch aus Felsgestein. Nachdem wir einmal links und einmal rechts abgebogen waren, sahen wir dann das erste Eis. Von der niedrigen Decke hingen dünne Stalaktiten. Und aus dem spiegelglatten Eisboden wuchsen Stalagmiten empor. Sie sahen aus wie Kegel aus Sahne, die ein Konditor aus einer Spritztülle großzügig verteilt hatte.

Noch weiter ging es hinab in die Tiefe. Wir liefen durch einen schmalen Tunnel. Die Decke über uns, die Wände rechts und links, alles war nun aus Eis. Ich kam mir vor wie ein Bobfahrer in einer Röhre.

Auf einer Plattform blieb unser Guide stehen und erklärte etwas.

Vito hörte aufmerksam zu. Dann flüsterte er mir ins Ohr: »Die Eisfläche hier unten beträgt 9772 Quadratmeter, und das gesamte Eisvolumen in der Höhle schätzt man auf 110000 Kubikmeter. Das sind etwa zwei Millionen volle Schwimmbecken.«

Mir wurde schwindelig. Vitos Nähe verwirrte mich. Ich spürte, wie ich rot wurde, aber das würde Vito hoffentlich nicht auffallen. Auch sein Gesicht war inzwischen von der Kälte gerötet.

Die Höhle weitete sich nach oben. Wir kamen in einen großen Saal. Auf einem gefrorenen See schwebte ein Rieseneisblock. So schien es jedenfalls.

Wieder flüsterte Vito ganz nah an meinem Ohr: »Stell dir vor, der Eisboden ist 26,5 Meter dick! In den 1950er-Jahren trainierten hier Eiskunstläufer und die Eishockeynationalmannschaft aus der damaligen Tschechoslowakei.«

»Wirklich?«, flüsterte ich leise zurück und dachte dabei an ganz andere Dinge. Daran, wie es sich wohl anfühlte, Vito zu küssen, sein Hemd aufzuknöpfen ...

Um uns herum klickten Kameras, Blitzlichter flammten auf. Ich hatte meine Kamera noch gar nicht ausgepackt, hatte nicht mal daran gedacht, Fotos zu schießen. Das war mir noch nie passiert! Ich beschloss, die Kamera stecken zu lassen. Wahrscheinlich hätte ich, aufgeregt, wie ich war, die meisten Bilder sowieso verwackelt.

Jetzt führte die Treppe wieder nach oben. Die meisten Leute schwiegen beim Aufstieg, noch ganz erfüllt von dem, was sie gesehen hatten. Ich war auch froh, nicht reden zu müssen. Mitten in Eis und Kälte hatte sich in meinem Herzen ein Funke entzündet. Mir war warm, und gleichzeitig liefen Schauer über meinen Rücken.

Dann standen wir wieder im Freien in der Wärme, aber ich zitterte immer noch.

Vito zog seine Jacke aus und legte sie mir über die Schultern. »Wollen wir nach Hause fahren?«, fragte er leise.

»Ja, gerne«, antwortete ich.

Auf der Rückfahrt sprachen wir über alles Mögliche: Wie beeindruckend die Höhle gewesen war. Wie wunderbar die Zipser Burg und überhaupt der ganze Tag. Wir redeten und redeten und vermieden es dabei, uns anzusehen. Eifrig schmiedeten wir Pläne für die nächsten beiden Tage. Vito schlug vor, zu einem Folklorefest zu fahren, oben im Norden, in einem Nationalpark.

»Da treffen sich lauter Tanz- und Musikgruppen aus der Slowakei und aus Polen. Sie zeigen ihre Trachten und führen traditionelle Tänze auf, dazu singen sie und spielen Geige.«

»Klingt toll«, sagte ich. »Lass uns gerne dorthin fahren.«

Vito erzählte, dass er als Kind auch Folkloretänze gelernt hatte. »Heute kann ich sie leider nicht mehr so gut«, gab er zu. »Dafür spiele ich Gitarre und ich singe.«

»Spielst du mir mal was vor?«, rutschte es mir heraus.

Vito fuhr langsamer. Die Straße war wieder ziemlich kurvig. Er konzentrierte sich und antwortete erst nach einer Weile: »Ja, vielleicht …« Die nächste Frage schwebte wie eine Sprechblase im Auto: »Bei dir oder bei mir?«

Košice kam immer näher, ich wurde von Minute zu Minute nervöser.

Endlich, als wir schon den Turm des Elisabeth-Doms sehen konnten, räusperte sich Vito. »Wenn du magst, kannst du gerne noch auf ein Glas Wein zu mir raufkommen. Ich spiele dir einen Song vor, und danach fahre ich dich zurück in die Pension.«

»Einverstanden.«

Warum schlug mein Herz schon wieder schneller? Vito war Slowake, er war gastfreundlich, nicht mehr und nicht weniger. Trotzdem schoss mir plötzlich ein Gedanke durch den Kopf: Hatte ich eigentlich irgendwo in meinem Rucksack ein Kondom? Vielleicht in meinem Kulturbeutel?

Auf Vitos Wohnung war ich natürlich sehr gespannt. War er modern eingerichtet oder eher traditionell wie seine Tante?

Und wieder einmal überraschte er mich. Vito lebte in einem Plattenbau aus kommunistischen Zeiten. Es standen kaum Möbel in der Drei-Zimmer-Wohnung, nur das Nötigste: Esstisch, Couch, ein paar alte Stühle und ein großer Fernseher im Schlafzimmer. Neben der Couch stapelten sich leere Pizzakartons. Aber es lagen keine Socken auf dem Boden, und auch sonst war die Wohnung hell und aufgeräumt.

Vito bot mir einen Stuhl in der Wohnküche an und nahm zwei Gläser aus dem Regal. »Ich hab leider nur einen Rest Rotwein da.«

»Rotwein ist super«, versicherte ich ihm.

Er schenkte den Wein in die Gläser. Es war wirklich nicht mehr viel. Wir stießen an und tranken einen Schluck.

»Hm, sehr gut«, sagte ich, obwohl ich vor Aufregung kaum etwas schmeckte.

Vito holte seine Gitarre aus dem Schlafzimmer und setzte sich mir gegenüber an den Küchentisch. Er stimmte sein Instrument, spielte leise ein paar Töne an und begann zu singen: »Nemám ťa rád …«

Ich lauschte dem Klang der Wörter und versuchte zu erraten, worum es in dem Song ging. Sehnsucht hörte ich heraus, eine melancholische Stimmung und dann wieder Hoffnung. Vielleicht war es ein Lied über den langen Weg der Slowakei in die Unabhängigkeit? Oder über die rauen Berge der Hohen Tatra?

Vito spielte nicht perfekt Gitarre. Zwischendrin suchte er nach einem Akkord oder traf die Töne nicht ganz. Trotzdem legte er all seine Gefühle in die Musik, spielte und sang voller Leidenschaft. Der Rhythmus wurde schneller. Irgendwann fing ich an, mit meinen Fingern im Takt zu schnippen. So was mache ich sonst nie, aber ich konnte nicht einfach ruhig sitzen bleiben. Die Musik nahm mich mit auf eine Reise.

Jetzt wurde der Song wieder langsamer. Am Schluss wechselte die Tonart von Moll zu hoffnungsvollem Dur.

Vito sang zweimal »Vzdávam sa, vzdávam sa!« und spielte einen satten Schlussakkord.

Die Saiten der Gitarre klangen noch eine Weile nach.

»Ďakujem«, murmelte ich. »Das war wunderschön.«

Vito legte die Gitarre auf einen Stuhl und nahm noch einen Schluck Rotwein. »Du bist die Erste, der ich dieses Lied vorspiele.«

»Ist es ... etwa von dir? Hast du es selbst geschrieben?«, fragte ich verblüfft.

Vito schüttelte den Kopf. »Schön wär's! Nein, so kreativ bin ich leider nicht. Der Song stammt von einem slowakischen Liedermacher, und gestern Nacht ist er mir plötzlich wieder eingefallen. Der Text drückt genau das aus, was ich gerade fühle.« Vito schob seine Brille höher auf die Nase. Bis jetzt hatte er mich noch kein einziges Mal angesehen.

»Ja, so was kenne ich«, sagte ich. »Verrätst du mir, um was es in dem Lied geht?«

Vito nickte. »Es geht darum, dass man sich gegen etwas wehrt, obwohl man weiß, dass es keinen Sinn hat. Trotzdem behauptet man das Gegenteil von dem, was man fühlt. Aber niemand hält so was lange durch. Irgendwann kämpfst du nicht mehr dagegen an. Du gibst auf.«

»Was bedeutet ›Nemám ťa rád‹?«, wollte ich wissen.

Vito sah mir direkt in die Augen. »Ich mag dich nicht.«

Mein Gehirn brauchte ein paar Sekunden. Dann pochte mein Herz bis in den Hals.

Vito streckte mir auf dem Küchentisch seine linke Hand entgegen. Ich legte meine Hand hinein, spürte, wie sie warm wurde und anfing zu kribbeln. Bald kribbelte mein ganzer Körper.

»Ich mag dich auch nicht«, flüsterte ich.

Vito und ich standen gleichzeitig auf. Wir wollten unsere Hände nicht loslassen und hoben sie umständlich über den Rand des Küchentischs, bis es endlich kein Hindernis mehr zwischen uns gab.

Ich nahm Vitos rechte Hand und legte sie auf meine Brust. Er lächelte. Dann machte er die Augen zu und atmete mit mir. Bald schlugen unsere Herzen im selben Takt. Die Zeit stand still.

Langsam begann Vito, meine Brüste zu streicheln, zärtlich und sanft. Ich wollte ihn auch berühren, malte mit meiner Hand Kreise auf seinen Bauch. Wir atmeten schneller. Ich spürte meine Erregung und seine. Wir schmiegten uns aneinander, streichelten uns weiter und fingen an, uns zu küssen. Ich knöpfte Vitos Hemd auf, fuhr mit den Fingerspitzen über seine Brust.

»Wollen wir rübergehen?«, flüsterte er. »Hier in der Küche hab ich keine Vorhänge, da kann man sonst …«

»Gute Idee«, flüsterte ich zurück.

Eng umschlungen gingen wir ins Schlafzimmer und knutschten immer leidenschaftlicher.

Vor dem Bett ließ Vito mich sanft los. »Warte bitte kurz.« Hastig zog er die Schubladen seiner Kommode auf. »Irgendwo muss doch noch … ich hatte hier eigentlich …«, murmelte er und wurde immer nervöser.

»Ist es vielleicht das, was du suchst?« Ich fischte ein quadratisches Tütchen aus der Kommode und steckte es Vito in den Hosenbund.

»Danke!« Er nahm meinen Kopf in seine Hände und betrachtete mich, als ob er mich zum ersten Mal sehen würde.

»Si krásna, Jasmin«, sagte Vito leise. »Du bist wunderschön.«

»Nicht reden«, murmelte ich und küsste ihn.

AUSGEBREMST

Woran erkennt man eigentlich, ob man richtig verliebt ist oder nur verknallt? In den Liebesfilmen und Serien gibt es dafür einen ganz einfachen Code. Entweder springt einer von beiden im Morgengrauen aus dem Bett, zieht sich schnell an und stiehlt sich heimlich aus der Wohnung. Dann war es ein One-Night-Stand ohne Fortsetzung. Oder wer zuerst aufwacht, macht in der Küche leise Frühstück und bringt es auf einem Tablett ans Bett. Dann ist es der Anfang der ganz großen Liebe.

Im echten Leben sind die Gefühle komplizierter. Als ich am Morgen in Vitos Bett aufwachte, wollte ich mit ihm frühstücken *und* ihn ein letztes Mal küssen.

Es war viel zu früh für eine neue Beziehung. In meinem Kopf schwirrte immer noch Lenny herum. Es tat zwar nicht mehr weh, wenn ich an ihn dachte, aber wir waren so lange ein Paar gewesen, dass ich unsere gemeinsame Zeit nicht so schnell vergessen konnte.

Vito drehte sich zu mir um und machte die Augen auf. »Dobré ráno!«

»Guten Morgen!«, wiederholte ich auf Deutsch und wich seinem Blick aus. Vitos blaugrüne Augen waren immer noch wunderschön, ich durfte nicht schwach werden.

Er stützte sich mit dem Ellbogen auf und lächelte mich an. »Die Nacht war so toll.«

»Für mich auch«, sagte ich, »und …«

»Und?« Vito sah mich fragend an.

Ich musste ehrlich sein, durfte ihm keine falschen Hoffnungen machen. »... und ich finde, wir sollten es bei der einen Nacht belassen.«

Auf einmal wurde Vito still.

»Bitte«, murmelte ich. »Es wird sonst ...«

Schnell unterbrach er mich: »Ich bin froh, dass du es genauso siehst! Weil ... ich wusste nicht, ob ich dich verletzen würde, wenn ich ...«

Verblüfft starrte ich ihn an und spürte, wie eine Riesenlast von meinen Schultern abfiel. »Nie!«

Nein klang auf Slowakisch einfach noch besser als auf Deutsch. Ich versicherte Vito, dass er mich überhaupt nicht verletzte, im Gegenteil. Und was für ein Glück es war, dass wir ganz ähnliche Vorstellungen hatten.

»Das würde sowieso nicht gut gehen mit uns«, sagte ich mit todernstem Gesichtsausdruck. »Du in der Slowakei und ich in Deutschland. Über fünfzehn Stunden für eine Zugfahrt.«

Vito grinste. »Stimmt. Du mit deiner Höhenangst und ich mit meiner Kletterei.«

»Du mit deinen spannenden Actionfilmen und ich mit meiner langweiligen Kunst.«

Wir hatten die Kurve gekriegt und mussten beide lachen.

»Du darfst aber nicht ohne Kaffee aus dem Haus gehen!«, sagte Vito plötzlich.

»Schon überredet.«

»Bleib bitte liegen, ich kümmere mich drum.«

Vito schwang seine Beine aus dem Bett, zog sich an und ging in die Küche. Ich genoss es, die klappernden Geräusche aus der Küche zu hören. Der Wasserkocher brodelte. Kurz darauf zog Kaffeeduft durch die Wohnung.

Schnell stand ich auf und machte mich im Bad frisch. Als ich in die

Küche kam, stellte Vito gerade eine Pfanne auf den Tisch. »Rührei mit Paprika und Würstchen«, verkündete er. »Ein Geheimrezept meiner Mutter.«

Normalerweise aß ich keine Wurst zum Frühstück, aber heute war sowieso alles anders. Vito machte das Fenster auf. Frische Morgenluft strömte herein. Wir aßen zusammen mit Blick auf die Plattenbauten, tranken Kaffee und redeten nicht mehr viel. Alles Wichtige hatten wir schon gesagt.

An der Tür gab ich Vito noch einen Kuss auf den Mund. Er legte die Arme um mich und flüsterte in mein Haar hinein: »Dobrý výlet! Gute Reise, Jasmin.«

Und so kam es, dass nicht Vito, sondern ein anderer Mann mich an meinem letzten Tag in der Slowakei begleitete: Andy Warhol. Nach fast drei Stunden Zugfahrt stand ich vor seinem Museum. Die knalligen Bonbonfarben des Gebäudes passten zu seiner schrillen Pop-Art. Ich sah mir Fotos von ihm als Kind an, seine großformatigen Siebdrucke und schillernden Porträts von Lenin und Marilyn Monroe. Vor das Bild der Hollywood-Schauspielerin hatte man eine überdimensionierte Dose Campbell-Tomatensoße gestellt. Darauf saß der Künstler als lebensgroße, weiße Gipsfigur, mit lässig übereinandergeschlagenen Beinen und Zigarre im Mund, aus der Dollarzeichen qualmten. Um den Hals hatte er eine Kompaktkamera hängen, die meiner verblüffend ähnlich sah.

Ich fragte die Museumsaufsicht, ob sie mich mit meiner Kamera neben Andy Warhol fotografieren würde. Sie verstand nicht gleich, was ich von ihr wollte, aber dann lächelte sie und rief: »Prirodzene!«

Es wurde die schönste Aufnahme meiner bisherigen Reise. Ich fand, dass ich auf dem Foto fast so cool aussah wie Andy Warhol. Jetzt musste ich nur noch dafür sorgen, genauso berühmt zu werden wie er. Dann hatte ich für den Rest meines Lebens ausgesorgt.

Den Anfang machte ich schon mal, als ich im Vorraum des Museums ein Frühwerk hinterließ. Dort stand eine Box aus Plexiglas, in die man Zettel mit Kommentaren zur Ausstellung hineinwerfen konnte. Die bereitliegenden leeren Zettel brauchte ich nicht, denn ich hatte ja ein Foto von Lenny. Es war ein Winter-Schnappschuss. Lenny stand vor einem Kaufhaus und zeigte grinsend auf den Weihnachtsmann, der an der Fassade hochkletterte.

Ich schrieb auf die Rückseite des Fotos:

Lieber Lenny, ich höre jetzt auf, dich zurückhaben zu wollen.
Jasmin

Künstlerisch-schwungvoll setzte ich meine Unterschrift unter mein Statement. Dann warf ich das Foto in die Glasbox, holte meine Jacke aus der Garderobe und verließ das Museum mit großen Schritten.

Meinen siebten Grenzübergang von der Slowakei nach Tschechien verschlief ich im Nachtzug. Weil ich sparen wollte, hatte ich mir nicht mal einen Liegewagen gegönnt. Den Kopf in meine Jacke vergraben, unbequem auf meinen Sitz gekauert, schlief ich neun Stunden wie ein Stein.

Am Morgen saß mir gegenüber eine neue Nachbarin im Abteil. Sie nickte mir freundlich zu und sagte auf Deutsch: »Sie haben einen gesunden Schlaf! Beneidenswert. Der Schaffner war gerade da, wollte Sie aber nicht wecken. Ein sehr netter Mann.«

»Hm …« Ich streckte mich und rieb mir die Müdigkeit aus den Augen.

Draußen vor dem Fenster fächerten sich die Schienen auf. Ein Zug kam uns entgegen, und unser Fernzug verlangsamte die Fahrt.

»Was ist denn der nächste Bahnhof?«, fragte ich verschlafen.

»Ach, das ist erst Brünn«, antwortete sie seufzend. »Wir sind leider noch nicht in Prag.«

Die Bremsen quietschten, der Zug hielt an.

»Was, Brünn?«, rief ich entsetzt und sprang von meinem Sitz hoch. »Da muss ich aussteigen!«

Hektisch zog ich meine Jacke an und wuchtete den Rucksack aus dem Gepäckfach. Im Gang standen Touristen, die keinen Sitzplatz mehr gefunden hatten. Ich stolperte über ihre Koffer und Taschen, fluchte leise und kam kaum vorwärts.

Da hörte ich schon die Trillerpfeife des Schaffners. Die Türen gingen krachend zu. Ich hechtete einen Wagen weiter, wo der Schaffner die letzte Tür offen hielt.

»Halt! Ich will noch raus!«

Der Schaffner winkte genervt mit seiner Kelle. »Pospěš si! Beeilen Sie sich!«

Im letzten Moment sprang ich auf den Bahnsteig und knickte um. Ein stechender Schmerz fuhr durch meinen rechten Fuß. Mir blieb kurz die Luft weg. Dann humpelte ich langsam zu einer Bank, setzte mich und tastete meinen Knöchel ab. Schon diese leichte Berührung tat schrecklich weh, und unter meinen Fingern spürte ich, wie der Knöchel bereits anschwoll.

Auch das noch! Warum hatte ich mir keinen Handywecker gestellt? Oder war einfach bis Prag weitergefahren? Und warum passierte mir das jetzt, auf einem superflachen Bahnsteig, nachdem ich sogar einen Sturz von einer Leiter in der Felsenklamm heil überstanden hatte?

Alles Fragen, die mich nur noch verzweifelter machten. Pendler und Touristen liefen achtlos an mir vorbei. Niemand blieb stehen und fragte, ob er mir vielleicht helfen könnte. Und Vito, der Arzt meines Vertrauens, war 500 Kilometer entfernt.

Ich versuchte, in den Schmerz hinein zu atmen, gab es aber bald wieder auf. Der Knöchel schwoll weiter an und drückte gegen meinen Schuh. Ich überwand mich und stand trotzdem auf, biss die Zähne zusammen und humpelte los. Für die kurze Strecke durch die Bahnhofshalle brauchte ich acht Minuten. Am Bahnhofsvorplatz konnte ich nicht mehr. Ich sah die Taxis dort stehen und humpelte auf das vorderste zu.

»To the hospital, please!«, sagte ich zum Fahrer.

»Dobře!«, murmelte er in seinen Bart hinein und blieb mit den Händen in den Hosentaschen neben dem Auto stehen.

Hatte er mich verstanden? Ich war mir erst sicher, als er mir endlich den Rucksack abnahm und ihn umständlich im Kofferraum verstaute.

Beim Einsteigen musste ich wieder die Zähne zusammenbeißen.

Der Fahrer drehte sich vom Vordersitz zu mir um. »Která nemocnice?«

»Sorry, I do not speak Czech«, antwortete ich.

»Which hospital?«, wiederholte er.

Ich hob mein Bein ein Stück an und zeigte auf meinen Knöchel.

Der Fahrer nickte und trat aufs Gaspedal. Ich lehnte mich erschöpft an die Rückbank und starrte aus dem Fenster. So hatte ich mir meine Ankunft in Tschechien nicht vorgestellt. Das Wetter passte zu meiner Stimmung. Am Himmel hingen graue Wolken.

Wir fuhren am Stadtrand von Brünn entlang. Hochhäuser wechselten sich ab mit Tankstellen, Baumärkten und Autohäusern. Nach etwa zehn Minuten bog der Fahrer links in eine lange Zufahrt ein. Wir hielten vor einem u-förmigen weißen Gebäude. Dahinter ragte ein breiter Hochhausklotz mit unzähligen Fenstern auf.

»University Hospital Brno«, sagte der Fahrer.

Ich bezahlte die Fahrt und stieg aus. Mein Schuh schnürte den angeschwollenen Knöchel jetzt noch stärker ein. Tapfer humpelte ich zum Kofferraum, um meinen Rucksack entgegenzunehmen.

Auf einmal lächelte der Taxifahrer. »Get well soon!«

»Thank you.«

Die unerwartete Freundlichkeit trieb mir Tränen in die Augen. Plötzlich vermisste ich Lenny doch wieder. Er war ziemlich gut im Trösten. Und Vito fehlte mir auch. Er hatte so eine angenehme, ruhige Art. Es wäre wunderbar, wenn er jetzt an meiner Seite sein könnte. An unsere schöne Nacht durfte ich gar nicht erst denken ...

Du schaffst das auch alleine, Jasmin, machte ich mir in Gedanken Mut.

Im Eingangsbereich hing eine riesige Tafel, auf der die Abteilungen des Krankenhauses standen, natürlich alles auf Tschechisch. Jetzt rächte es sich, dass ich diesmal keine Vokabeln gepaukt hatte.

Es half nichts, ich musste zum Informationsschalter. Mit einer Mischung aus Englisch und Gebärdensprache stellte ich meine Frage.

Die Frau hinter der Glasscheibe nickte. »Ortopedie.«

Es war fast dasselbe Wort wie auf Deutsch! Die Frau erklärte mir auf Englisch, wie ich zur Ambulanz kam. Quer durch die Halle und dann rechts. Der kurze Weg kam mir endlos vor. Ich meldete mich bei den Sprechstundenhilfen am Tresen an und zeigte meine Versichertenkarte. Zum Glück hatten meine Eltern eine Reisekrankenversicherung abgeschlossen. Ich sollte sie anrufen, aber lieber noch nicht jetzt. Erst nachdem ich mit einem Arzt gesprochen hatte.

Endlich konnte ich mich auf einen Stuhl im Wartesaal fallen lassen. Es war Mittwochvormittag und richtig viel los. Mehr als ein Dutzend Patienten waren vor mir gekommen. Ich stellte mich auf eine lange Wartezeit ein und holte mir ein paar Frauenzeitschriften. Die meisten Stars kannte ich zwar, aber auf Tschechisch ging der neueste Klatsch natürlich komplett an mir vorbei. Frustriert legte ich die Zeitschriften zurück auf den Tisch.

Mein Knöchel tat immer noch weh, sobald ich ihn nur ein bisschen bewegte. Plötzlich dachte ich: Was mache ich eigentlich, wenn er gebrochen ist? Wenn ich operiert werde und im Krankenhaus bleiben muss?

Damals, als meine Mandeln rausgenommen wurden, hatten meine Eltern mich jeden Tag besucht, mir Eis mitgebracht und mich aufgemuntert. Und jetzt? Würde ich tagelang alleine in einem Krankenhauszimmer liegen müssen, in einem fremden Land, dessen Sprache ich nicht konnte?

Nur weiter so, dachte ich. Natürlich konnte ich mir alles extra dramatisch ausmalen und meine Situation damit noch schlimmer machen.

Um mich abzulenken, erinnerte ich mich lieber an die lustigen Erlebnisse auf meiner Reise. An den Schneckentrick in Frankreich, an Chiara und den italienischen Cousin mit den Goldkettchen und an Raffael mit seinem tollen Humor.

»Jasmin Wegener?« Eine Schwester im blauen Kittel rief meinen Namen auf.

Jetzt schon?

Sie ging zügig voraus über einen langen Gang. Ich hatte Mühe, ihr zu folgen. In einem Behandlungszimmer maß die Schwester meinen Blutdruck, danach ließ sie mich allein.

Ich wollte jetzt endlich wissen, was mit mir los war. Geduld war leider noch nie meine Stärke gewesen. Irgendwann schneite eine junge Ärztin herein.

»Dobrý den!«, begrüßte sie mich freundlich.

Ich wiederholte den Gruß, sie stutzte bei meinem Akzent und fragte sofort: »Du bist Deutsche? – Woher kommst du? ... Ah, aus Frankfurt. Eine schöne Stadt!«

Ich erzählte kurz, was passiert war. Dann sollte ich mich mit dem Rücken auf die Liege legen. Die Ärztin tastete behutsam meinen Knöchel ab und fragte: »Konntest du nach dem Sturz gleich wieder aufstehen und ein paar Schritte laufen? – Sehr gut. Und tut das weh?« Sie griff mit einer Hand um meine Ferse, während sie mit der anderen Hand von vorne gegen das Schienbein drückte.

»Nein, nicht wirklich«, antwortete ich.

Die Ärztin legte meinen Fuß vorsichtig wieder ab. »Ich glaube, du hast Glück gehabt. Das sieht nicht nach einem Bruch aus. Trotzdem möchte ich deinen Fuß röntgen, damit wir auf der sicheren Seite sind.«

Ich atmete erleichtert auf, doch ganz entspannen konnte ich mich noch nicht. Der Röntgenapparat stand im Nebenraum. Ein anderer Patient war vor mir dran, erst dann konnte mein Fuß geröntgt werden.

Eine halbe Stunde später wurde ich in ein neues Behandlungszimmer gerufen. An einer Leuchtwand sah ich zum ersten Mal mein Fußskelett. Die milchig-weißen Knochen sahen irgendwie gespenstisch aus. Als ob sie einem Geist gehörten, der sich jederzeit auflösen konnte.

Die Ärztin tippte mit einem Zeigestab auf das Gelenk am Knöchel. »Wie ich erwartet hatte. Kein Bruch. Die Schwellung wird in zwei, drei Tagen zurückgehen. Am besten kühlst du deinen Fuß schön und legst ihn viel hoch. Ich gebe dir zwei Schmerztabletten mit. Nimm sie bitte nur, wenn du sie wirklich brauchst.«

Erst war ich erleichtert, aber dann wurde mir klar, was das bedeutete. Ich hatte in Brünn für drei Tage ein Hostel gebucht, einen günstigen Platz in einem Frauenschlafsaal. Dort wollte ich mich eigentlich so wenig wie möglich aufhalten, sondern von früh bis spät die neue Stadt zu Fuß erkunden.

Aber jetzt war alles anders. Mir graute davor, drei Tage mit geschwollenem Knöchel im Bett zu verbringen und an die Decke zu starren.

»Gute Besserung, Jasmin!« Die Ärztin gab mir zum Abschied die Hand. »Und grüß mir Frankfurt, wenn du wieder zu Hause bist.«

»Ja, mache ich.« Mein Lächeln fiel ziemlich verkrampft aus.

Sobald die Ärztin verschwunden war, ließ ich eine Flut von

Schimpfworten los, in so vielen Sprachen, wie mir auf die Schnelle einfielen.

Die schönste Redewendung hatte mir Vito beigebracht, irgendwann weit nach Mitternacht. Für den Fall, dass mich ein slowakischer Mann blöd anquatschen sollte.

»Vystúpte do Vysokých Tatier! Hneď!«

Übersetzt hieß das so viel wie: »Hau ab in die Hohe Tatra! Sofort!«

Nur leider konnte ich meinen Knöchel nicht ins slowakische Gebirge schicken. Ich brauchte ihn hier in Brünn.

VOLL IM FLOW

Eine zweite Taxifahrt zu meinem Hostel riss wieder ein ziemliches Loch in meine Reisekasse. Das Hostel an sich war schön. In der Lobby standen gemütliche grüne Sofas, ein großer runder Tisch und Stühle. Nebenan war ein Bistro mit Bar. Allerdings hörte man das Rauschen der Autos von der Ringstraße und die Straßenbahn. Und der Frauenschlafsaal war oben im dritten Stock, ohne Aufzug. Na, super!

Erst wollte ich Tereza, die zierliche Tschechin am Empfang, nicht fragen. Aber dann tat ich es doch.

»Şádný problém! Kein Problem«, versicherte sie mir, wuchtete sich meinen schweren Rucksack auf die zarten Schultern und trug ihn tapfer die Treppe hoch.

Ich bedankte mich herzlich bei ihr.

»Şádný problém«, wiederholte sie, zeigte mir den Schlafsaal und die Waschräume und zog sich lächelnd zurück.

Nachdem ich meine Sachen ausgepackt hatte, beschloss ich, erst mal zu duschen. Es dauerte zwar doppelt so lang wie sonst, aber danach fühlte ich mich tatsächlich besser. Und es tat vor allem gut, meine Sneakers gegen Sandalen zu tauschen.

Was jetzt? Im Schlafaal herumhängen wollte ich nicht. Dort schliefen zwei Frauen, die offenbar eine lange Partynacht mit viel Schnaps hinter sich hatten. Also humpelte ich Stufe für Stufe die Treppe wieder hinunter und bat Tereza noch einmal, mir zu helfen. Ob sie mir vielleicht ein Kühlpack ausleihen könnte?

»Tut mir leid, aber so was haben wir nicht.« Sie runzelte die Stirn und überlegte. »Ah, ich weiß was!« Sie verschwand in der Küche und kam kurz darauf mit einer Packung Tiefkühlerbsen zurück. »Das müsste auch gehen.« Sie wickelte die Packung in eine Plastiktüte, verknotete sie und reichte sie mir über den Tresen.

»Super. Du bist toll!«

Tereza lächelte verschmitzt. »Ich improvisiere gerne. Macht Spaß. Gute Besserung!«

»Danke.«

Ich holte mir aus dem Automaten einen Schokoriegel und ein Wasser. Dann richtete ich mir in der Lobby einen Platz ein. Mit einem Stuhl vor dem Sofa war es sogar ziemlich bequem. Ich konnte meinen Fuß hochlegen, die kalten Erbsen drauftun und hatte hinter mir ein Regal mit Büchern und Reiseführern.

Jetzt war es höchste Zeit, meine Eltern anzurufen. Oder sollte ich ihnen doch lieber eine Nachricht schreiben? Das wirkte vielleicht nicht ganz so dramatisch.

Kaum hatte ich auf den Sendepfeil gedrückt, kam auch schon die Antwort meiner Mutter.

»Bin so froh, dass du dir nichts gebrochen hast! Erhol dich gut, ja? Soll ich dich anrufen? Bestimmt willst du reden.«

»Nicht nötig«, versicherte ich. Auf ihre guten Ratschläge hatte ich gerade keine Lust.

Stattdessen schrieb ich Nina und holte mir eine zweite Runde Mitleid ab.

»Du Arme!«, schrieb sie mir zurück. »Wie gemein. Lass dir deine Reise nicht verderben. Hast du wenigstens einen Lover, der sich um dich kümmert?«

Sie wusste ja noch gar nichts von Vito. Deshalb brachte ich sie bei der Gelegenheit gleich auf den neuesten Stand.

»Leider nicht mehr. Seufz! Vito lebt in Košice, das ist 500 Kilometer weit weg von Brünn, wo ich gerade bin. War voll schön, aber nichts Ernstes.«

Nach fünf begeisterten Emojis folgte ein typischer Nina-Kommentar: »Na immerhin hast du wieder Augen für hübsche Jungs. Läuft bei dir!«

Wir schickten noch ein paar Emojis hin und her. Dann musste Nina los. Sie war mittags mit Freunden in der Stadt verabredet.

Ich postete ein paar Fotos und schrieb dazu, dass ich erst mal in Brünn bleiben und in drei Tagen nach Prag weiterreisen wollte. Danach legte ich mein Handy aufs Sofa, nahm es aber sofort wieder in die Hand, um mir Vitos Profilbild anzusehen. Es war ein Selfie von einer Klettertour. Vito strahlte und machte das Victory-Zeichen in die Kamera.

Keine gute Idee! Sofort sehnte ich mich wieder nach ihm.

Ich legte das Handy weg und wickelte dafür den Schokoriegel aus. Dann holte ich mir ein Buch über tschechische Geschichte aus dem Regal. Leider war es sehr trocken geschrieben. Nachdem ich denselben Satz über den Prager Frühling dreimal gelesen hatte und mit den Gedanken immer noch nicht richtig dabei war, stellte ich das Buch genervt zurück ins Regal.

Da kam ein deutsches Pärchen die Treppe herunter. Sie setzten sich mit einem Stadtplan von Brünn in die Lobby und überlegten gemeinsam, was sie sich in der Stadt alles ansehen wollten. Sie hatten sich sogar eine Liste mit Sehenswürdigkeiten gemacht.

»Zuerst müssen wir natürlich auf die Festung Špilberk«, schlug der Mann vor. »Von dort hat man einen tollen Ausblick.«

Seine Freundin nickte. »Ich will aber auch auf den Turm vom Alten Rathaus. Und in die Kathedrale St. Peter & Paul.«

Es machte mich doppelt neidisch, ihnen zuzuhören. Das hätten jetzt auch Lenny und ich sein können, wenn alles anders gelaufen wäre (Nein, ich wollte ihn NICHT zurückhaben!). Aber ich hätte mich so gerne frei in der Stadt bewegt. So schade, was ich alles verpasste!

»Also hier ist das Rathaus.« Der Mann tippte auf den Stadtplan. »Und da ist der Krautmarkt, den dürfen wir uns auch nicht entgehen lassen. Warte mal, ich überlege gerade, wie wir es am besten machen.«

Tereza warf mir vom Empfang aus einen Blick zu. Sie grinste und verdrehte die Augen. Als das Pärchen das Hostel verlassen hatte, kam sie zu mir rüber und meinte: »Das wär nichts für mich, alles von A bis Z durchzuplanen. Ich laufe viel lieber einfach los, wenn ich in einer neuen Stadt bin.«

»Ich auch«, stimmte ich ihr zu und zeigte auf meinen Fuß. »Nur heute leider nicht.«

»Das wird schon wieder«, tröstete mich Tereza.

Wir unterhielten uns noch ein bisschen, und sie empfahl mir ein Buch aus dem Regal mit Insiderwissen und Fun Facts über Tschechien.

Ich erfuhr, dass der Nationalsport der Tschechen nicht Fußball, sondern Eishockey war und dass sie Musik liebten. Lange Zeit vor Karel Gott hatten bereits Dvořák und Smetana die Herzen der Menschen erobert.

Am meisten amüsierten mich die Geschichten von Jára Cimrman. Er ist *der* Nationalheld in Tschechien und eine Art Universalgenie. Cimrman hat gemeinsam mit Edison die Glühbirne erfunden, schlug der amerikanischen Regierung den Bau des Panama-Kanals vor und erfand dazu den Joghurt und die runde Briefmarke. Außerdem schrieb er viele bedeutende Dramen. Und dabei existierte er nur in der Fantasie der Menschen. Cimrman ist eine Kunstfigur.

Was für eine geniale, witzige Idee! Wobei der Hintergrund mich betroffen machte. Die Kunstfigur war 1966 während des Sozialismus als ein Zeichen stillen Widerstands entstanden. Damals konnte man in der Tschechoslowakei sein Leben eben *nicht* frei gestalten.

Gestalten, Kunst, improvisieren ... Auf einmal fiel mir Andy Warhol wieder ein. Er war als Kind mit acht Jahren schwer krank geworden und musste wochenlang im Bett liegen. In dieser Zeit entdeckte er seine Leidenschaft für Comics und Kinofilme, begann zu zeichnen und Papierfiguren auszuschneiden.

Okay, Jasmin, sagte ich zu mir selbst. Du hast jetzt zwei Möglichkeiten: Entweder du ertrinkst in deinem Selbstmitleid, oder du versuchst Kunst daraus zu machen.

Gar keine Frage: Ich wollte Kunst machen! Am liebsten natürlich Fotokunst. Mir schwebten riesige Collagen vor, mit Fotos meiner bisherigen Reise und Pappfiguren. Witzige Comicgestalten, zum Beispiel Emoji-Helden, mit denen ich die einzelnen Phasen meines Liebeskummers übertrieben darstellen konnte: Schock, Wut, Trauer, Verzweiflung, Leere, Hoffnung und so weiter. Für jedes Land wollte ich eine eigene Collage machen.

Aber wie sollte ich so ein großes Projekt unterwegs umsetzen? Wo sollte ich meine Fotos entwickeln und sichten, wo die fertigen Collagen aufbewahren? Das konnte gar nicht klappen. Sollte ich warten, bis ich wieder zu Hause war? Auf keinen Fall! *Jetzt* hatte ich die Zeit, während ich hier in Brünn im Hostel festsaß.

Mein Blick wanderte über das Bücheregal und blieb bei einem Glas mit Buntstiften und einem Stapel Papier hängen. Offenbar kamen ab und zu auch Familien mit Kindern ins Hostel.

Ich fragte Tereza, ob ich die Buntstifte und das Papier benutzen durfte.

»Ja, klar, bedien dich ruhig«, sagte sie lächelnd, »bevor du mir hier noch vor Langeweile eingehst.«

Ich zog an den runden Tisch um und fing an, frei drafloszukritzeln.

Das erste Blatt Papier bedeckte ich mit Zügen, Rucksäcken und Emojis. Auf das zweite zeichnete ich ein paar schnelle Porträts von mir mit Sätzen, die quer über mein Gesicht liefen:

Bin dann mal weg. Ich hasse dich!
Du fehlst mir. Vermisse dich. Komm zurück!
Ich lasse los. Echt jetzt. Kein Witz.
Neuer Mann, neues Glück. Endlich wieder Sex!

Nein, das war es noch nicht. Ich zerknüllte die beiden Papiere und warf sie in hohem Bogen in den Papierkorb. Dann fing ich noch mal von vorne an, kritzelte eine Comicfigur mit Rucksack aufs Papier, bei der man nicht recht wusste, ob es eine Frau oder ein Mann war. Eine Figur mit streichholzdünnen Beinen und einem Strohhut auf dem Kopf. Ich zeichnete sie, wie sie in einen Zug stieg, sich in einem Schlafsaal neben ein Dutzend Sardinen legte und mit der Kamera unter dem Eiffelturm auf dem Boden robbte.

Ich musste grinsen, weil die Figur mir einerseits ähnelte und andererseits wieder gar nicht. »Ich bin Alex«, schrieb ich in eine Sprechblase. »Und ich fahr dann mal quer durch Europa.«

Auf dem nächsten Bild lag Alex heulend auf dem Bett. An der Zimmerdecke hing eine Sprechblase mit fetten schwarzen Buchstaben: **Scheiß Liebeskummer!**

Plötzlich fing mein Fantasie-Zug an zu rasen. Ich würde einen Comic malen, nein, noch besser, eine Graphic Novel! Und ich würde darin den Liebeskummer gnadenlos übertreiben. Alex war so verzweifelt, dass er nur noch im Tod einen letzten Ausweg sah. In jedem Land auf der Reise durch Europa startete Alex einen neuen Versuch. Ging mit einem Rucksack voller Sandsäcke in der Bretagne ins Meer. Stürzte sich in den Schweizer Bergen in eine Schlucht. Ließ sich in der Slowakei in der Eishöhle einsperren. Doch alle Selbstmordversuche scheiterten. Als ob Gott oder irgendein namenloses Schicksal den Tod unbedingt verhindern wollte.

»Wow, kannst du toll zeichnen!«, sagte Tereza. Sie stand hinter mir und schaute mir über die Schulter.

Ich wurde verlegen. »Ach, das sind nur ein paar Kritzeleien, mehr nicht. Eigentlich fotografiere ich.«

Tereza sah mich nachdenklich an. »Fotografen gibt es wie Sand am Meer, tolle Zeichner nicht. Du solltest dein Talent ausbauen.«

So weit hatte ich noch gar nicht gedacht. Vielleicht hatte Tereza ja recht? Als sie zurück zum Empfang ging, legte ich die Buntstifte weg und betastete vorsichtig meinen Knöchel. Er fühlte sich immer noch heiß an und tat weh. Erst jetzt merkte ich, wie erschöpft ich war. Die Aktion im Krankenhaus hatte mich ganz schön mitgenommen. Ich beschloss, eine Schmerztablette zu nehmen und früh schlafen zu gehen.

Morgen würde ich weiterzeichnen. In meinem Bauch fing es an zu kribbeln. Als ob dort Schmetterlinge ausgelassen hin und her flatterten. Das Gefühl hatte ich bisher nur gehabt, wenn ich verliebt gewesen war. Und ich war tatsächlich frisch verliebt: nicht in Vito, sondern in Alex, meine neue Kunstfigur. Ich konnte es kaum erwarten, ihr noch mehr Leben einzuhauchen.

Die nächsten beiden Tage machten es mir leicht, an meinem neuen Projekt dranzubleiben. Draußen regnete es in Strömen, und mein Knöchel teilte mir unmissverständlich mit, dass er weiterhin Ruhe brauchte.

Ich zeichnete alle Blätter voll, die ich im Regal gefunden hatte. Danach humpelte ich mit einem Regenschirm vom Hostel zum nächsten Schreibwarenladen und deckte mich mit Nachschub ein. Dort besorgte ich mir auch eine Zeichenmappe, Bleistifte und schwarze Filzstifte.

Mit der Story kam ich gut voran. Alex verliebte sich ein zweites Mal – diesmal flüchtig – und fand am Ende einen ungewöhnlichen Weg, loszulassen. Der Liebeskummer wurde kurzerhand in einen Rucksack gestopft und mit Steinen beschwert von der Prager Karlsbrücke in die Moldau geworfen. Danach reiste Alex befreit weiter durch Europa. Ähnlichkeiten mit lebenden Personen rein zufällig …

An meinem letzten Tag in Brünn hatte ich die komplette Geschichte mit Bleistift vorgezeichnet, mein Knöchel war wieder auf Normalgröße geschrumpft, und ich konnte sogar noch einen Spaziergang durch die Stadt machen.

Den Aufstieg zum Rathausturm sparte ich mir allerdings. Dafür entdeckte ich unter dem Krautmarkt eine super Kulisse für eine Szene in meiner Geschichte. Ich machte jede Menge Fotos vom kilometerlangen Labyrinth aus verwinkelten Gängen und Kellern. Früher hatten die Kaufleute hier Wein, Bier und leicht verderbliche Lebensmittel gelagert. Außerdem gab es dort einen Bunker aus Kriegszeiten, einen ehemaligen Stadtpranger und sogar einen Narrenkäfig aus dem 17. Jahrhundert.

Wie gut, dass ich im 21. Jahrhundert lebte!

EIN DATE MIT JOHN LENNON

Das Reisefieber hatte mich wieder gepackt. Ich wollte Prag sehen, die Stadt der goldenen Dächer und hundert Türme. Mit dem Eurocity erreichte ich Tschechiens Hauptstadt in anderthalb Stunden. Diesmal machte ich mich rechtzeitig fertig und passte auf beim Aussteigen. Mein Knöchel blieb heil, aber der Lärm und die Hektik rissen an meinen strapazierten Nerven.

Prag war das pure Kontrastprogramm zum beschaulichen Brünn. Ich hatte zwar gewusst, dass die Stadt Touristen wie ein Magnet anzog, aber dass es so viele sein würden, überraschte mich doch.

Da half nur eins: Ich musste mich gleich am Anfang mittenreinstürzen. Nachdem ich die Fahrt in der supervollen Metro lebend überstanden und mein Hostel in der Prager Neustadt bezogen hatte (diesmal wieder etwas mehr Luxus: ein Viererzimmer!), machte ich mich auf den Weg zum Rathaus. Wie durch ein Wunder schaffte ich es heil in die Altstadt, ohne von wilden Segway-Touristen über den Haufen gefahren zu werden.

Nun stand ich im dichten Gedränge auf dem Platz vor der astronomischen Uhr, wie alle um mich herum den Kopf in den Nacken gelegt, und wartete auf die volle Stunde. Als es so weit war, riss der graue Wolkenhimmel auf. Sonnenstrahlen fielen auf das kleine Skelett rechts neben der Uhr. Es zog kräftig an einer Schnur. Eine helle Glocke begann zu läuten, dann gingen über der Uhr zwei blaue Fenster auf. Petrus mit dem Schlüssel zeigte sich kurz. Ihm folgten in einer kleinen

Prozession die übrigen elf Apostel, von einer unsichtbaren Mechanik angetrieben.

Die Handys und Videokameras um mich herum klickten und surrten. Ich ließ die Apostel vorüberziehen und passte den Schluss ab.

Jetzt!

»Kikeriki!«, krähte der goldene Hahn über der Uhr.

Die Fenster schlossen sich, und schon war das kurze Spektakel vorbei. Die Leute klatschten wie nach dem Schlussakkord eines gelungenen Konzerts. Danach schoben sie sich weiter zur Karlsbrücke.

Ich blieb noch und genoss es, als sich die Menge langsam zerstreute. Die astronomische Uhr war wirklich schön. Es gab einen Zeiger für die Sonne und einen für den Mond, der die verschiedenen Phasen sichtbar machte und sich dafür um die eigene Achse drehte. Auf einem zweiten Ziffernblatt konnte man ablesen, in welchem Sternzeichen die Sonne stand. Momentan war es der Krebs.

Ich rechnete kurz nach und stellte fest, dass ich heute genau eineinhalb Monate unterwegs war. Unglaublich! Die Hälfte meiner Reise lag bereits hinter mir. Für einen Moment wünschte ich mir, die Zeit anzuhalten. Endlich fühlte ich mich frei – frei von zu Hause, von Lenny und auch von Vito. Endlich war ich bei mir selber angekommen. Das sollte für immer und ewig so bleiben!

Langsam schlenderte ich über den Altstädter Ring und wurde gleich zweimal hintereinander von Kutschern angesprochen. Ob ich nicht einsteigen und eine kleine Rundfahrt machen wollte? Für mich zu einem Sonderpreis!

»Ne, díky«, lehnte ich ab. Neben dem Zeichnen hatte ich die Zeit in Brünn genutzt, um ein paar tschechische Alltagsvokabeln zu lernen.

Die Bürgerhäuser mit den geschwungenen Arkaden gefielen mir gut. An der Ostseite überließen sie dann der Teynkirche den großen Auftritt. Stolz ragten deren spitze, schwarze Türme hinter den gotischen Fassaden hervor.

Jetzt zog es mich doch zur Moldau. Einen Stadtplan brauchte ich dafür nicht. Ich musste einfach nur dem breitesten Touristenstrom folgen.

Es war ein tolles Gefühl, auf der ältesten Brücke Europas zu stehen, die vier Jahrhunderte vor der Kettenbrücke in Budapest gebaut worden war und sowohl den Dreißigjährigen Krieg als auch zwei Weltkriege überstanden hatte. Ich sah hinüber zur Kleinseite und zum Burgberg mit dem Hradschin. Schon aus der Entfernung wirkte die Burganlage mit den drei Türmen des St.-Veits-Doms mächtig. Und trotzdem fand ich die Zipser Burg in der Slowakei mit den grünen Hügeln drum herum noch schöner. Vielleicht lag es aber auch daran, dass ich sie zusammen mit Vito besichtigt hatte.

Nein, ich würde mir jetzt nicht unsere Fotos mit Selbstauslöser ansehen! Seltsamerweise kostete es mich gar keine so große Überwindung, der Versuchung zu widerstehen. Die Tage mit Vito waren superschön gewesen. Ich würde mich immer daran erinnern, aber ich wäre nie auf die Idee gekommen, meine Reisepläne seinetwegen zu ändern oder zu ihm zurückzufahren. Hier in Prag war *meine* Zeit!

Ich blinzelte glücklich in die Sonne und genoss es, über die Brücke zu gehen. Auf einmal störten mich die vielen Touristen nicht mehr. Ich fühlte mich sogar mit ihnen verbunden. Wir alle teilten diesen Augenblick, für jeden gab es hier genug Platz.

Ein alter Mann drehte an der Kurbel seiner Drehorgel. Das kleine Mädchen neben ihm ließ eine Holzmarionette zur Musik tanzen. Ein paar Meter weiter bot ein Schnellzeichner Porträts in drei Minuten an. Zwei junge Männer hatten auf einem Teppich Souvenirs ausgebreitet – »originally made in the Czech Republic« oder eher doch »made in China«?

In der Mitte der Brücke posierte ein Brautpaar für den Fotografen. Der Mann trug einen schwarzen Anzug mit Fliege, der weiße Reifrock der Braut schwang im Wind wie eine Glocke hin und her.

»Hodně štěstí!«, wünschte ich den beiden. »Viel Glück.«

»Děkuji«, bedankte sich der Bräutigam, und die Braut lächelte mir zu.

Das Beste daran war, dass ich überhaupt nicht neidisch wurde. Gerade als ich mich von Herzen darüber freute, klingelte mein Handy.

Bestimmt meine Mutter, dachte ich und ging ran, ohne auf das Display zu schauen.

»Hi, Mama«, redete ich los. »Keine Sorge, mir geht's gut, und mein Fuß ...«

»Hallo, Jasmin!«

Meine Hand zuckte. Beinahe hätte ich das Handy in die Moldau fallen lassen.

»Rate mal, wo ich bin?«

»In Berlin natürlich«, antwortete ich. »Was soll das, Lenny? Warum rufst du plötzlich an?«

»Rate noch mal.«

»Nein. Ich hab keine Lust auf deine Spielchen, Lenny.«

Er räusperte sich. »Okay, kann ich verstehen. Dann fange ich anders an: Ich würde gerne mit dir reden.«

»Schlechtes Timing. Ich bin gerade mitten auf der Karlsbrücke. Da sind so viele Leute.«

»Wir können uns auch woanders treffen, wo es ruhiger ist und ...«

»Moment mal!«, unterbrach ich ihn. »Treffen? Wo bist du überhaupt?«

»In Prag.«

Ich starrte auf das Brautpaar, das sich einen innigen Kuss gab, und konnte nicht glauben, was Lenny gerade gesagt hatte.

Hastig setzte er zu einer umständlichen Erklärung an. »Keine Angst, ich stalke dich nicht. Aber ich hab deinen letzten Post gesehen. Da hast du geschrieben, dass du bald nach Prag fährst. Ich wollte mit dir reden. Es ist wirklich wichtig. Und da dachte ich, viel besser als am

Telefon wäre es, wenn wir uns sehen könnten. Deshalb hab ich mich spontan in den Zug gesetzt.«

Ich lehnte mich gegen die Mauer der Brücke, um wieder klar denken zu können. Am liebsten hätte ich sofort aufgelegt und mir eine neue Handynummer zugelegt. Ich wollte Lenny nicht treffen. Nie mehr! Aber wenn ich das tat, würde ich nie erfahren, was er mir so Wichtiges zu sagen hatte.

»Jasmin?«, fragte Lenny. »Bist du noch dran?«

»Ja.«

Das Brautpaar ging an mir vorbei. Die Braut lächelte mir noch einmal zu, aber ich schaffte es nicht, ihr Lächeln zu erwidern.

»Okay«, sagte ich. »In einer Stunde bei der John-Lennon-Mauer.«

»Wo ist *das* denn? Wie komme ich dahin?«

Als Antwort drückte ich auf den roten Hörer.

Ich malte mir die verrücktesten Dinge aus. Lenny war in Berlin ausgeraubt worden oder auf einer Demo mit Rechtsradikalen aneinandergeraten. Oder er hatte eine lebensbedrohliche Krankheit ...

Ich beschleunigte meine Schritte, ging achtlos an den Heiligenfiguren der Karlsbrücke vorbei und gelangte auf die gegenüberliegende Kleinseite. Dort bog ich links ab und lief in die Gassen der Kampa-Insel.

In einem Park setzte ich mich auf eine Bank und versuchte mein aufgewühltes Inneres zu beruhigen. Bevor Lenny angerufen hatte, war alles so klar gewesen. Und jetzt? Machte ich mir plötzlich wieder Sorgen um meinen Exfreund. Das durfte doch echt nicht wahr sein!

Auf der Parkbank wurde ich nur noch nervöser. Ich beschloss, schon mal zu unserem Treffpunkt zu laufen. Die Wegbeschreibung zur John-Lennon-Mauer hatte ich mir schon im Zug auf meinem Handy gespeichert, weil ich mir den Graffiti-Kulttreff unbedingt ansehen wollte. Vom Kampa-Platz aus war er nur ein Katzensprung. Ich überquerte die erste Brücke über das Flüsschen Čertovka, und kurz darauf leuchtete mir die Mauer in allen Farben des Regenbogens entgegen. Es waren so viele Graffiti-Schichten übereinander, dass man die einzelnen Botschaften teilweise nicht mehr lesen konnte.

Ein junger Straßenmusiker spielte Gitarre und sang *Imagine*. Er war richtig gut. Jetzt musste ich natürlich an Vito denken, was mich noch mehr durcheinanderbrachte.

Schnell warf ich dem Musiker eine Münze in seinen Gitarrenkasten. Dann ließ ich die Mauer auf mich wirken und schob alle anderen Gedanken beiseite. Von der Wand ging eine unglaubliche Energie aus. Ich hätte liebend gern eine Zeitreise ins Jahr 1980 gemacht.

Nach dem Attentat auf John Lennon hatte eine tschechische Protestbewegung das Wort »Lennonismus« und Songtexte von John Lennon auf diese Mauer gesprüht. Damit wollten die Studenten auf den Leninismus anspielen, was ziemlich mutig von ihnen war, denn die Státni verfolgte sie danach natürlich. Heute war die Mauer ein Symbol für Frieden, Liebe und Freiheit. Jeder konnte eine Botschaft hinterlassen, wenn er Lust dazu hatte.

»Get by with a little help from my friends«, las ich und dachte an Nina. Sie hatte mir so toll in meiner Lenny-Krise geholfen.

»Hatte« war das Stichwort. Die Krise lag hinter mir! Nachdem ich mir das ein paar Mal bewusst gemacht hatte, konnte ich dem Treffen mit Lenny gleich viel gelassener entgegensehen.

Er kam superpünktlich und trug ein T-Shirt mit der Aufschrift »$E = mc^2$«. Sollte mir die Formel irgendetwas sagen? Energie kann in Masse umgewandelt werden, und Masse kann in Energie umgewandelt werden. So viel wusste ich noch von meiner Abi-Vorbereitung. Aber der Transfer zu heute war mir nicht ganz klar.

»Hallo, Lenny.«

»Hi, Jasmin.«

Ich warf einen kurzen Blick in seine Augen und war sofort erleichtert. Mein Puls schlug ganz normal weiter, in meinem Bauch kribbelte nichts. Ich war nicht mehr verliebt!

Auch Lenny ließ eine Münze in den Kasten des Straßenmusikers fallen. Der spielte jetzt *Let it be,* und wir gingen ein Stück an der Mauer entlang.

»Wie geht's dir so?«, fragte Lenny.

»Sehr gut. Und dir?«

Lenny schwieg. Früher hätte ich nachgehakt und versucht, ihm seine Gefühle zu entlocken. Er konnte noch nie gut darüber reden. Heute schwieg ich auch und wartete einfach.

Lenny blieb stehen. Über seinem Kopf leuchtete der hellrote Schriftzug »Dance crazy!«.

»Also, ich ...«, fing Lenny zögernd an. »Es tut mir total leid, dass ich dir wehgetan hab. Ich weiß echt nicht, was mit mir los war. Bei mir sind auf einmal alle Sicherungen durchgebrannt. Ich war so hart zu dir, so gnadenlos ...«

»Stimmt«, sagte ich leise. Noch einmal spürte ich den Schock und den Schmerz.

»Und dass ...«, redete Lenny stockend weiter, »dass ich einfach so abgehauen bin nach Berlin zu Kim, das bereue ich total. Ich hab längst gemerkt, dass ich ... dass ich dich immer noch ... mag. Sehr! Ich wollte es nur nicht wahrhaben. Du bist einfach toll, Jasmin!«

Lennys Gesichtsfarbe näherte sich dem Schriftzug »Dance crazy« an. Ich staunte über mich selbst, dass ich immer noch ruhig blieb. Nur mein Herz klopfte ein bisschen schneller.

Lenny vergrub die Hände in den Taschen seiner Jeans. »Ich weiß, dass ich die Zeit nicht zurückdrehen kann, ich hab einen Riesenfehler gemacht. Aber ... vielleicht können wir doch noch mal von vorne anfangen?«

Wie lange hatte ich darauf gewartet, dass Lenny mir diese Frage stellen würde! Tage- und nächtelang hatte ich davon geträumt. Plötzlich fielen mir die Worte wieder ein, die ich in der Bretagne auf den Wunschzettel für Merlin geschrieben hatte:

Lieber Merlin, bitte bring Lenny zu mir zurück. Ich wünsche mir so sehr, dass er sich wieder in mich verliebt.

Jetzt war es so weit: Mein Wunsch erfüllte sich, aber ich konnte mich nicht mehr darüber freuen. Es war zu spät ...

Lenny drehte sich zur John-Lennon-Mauer um und schien nach etwas zu suchen. Dann lächelte er und zeigte auf das Wort LOVE. »Fünfzehn Monate, Jasmin. Wir haben so viel Schönes erlebt. Als wir noch zusammen waren, dachte ich immer: Ist doch selbstverständlich, dass wir uns so gut verstehen. Aber das ist es überhaupt nicht. Du warst so ein Geschenk für mich, Jasmin!«

Der Straßenmusiker fing ein neues Lied an: »Woman. I can hardly express my mixed emotions at my thoughtlessness. After all, I'm forever in your debt ...«

Die Worte passten so gut, als ob Lenny den Musiker persönlich engagiert hätte. Meine Beine fingen an zu zittern.

Was war nur mit mir los? Lenny tauchte aus dem Nichts auf, und ich wurde sofort wieder schwach? Das lag bestimmt nur daran, dass er mich mit seiner Liebeserklärung überrumpelt hatte.

»Was ist mit Kim? Ist die auch ein Geschenk?«, hörte ich mich fragen. Meine Stimme klang seltsam verzerrt.

Lenny schüttelte den Kopf. »Ich war verknallt in sie, aber nie so verliebt wie in dich. Und außerdem ... Wir sind nicht mehr zusammen. Sie hat sich von mir getrennt.«

»Warum?«

Lenny verdrehte die Augen. »Diese Umweltschutzorganisation ... sie geht voll darin auf. Redet von morgens bis abends von nichts anderem. Kim lebt nur für ihre Arbeit. Da ist kein Platz für einen Freund.«

Warum wollte Lenny wieder mit mir zusammen sein? Weil er mich immer noch liebte? Oder weil Kim ihn verlassen hatte?

»Du sagst gar nichts dazu, Jasmin.« Lenny fuhr sich verlegen durch die Haare. »Was denkst du?«

Der Straßenmusiker spielte die letzten Akkorde von *Woman*.

Ich war hin- und hergerissen. Es gab einen Teil von mir, der sich danach sehnte, Ja zu sagen, aber da war auch ein großes, pinkfarbenes NEIN, das wie eine Neonschrift in mir aufleuchtete. Was sollte ich Lenny bloß antworten?

»Gib mir Zeit«, sagte ich schließlich. »Ich muss erst in Ruhe darüber nachdenken.«

»Okay.« Lenny konnte seine Enttäuschung nur schlecht verbergen. »Ich bleibe noch zwei Tage in Prag. Rufst du mich an?«

Das ging mir alles viel zu schnell. »Ich glaube, ich brauche länger«, gab ich ehrlich zu. »Wir können uns doch treffen, wenn ich zurück in Deutschland bin. In sechs Wochen.«

»Okay«, wiederholte Lenny traurig. »Dann wünsche ich dir noch eine schöne Reise.« Er warf einen letzten Blick auf die John-Lennon-Mauer und murmelte: »Soll das jetzt eigentlich Kunst sein, oder was?«

BLITZ UND DONNER

Ich hatte den Liegewagen für mich alleine. Der EC ratterte auf den Schienen in Richtung Krakau. Über mir surrte die kleine Deckenleuchte, aber ansonsten war es viel zu still im Abteil. Ich vermisste die gleichmäßigen Atemzüge von Mitreisenden, vermisste sogar das unvermeidliche Schnarchen. Es hätte mich beruhigt und mir das sichere Gefühl gegeben: Alles ist normal.

Doch seit 48 Stunden war ich ziemlich durch den Wind. Das Treffen mit Lenny hatte so vieles wieder aufgewirbelt. Ich war wie ferngesteuert weiter durch Prag gelaufen, hatte mir den Wenzelsplatz angesehen, den Hradschin und war durch das Goldene Gässchen geschlendert. Im 16. Jahrhundert hatten in den bunten kleinen Häusern Goldschmiede gewohnt, die für Kaiser Rudolf II. den Stein der Weisen aufspüren sollten.

Der Stein der Weisen. Suchte ich nicht nach etwas Ähnlichem? Oder doch einfach nur nach einem neuen Land, jetzt also Polen? Nach der Kunst, die ich gerade für mich entdeckt hatte? Nach Freiheit oder nach meiner alten Liebe? Ich wusste es nicht mehr.

Warum war jetzt auf einmal wieder alles so schrecklich kompliziert? Ich hatte Lenny doch vorher wirklich losgelassen!

Ja, es war schön gewesen, als er mir gesagt hatte, ich sei ein Geschenk für ihn. Und ich fand es mutig, dass er um unsere Liebe kämpfte. Genau das hatte ich mir doch immer so sehr gewünscht!

Als er nach unserem Treffen so traurig weggegangen war, hatte ich eine Sekunde lang überlegt, ob ich ihm nachlaufen sollte. Er tat mir so leid. Und ich hab gespürt, dass da noch irgendetwas zwischen uns war – trotz Trennung, trotz Vito.

Ich wickelte die dünne Decke fester um mich.

Wie sollte es jetzt weitergehen? Würden sich meine Gefühle wieder beruhigen? War es eine kitschige Sehnsucht nach längst vergangenen, alten Zeiten, die ich spürte?

Und was war mit Lenny? Liebte er mich wirklich noch, oder hatte er bloß Angst davor, alleine zu sein? Wollte er einfach in eine altbekannte Beziehung zurück? Und falls ich doch Ja sagte, würde dann in ein, zwei Wochen wieder alles so sein wie vor der Trennung? Eine Liebe ohne Kribbeln und Leidenschaft? Mit einem Freund, der sich nicht wirklich für mich, meine Hobbys und meine Kunst interessierte?

Seufzend wälzte ich mich auf der schmalen Liege herum. Ich durfte mich selber nicht unter Druck setzen! Und ich hatte genau das Richtige geantwortet: dass ich Zeit brauchte. Wie gut, dass ich noch zwei spannende Länder vor mir hatte: Polen und Litauen. Darauf sollte ich mich konzentrieren. Früher oder später würde ich dann schon spüren, was richtig für mich war.

Mit diesem beruhigenden Gedanken machte ich die Augen zu – und riss sie sofort wieder auf. Das Foto! Ich hatte doch ein Foto von Lenny in Prag zurücklassen wollen, aber in der ganzen Aufregung hatte ich nicht mehr daran gedacht. Oder sollte ich mit dem Ritual jetzt lieber aufhören?

Nein!, sagte mein Herz.

Egal wie ich mich schließlich entscheiden würde, es fühlte sich immer noch richtig an. So oder so wollte ich mein Glück nicht von Lenny abhängig machen.

Ich warf einen Blick auf meine Armbanduhr. Erst kurz nach 23 Uhr. Noch waren wir auf tschechischem Boden, und laut Fahrplan müssten wir in ein paar Minuten den nächsten Bahnhof erreichen.

Schnell kletterte ich aus der Liege und kramte in meinem Rucksack. Der Umschlag lag zum Glück obenauf. Im schummrigen Licht des Abteils wählte ich ein Foto aus, das ich an einem Badesee aufgenommen hatte. Lenny stand frierend am Ufer und streckte vorsichtig den großen Zeh ins Wasser.

Der Zug fing an zu ruckeln. Er bremste schon ab. Ich zog mir einen Pulli über, verließ mein Abteil und rannte zur nächsten Tür. Sobald der Zug anhielt, drückte ich auf den grünen Knopf und sprang aus dem Wagen.

»Sbohem, Lenny. Tschüss!«, murmelte ich und legte das Foto auf eine Bank.

Der Schaffner blies in seine Trillerpfeife, und ich sprintete zurück zum Zug. Meinem Knöchel gefiel die Aktion nicht besonders, aber darauf konnte ich keine Rücksicht nehmen. Eine Minute später lag ich mit rasendem Puls wieder in meinem Bett und löschte das Licht. Jetzt war ich bereit für Polen, das achte Land auf meinem Interrail-Trip!

Im 15. Jahrhundert hätte ich mich nicht einfach so nach Krakau getraut, zumindest nicht in die Nähe der Altstadt. Mit Reisegepäck wäre ich sofort als Fremde entlarvt worden. Man hätte mich von den sieben Türmen der runden Bastion Barbakan aus misstrauisch beobachtet. Und wenn ich ohne Erlaubnis weiter zum Florianstor gegangen wäre, wäre dies vermutlich das Ende meiner schönen Reise gewesen.

Heute war das Stadttor offen für alle Besucher, und ich hatte gleich mein erstes Fotomotiv. Vor der runden Öffnung des Tors blieb ich stehen und fotografierte in die Floriansstraße hinein. So wirkte es, als würde ich durch ein Fernrohr schauen und den Betrachter ins Bild hineinziehen. Die Ränder der Straße liefen am hinteren Bildrand bei der Marienkirche zusammen. Ich veränderte den Blickwinkel immer wieder etwas, bis ich mit dem Ergebnis ganz zufrieden war. Dann erst lief ich durch das Tor hindurch und mischte mich unter die Touristen.

Es tat gut, in einem anderen Land und in einer anderen Stadt zu sein. Das machte es mir leichter, nicht so viel über Lennys Frage nachzugrübeln. Ich wollte meinen Kopf freibekommen, und dabei half mir das Fotografieren.

Ich folgte dem Königsweg, den früher die polnischen Könige beschritten hatten, quer durch die Altstadt in Richtung Wawel-Schloss. Erst mal wollte ich allerdings in der Altstadt bleiben. Vor allem auf den Marktplatz war ich gespannt.

Ich hatte den ganzen Tag vor mir. Die Sonne schien. Mein Rucksack lag in einem Schließfach am Bahnhof. Und das Beste war: Ich musste mir kein Hostel suchen! Freunde meiner Eltern hatten mich zu sich eingeladen. Wir hatten Aneczka, Tomek und ihrer Tochter Krysia vor zwei Jahren auf einem Campingplatz in Kroatien kennengelernt. Es war ein toller Sommer gewesen, wir haben damals jeden Abend gemeinsam gegrillt, mit Krysias Hund gespielt und uns alle super verstanden. Ich freute mich schon sehr darauf, die Familie später am Bahnhof zu treffen.

An einem Geldautomaten zog ich mir ein paar Zloty und ging gleich weiter zum Hauptmarkt. Der Platz war viel größer, als ich ihn mir vorgestellt hatte – und noch schöner als der Altstädter Ring in Prag. Bei den Tuchhallen, dem lang gestreckten Renaissancebau in der Mitte, musste ich sofort an Italien denken. Die große Markthalle mit ihren Arkaden, die Tauben, die sich vor dem Brunnen niedergelassen hatten, die Marienkirche, die Sonnenschirme der Cafés, all das hatte entspanntes, italienisches Flair.

Ich konnte nicht anders: Ich setzte mich in ein Café und bestellte einen überteuerten Cappuccino! Ich lehnte mich in meinem Stuhl zurück und ließ meinen Blick schweifen. Ich war so frei und glücklich.

Zuerst wollte ich die helle Seite Krakaus auf mich wirken lassen und mir nicht sofort das ehemalige jüdische Ghetto aus der dunklen Nazizeit anschauen, in dem die Deutschen den Polen so viel Leid angetan hatten. Ich war ganz bewusst nach Krakau gekommen, auch um mich mit der deutsch-polnischen Vergangenheit auseinanderzusetzen. Aber erst mal wollte ich ankommen in der Stadt.

Eine japanische Reisegruppe eilte an mir vorbei zur Marienkirche. Andere Touristen folgten den Japanern und versammelten sich vor dem Gotteshaus.

»Kommt jetzt der Trompeter?«, fragte ein deutscher Junge am Nebentisch.

»Ja, genau, Jonas«, sagte sein Vater.

Der Kleine kannte sich besser aus als ich! Ich wollte kurz im Handy nachschauen, da ging schon in einem Turm der Marienkirche ein kleines Fenster auf. Ein Trompeter legte mit einer Fanfare los, spielte eine Weile und hörte plötzlich auf, noch bevor die Melodie zu Ende war. Kurz darauf erschien er am nächsten Fenster und tat das Gleiche. In jede Himmelsrichtung blies er seine unvollendete Fanfare.

Ich drehte ein Video davon und machte am Schluss noch zwei, drei Fotos.

Jonas klatschte begeistert in die Hände. »Jaaa!«

»Warum bricht denn die Melodie so plötzlich ab?«, sprach ich Jonas' Vater an.

Er erklärte es mir gerne: »Im 13. Jahrhundert gab es einen mutigen Turmwächter. Als Tataren auf Krakau zuritten, schlug der Wächter Alarm und blies so lange in die Trompete, bis er vom Pfeil eines Tataren durchbohrt wurde.«

Jonas tat so, als würde er in eine Trompete blasen. »Ich bin auch voll mutig!«

»Ja, klar«, sagte ich.

Jonas sprang auf und rief: »Jetzt will ich den Drachen sehen!«

Diesmal kannte ich mich aus. Es gab am Fuß des Burgbergs einen Drachen aus Metall, der Feuer spuckte. Um den Wawel-Drachen rankte sich eine ähnliche Legende wie um den Lindwurm in Klagenfurt.

Der Wawel-Drache soll vor Jahrhunderten viele Einwohner der Stadt Krakau getötet haben. Bis ein Schusterjunge ihn mit einer List besiegte. Er füllte ein totes Lamm mit Schwefel und ließ es vor der Drachenhöhle liegen. Der Drache fraß das Lamm und bekam einen Riesendurst. Um ihn zu löschen, trank er so lange Wasser aus der Weichsel, bis er platzte.

»Viel Spaß mit dem Drachen!«, wünschte ich Jonas.

Er und sein Vater verabschiedeten sich. Ich blieb noch eine Weile sitzen. Dann bezahlte ich und ging in die Tuchhallen hinein.

Auf beiden Seiten der langen Halle reihte sich ein Verkaufsstand an den nächsten. Sie waren mit schönen Rundbögen aus Holz eingefasst, und auf die Wände darüber hatte man polnische Wappen gemalt.

Ich wollte allerdings keine Souvenirs kaufen. Viel spannender fand ich es, die Menschen zu fotografieren. Es gelang mir, ein paar Aufnahmen zu machen, bei denen die Bewegungen verschwommen und der Hintergrund scharf war. In Kombination mit dem warmen Licht der Deckenlampen sah das toll aus.

Irgendwann wurde mir der Trubel zu viel. Ich verließ die Halle und ging hinüber zur Marienkirche. Doch auch hier war einiges los. Alle wollten den berühmten Hochaltar von Veit Stoß sehen. Ich war fast noch mehr vom blauen Gewölbe des Kirchenschiffs fasziniert. Mit den goldenen Sternen leuchtete es, als wäre es direkt einem Märchen aus Tausendundeiner Nacht entsprungen.

Als ich aus der Kirche ins Freie trat, war es Mittag geworden. Am Himmel zogen sich dichte Wolken zusammen. Es war sehr schwül. Vielleicht würde es heute noch ein Gewitter geben.

Ich kaufte mir ein Eis und ging zu den Rasenflächen, die sich wie ein grüner Gürtel um die Altstadt legten. Mein Knöchel freute sich, als ich den rechten Fuß auf einer Bank hochlegte.

Nachdem ich das Eis aufgegessen hatte, streckte ich mich genüsslich und machte kurz die Augen zu. Ich wollte ein bisschen dösen.

Plötzlich hörte ich Donnergrollen und schreckte hoch. War ich eingeschlafen? Es sah ganz danach aus. Die Bänke um mich herum, auf denen eben noch Touristen gesessen hatten, waren alle leer. Am Himmel türmten sich schwarze Wolken. Der Wind wirbelte Blätter vor sich her. Dann fielen auch schon die ersten Regentropfen auf den Asphalt.

Was jetzt? Ich hatte nur ein dünnes T-Shirt und eine kurze Hose an, und meine Regenjacke lag im Rucksack am Bahnhof. Selbst wenn ich schnell lief, würde ich garantiert klitschnass werden. Ich warf einen Blick auf meine Armbanduhr. Noch drei Stunden bis sechs Uhr! Um diese Zeit hatte ich mich mit Aneczka und Tomek am Bahnhof verabredet. Sie wollten mich mit dem Auto zu ihrer Wohnung fahren. Wo wohnten sie eigentlich?

Ich flüchtete vor den Regentropfen unter einen großen Baum. Dann suchte ich in meinen Kontakten nach der Adresse. Wie gut, dass mein Vater darauf bestanden hatte, sie zur Sicherheit einzuspeichern. Schnell gab ich die Straße im Navi ein. Nur zehn Minuten zu Fuß!

Spontan beschloss ich, einfach hinzulaufen. Vorher anzurufen lohnte sich nicht. Außerdem musste ich mich sputen, wenn ich noch einigermaßen trocken ankommen wollte.

Ich startete Richtung Norden, weg vom Zentrum. Das Gewitter schien mir zu folgen. Ein Blitz beleuchtete einen froschgrünen Kiosk, dessen Schaufenster von oben bis unten mit Zeitschriften, Kopfhörern und Shampoos gefüllt waren. Hier musste ich in eine Seitenstraße abbiegen. Ein Windstoß zerrte an meinen Haaren und blies mir direkt ins Gesicht. Ich stemmte mich dagegen. Jetzt fing es richtig an zu regen, aber es konnte nicht mehr weit sein. Ein Donner, schon so laut und nah! An der nächsten Abzweigung entdeckte ich ein von der Sonne ausgebleichtes Straßenschild. Ob ich hier richtig war? Hoffentlich! Immer schneller rannte ich die Straße entlang und suchte nach der Nummer 52. Natürlich war sie ganz am Ende. Keuchend stoppte ich schließlich vor einem hellblauen Altbau, fand den Namen der Familie beim unteren Klingelschild und drückte zweimal hintereinander auf den Knopf.

Ein Summer ertönte. Und dann passierte alles gleichzeitig. Ein Blitz fuhr wie ein Dreizack über den Himmel. Ich stieß die Haustür auf. Im Erdgeschoss hörte ich einen Hund bellen. Er stürmte auf mich zu und sprang begeistert an mir hoch. Hinter ihm tauchte Aneczka auf und klopfte auf ihr Knie. »Anatol, chodź tu!« Jetzt entdeckte sie mich und winkte mir zu. »Witamy, Jasmin! Herzlich willkommen!« Ein ohrenbetäubender Donner krachte, und ich flüchtete so schnell ich konnte ins Haus.

Geschafft! Wir waren alle drei in der Wohnung. Aneczka umarmte mich, während Anatol vor lauter Freude hochsprang und sich in der Luft einmal um sich selbst drehte. Nach zwei Jahren hatte er mich sofort wiedererkannt. Unglaublich!

»Aber wir wollten dich doch am Bahnhof abholen!«, sagte Aneczka halb lächelnd, halb vorwurfsvoll. Dann stemmte sie beide Hände in die Hüften und strahlte. »Wie schön, dich wiederzusehen! Regen bringt Segen – und lieben Besuch!«

Im Flur wurde eine Tür aufgerissen, Krysia kam heraus, rief: »Mumia ...«, und redete sehr schnell auf Polnisch los. Irgendwann bemerkte sie mich, lächelte und sagte: »Cześć, Jasmin! Hallo.«

»Bringst du Jasmin bitte ein Handtuch und ein frisches T-Shirt von dir?«, bat Aneczka.

»Tak, tak«, murmelte Krysia. Sie verschwand in ihrem Zimmer, brachte die Sachen und war schon wieder weg. Die Zimmertür knallte ins Schloss.

»Geht es Krysia nicht gut?«, fragte ich vorsichtig.

»Nooo, trudno!« Aneczka raufte sich die Haare und rollte verzweifelt mit den Augen. »Sehr schlecht, alles schwierig!«

»Oh, tut mir leid ...« Vielleicht war es doch keine gute Idee gewesen, einfach drei Stunden früher aufzukreuzen. »Wenn es bei euch gerade nicht so gut passt, dann …«, fing ich an.

Aneczka unterbrach mich sofort: »Nie, nie! Nein, gar nicht. Komm, ich mach uns einen Tee.«

»Sehr gerne.«

»Das Bad ist da drüben.«

Ich trocknete rasch meine Haare und zog Krysias T-Shirt an. Anatol kratzte ungeduldig an der Badezimmertür. Ihm dauerte das alles viel zu lange. Als ich wieder rauskam, stupste er mich mit seiner feuchten Schnauze an und zeigte mir, wo es ins Wohnzimmer ging. Kaum saß ich auf dem Sofa, legte sich Anatol auch schon quer über meine Füße. Er fühlte sich an wie eine besonders weiche, wuschelige Wärmflasche.

Aneczka klapperte in der Küche mit Geschirr, und draußen tobte sich das Gewitter aus. Regenschauer prasselten gegen das Fenster. Was für ein perfektes Timing! Ich sah mich im Wohnzimmer um. Der Raum war liebevoll mit Jugendstilmöbeln eingerichtet. An den Wänden hingen Landschaftsbilder, und auf der Kommode standen eine Reihe kleiner Holzfiguren. Bei einer waren die Beine zu lang, bei einer anderen der Kopf zu groß. Der Künstler hatte offenbar nur das betont, was ihm wichtig erschienen war. Das fand ich spannend.

Aneczka kehrte mit einem großen Tablett zurück. Aus der Kanne duftete es nach schwarzem Tee. Auf einem Teller lagen Teigtaschen mit Zwiebeln und Schnittlauch. Und in einem Schälchen war Kirschkompott.

Woher wusste Aneczka, dass ich heute noch nichts zu Mittag gegessen hatte?

Anatol winselte erwartungsfroh, aber Aneczka wies ihn streng zurecht. »Hier wird nicht gebettelt! Du hattest schon was zu fressen, Kleiner.«

Nachdem Aneczka uns beiden Tee eingeschenkt hatte, setzte sie sich mit ihrer Tasse in einen Sessel. Sie sah Krysia ähnlich, hatte die gleichen ausdrucksvollen braunen Augen und hohen Wangenknochen.

»Wie geht es deinen Eltern?«, fragte Aneczka. »Sind alle gesund bei euch zu Hause? Wie war deine Reise bisher? Wie gefällt dir unsere Wohnung?«

Ich wusste nicht, auf welche Frage ich zuerst antworten sollte, und entschied mich für die letzte. »So schön habt ihr es hier! Die Holzfiguren sind toll, besonders die Frau mit der Geige.«

»Tak, tak. Ja, ja ...« Aneczka ging nicht näher darauf ein. Stattdessen wollte sie wissen, in welchen Ländern und Städten ich schon überall gewesen war.

Ich fasste meine Route kurz zusammen und erzählte von den netten neuen Freunden, die ich getroffen hatte.

»Das klingt toll, ich freu mich für dich«, sagte Aneczka. »Ach, du bist schon so selbstständig. Wenn ich da an Krysia denke ... Trudno! Es ist wirklich sehr schwer mit unserer Tochter, seit sie in der Pubertät ist. Einmal gut gelaunt und plötzlich ganz schlecht. Meistens schlecht! Dabei hat sie gar keinen Grund dazu. Hübsch, klug, viele Freunde und in der Schule lauter Sechser.«

»Oje! Aber dann muss sie ja die Klasse wiederholen, oder?«

Aneczka schüttelte verwundert den Kopf. »Wieso das denn? Nein, 6 ist bei uns in Polen die beste Note und 1 die schlechteste.«

»Ach so!«

Ich verriet Aneczka, dass meine Eltern in meiner Pubertät wohl auch sehr unter meinen Stimmungsschwankungen gelitten hatten. »Aber jetzt sind sie wieder ganz glücklich mit mir!«

Aneczka lachte hell auf. »Ich erinnere mich, damals auf dem Campingplatz warst du auch manchmal nicht besonders gut drauf. Trotzdem hätte Krysia dich ruhig herzlicher begrüßen können.«

»Kein Problem«, versicherte ich und machte Aneczka ein Kompliment. »Du sprichst so gut Deutsch!«

Aneczka wehrte ab. »Es könnte noch besser sein. Du weißt ja, ich unterrichte als Lehrerin Polnisch und Deutsch am Gymnasium.«

Jetzt fiel es mir wieder ein. Wir unterhielten uns weiter und merkten beide gar nicht, wie das Gewitter langsam vorüberzog und die Sonne wieder herauskam.

Plötzlich sprang Aneczka auf. »Ich muss Tomek Bescheid geben! Er wird schon unterwegs zum Bahnhof sein.«

»Mein Rucksack ist noch dort im Schließfach«, erzählte ich.

Aneczka sah auf die Uhr. »Weißt du was? Wir nehmen den Bus. Dann sind wir ganz schnell dort.«

Mit einem Satz war Anatol auf den Beinen und warf mir einen unwiderstehlichen Blick aus seinen schönen, braunen Augen zu.

Ich sah Aneczka fragend an. Als sie nickte, kraulte ich Anatol hinter seinen Schlappohren. »Ja, klar, du kommst natürlich mit!«

INSEL DER MENSCHLICHKEIT

»Aniele Boży stróżu moj ty zawsze przy mnie stoj. Rano, wieczur, wednje w nocy bądz mi zawsze ku pomocy. Amen.«

Verlegen sah ich zu, wie Aneczka, Tomek und Krysia mit gefalteten Händen das Tischgebet sprachen. »Was heißt das auf Deutsch?«, fragte ich.

Krysia übersetzte das Gebet für mich. »Schutzengel Gottes, du bist immer an meiner Seite. Am Morgen, am Abend, beim Essen, in der Nacht. Bleib bei mir und hilf mir. Amen.«

»Das klingt schön«, sagte ich und meinte es wirklich so, obwohl ich nicht religiös war.

Aneczka wünschte uns allen »Dobry apetyt!«, was ich sofort verstand. Ich hatte großen Appetit, und alles sah so lecker aus. Es gab Hühnersuppe mit Nudeln, Kartoffelpuffer, gefüllte Kohlblätter, panierte Schnitzel und Gurkensalat.

Als ich wirklich schon sehr satt war, ging Tomek in die Küche und brachte einen Käsekuchen herein. Er hatte ihn auf dem Heimweg – Tomek arbeitete in einem Reisebüro – in einer Bäckerei gekauft.

»Das ist Sernik. Mit Sauermilch und Kartoffelpüree.«

Natürlich musste ich davon probieren, lehnte aber ein zweites Stück ab. »Tut mir leid, das schaffe ich echt nicht mehr.«

Aneczka wollte mir trotzdem das Stück auf den Teller laden, was Krysia zum Glück verhindern konnte: »Mumia, übertreib es nicht! Jasmin hat auch so kapiert, dass wir Polen sehr gastfreundlich sind.«

»Und«, fragte Tomek, »hast du schon Pläne für morgen? Was möchtest du dir gerne in Krakau anschauen?«

Ich erzählte, dass mich das jüdische Ghetto und das Museum in der Schindler-Fabrik interessierten.

Tomek lächelte. »Ich kann dir gerne beides zeigen. Ich mache auch regelmäßig Stadtführungen auf Polnisch und auf Deutsch, weißt du. Wir können zu zweit herumgehen und uns alles genau anschauen. Nur morgen habe ich leider keine Zeit. Wie wäre es übermorgen Nachmittag?«

»Bin dabei«, sagte ich sofort.

Später setzten wir uns im Wohnzimmer zusammen und unterhielten uns weiter. Ich verband mein Handy mit Tomeks Tablet und zeigte meine Reisefotos. Zum ersten Mal sah ich sie selbst im großen Format. Das war ein tolles Gefühl.

Aneczka und Tomek waren ganz begeistert, besonders von den Fotos aus Italien. Sie liebten Venedig, waren letztes Jahr mit ihrem Campingwagen dort gewesen. Sie holten ein Fotobuch heraus und schwärmten von der Lagunenstadt.

Nachdem sie das Album wieder zugeklappt hatten, stand Krysia auf und sagte: »Der Urlaub war schrecklich, da fahre ich nie wieder hin!«

Was genau so schrecklich gewesen war, erfuhren wir nicht mehr, weil sie ins Bad ging, um sich die Zähne zu putzen. Das konnte ja lustig werden! Krysia und ich teilten uns ein Zimmer. Hoffentlich hatte sie nicht die ganze nächste Woche schlechte Laune.

Ich sagte auch Gute Nacht, packte meinen Rucksack aus und zog mein Schlafshirt an. Dann blätterte ich meine Zeichenmappe durch. Ich hatte große Lust, mit der Graphic Novel weiterzumachen. Oder unabhängig davon neue Bilder von Alex zu zeichnen. Ich wollte die Figur unbedingt weiterentwickeln.

Da kam Krysia aus dem Bad zurück. »Manchmal nerven Eltern einfach! Nur weil sie sind, wie sie sind. Kennst du das?«

»Ja, klar!«

Krysia schaute mir neugierig über die Schulter. »Sind die Zeichnungen von dir? Die sind super.«

Ich nickte. »Darf ich vorstellen: Alex!«

»Hallo, Alex. Jak się masz?«, fragte Krysia und grinste. »Wie geht es dir?«

»Zeichnest du auch gerne?«, fragte ich sie.

Krysia schüttelte den Kopf. Sie kaute auf ihrer Unterlippe herum. Dann warf sie mir einen unsicheren Blick zu. »Ich liebe Gedichte. Ich würde gerne selber welche schreiben. So tolle wie Wisława Szymborska. Aber das schaffe ich nie.«

»Der Name sagt mir leider nichts«, gab ich ehrlich zu.

Krysia erzählte mir, dass jeder in Polen Wisława Szymborska und ihre Gedichte kannte. 1996 hatte sie den Nobelpreis für Literatur bekommen. Ich schämte mich für meine Bildungslücke und war neugierig geworden. Ob Krysia mir vielleicht einen Gedichtband zeigen könnte?

Sie antwortete nicht, setzte sich stattdessen auf ihr Bett und machte die Augen zu. Mit leiser, rauer Stimme fing sie an zu rezitieren:

»Szczęśliwa miłość. Czy tak musi być?«

Ich lauschte dem Klang der Sprache. Gesprochen hörte man die vielen Konsonanten gar nicht so. Es war mehr ein Teppich aus Vokalen, die sich mit weichen Sch-Lauten abwechselten.

Unglaublich! Krysia konnte das komplette Gedicht auswendig. Zum Ende hin wurde ihre Stimme immer eindringlicher, bis sie verstummte und ich mich kaum traute, die Stille zu durchbrechen.

»Danke«, sagte ich nach einer Weile. »Das hat sich toll angehört. Worum geht es denn in dem Gedicht?«

»Um die Liebe.« Krysia übersetzte für mich die Zeilen, die sie am besten fand:

Glückliche Liebe. Muss das sein?
Sollen doch die Menschen, die sie nicht kennen,
behaupten, es gebe keine glückliche Liebe.
Mit diesem Glauben leben und sterben sie leichter.

Krysia schaute mich fragend an. »Hast du so was auch schon mal erlebt?«

Ich nickte. »Ja, ich war richtig glücklich und verliebt.«

Auf einmal sah ich Lenny und mich durchs Schultor gehen, an einem verregneten Montag. Wir waren erst ungefähr zwei Wochen zusammen. Um uns herum war viel Lärm, ein Autofahrer hupte laut, und wir sind ganz in Ruhe Hand in Hand über den grauen Gehsteig gelaufen. Nein, eigentlich sind wir ein paar Zentimeter über der Erde geschwebt. Das würde ich nie vergessen, auch wenn es lange her und vorbei war.

»Erzähl mir von ihm«, sagte Krysia.

In den nächsten Tagen war das Wetter so schön, dass ich gar nicht zum Zeichnen kam und auch nicht über Lenny nachdachte. Tomek hatte doch erst Ende der Woche Zeit für die Führung durchs ehemalige Ghetto. Also machte ich viele Stadtspaziergänge mit Anatol. Ich besichtigte mit Krysia das Wawel-Schloss, ging mit ihr shoppen und lief zwischendurch alleine mit meiner Kamera an der Weichsel entlang. Natürlich war die Burganlage beeindruckend, aber ich hatte jetzt schon einige in anderen Städten besichtigt und merkte, dass es die Flüsse waren, zu denen es mich immer wieder hinzog: die Donau in Ungarn, die Moldau in Tschechien und die Weichsel in Polen. Ich fotografierte die Spiegelungen der Häuser im Wasser und experimentierte mit den Lichtstimmungen am Morgen und am Abend.

Meine Lieblingsfotos waren allerdings zwei Porträts von Krysia. Am Anfang wollte sie nicht, dass ich sie fotografierte, doch später war sie von selbst zu mir gekommen. Das erste Porträt entstand im Jama Michalika, einem der ältesten Cafés Krakaus. Anfang des 20. Jahrhunderts hatten sich dort viele Künstler getroffen, und wenn sie die Rechnung nicht bezahlen konnten, malten sie dafür ein Bild, das im Café aufgehängt wurde.

Krysia saß vor einem bunten Hinterglasbild. Ihr Blick ging zu einem unbestimmten Punkt in der Ferne. Sie war in sich gekehrt, in Gedanken. Für jemanden, der sie nicht kannte, wirkte sie fast abweisend.

Das zweite Porträt machte ich bei ihr zu Hause im Garten des Innenhofs. Krysia hatte mir kurz davor gerade ein neues Gedicht von Wisława Szymborska vorgetragen. Ihre Augen leuchteten, sie strahlte von innen heraus und sah unglaublich schön aus.

Am selben Tag postete ich einige Bilder von Krakau und bekam viele begeisterte Kommentare, von Nina, Fleur, Sandra, Fabian und Raffael – und von Lenny. Er fand meine Aufnahmen toll und fragte, wie es mir so ging in Krakau. »Alles gut bei dir?«

Ich wollte in den Kommentaren, die jeder lesen konnte, nicht darauf antworten. Am Abend, als ich noch mal kurz mein Handy checkte, hatte Lenny schon einen dritten Kommentar geschrieben.

Ich fühlte mich von ihm bedrängt. Warum konnte er nicht warten, bis ich mich meldete? So hatten wir das doch in Prag ausgemacht.

Ich überlegte, ob und wie ich reagieren sollte. Schließlich ging ich in unseren Privat-Chat und schrieb:

Hi Lenny,
wenn du nichts von mir hörst, geht's mir gut.
Hab mein Handy oft aus, wenn ich unterwegs bin.
Brauche noch Zeit. Melde mich spätestens,
wenn ich wieder zu Hause bin.
Lg, Jasmin

Ein paar Minuten später kam seine Antwort:

> Ja, klar, kein Problem.
> Lenny

Meinte er das wirklich so, oder hatte er doch ein Problem damit? Wenn ja, konnte ich es leider nicht ändern. Mir war es wichtig, ehrlich zu sein. Seufzend schaltete ich mein Handy aus und ging schlafen.

Ein freier Platz in Krakau mit siebzig Stühlen aus Metall, etwa die Hälfte davon übergroß und auf leicht schwebenden Podesten. Alle Stühle ordentlich in Reihen aufgestellt. Wer es nicht wusste, vermutete dahinter eine ganz normale Kunstinstallation. Doch dies war ein besonderer Platz. Er erinnerte an die Helden des Ghettos.

»Hier stand eins der vier Tore«, erzählte Tomek. »17000 Juden mussten zwischen 1941 und 1943 im Ghetto auf engstem Raum zusammenleben. In einem Stadtviertel, in dem zuvor nur 3000 Menschen gewohnt hatten. Auf diesem Platz fanden alle Appelle und Selektionen statt, und von hier aus wurden die Juden in die Konzentrationslager deportiert.«

Ich ließ die nüchternen Zahlen auf mich wirken und versuchte mir vorzustellen, wie das Ghetto damals ausgesehen hatte, was dort Schreckliches passiert war. Es gelang mir nicht.

Wir gingen zwischen den leeren Stühlen hindurch, die wie stumme Zeugen dastanden.

»Und woran erinnern die Stühle?«, fragte ich.

Tomek erklärte es mir. »In der Apotheke, in die wir gleich gehen werden, hängt neben der Eingangstür das Foto eines Mädchens, das einen Stuhl über die Weichsel trägt – zu ihrer neuen ›Unterkunft‹ im Ghetto. Die Installation ruft aber auch noch etwas anderes ins Gedächtnis: Als das Ghetto 1943 aufgelöst wurde, mussten die Menschen auch noch ihre letzten Möbel zurücklassen. Tische und Stühle, die niemand mehr brauchte, standen kreuz und quer auf dem Platz herum. Tadeusz Pankiewicz, der Apotheker und einzige Nichtjude im Ghetto, hat in seinem Tagebuch darüber geschrieben.«

»Hat er den Juden geholfen?«

Tomek nickte. »Ja. Er hat Nachrichten nach draußen geschmuggelt und auch einigen Juden zur Flucht verholfen.«

Das Gebäude der Apotheke gab es immer noch. Doch heute war ein kleines Museum darin. Tomek und ich gingen rein. In einem offenen Schrank standen leere Apothekerflaschen. Daneben gab es Infotafeln zur Geschichte des Ghettos – und das Bild des Mädchens mit dem Stuhl, das mich besonders berührte.

Wie unfassbar mutig dieser Tadeusz Pankiewicz gewesen war! Er hatte sein eigenes Leben riskiert. Für die Menschen damals musste seine Apotheke eine Insel der Menschlichkeit gewesen sein inmitten des täglichen Terrors und der Todesgefahr.

Als wir die Apotheke verließen, fiel mir auf, dass fast alle Stühle auf die Apotheke ausgerichtet waren – bestimmt kein Zufall.

Von der drei Meter hohen Mauer, die das Ghetto damals komplett eingeschlossen hatte, waren nur noch wenige Reste übrig.

Und es gab noch einen Helden in Krakau, den ich aus dem Kinofilm *Schindlers Liste* kannte. Tomek erzählte mir die historischen Hintergründe.

»Oskar Schindler war Fabrikbesitzer und Mitglied der NSDAP. Er freundete sich mit einem Lagerkommandanten an. Der erlaubte ihm, seine jüdischen Fabrikarbeiter nicht im KZ Plaszow, sondern in einem eigenen Lager unterzubringen. Dort hatten sie deutlich bessere Bedingungen. Schindler kaufte auch heimlich auf dem Schwarzmarkt Lebensmittel für sie. Als die SS Ende 1944 20000 Juden aus dem KZ Plaszow in Vernichtungslager deportierte, rettete Schindler über tausend Juden das Leben. Er verlegte seine kriegswichtige Produktion ins mährische Brünnlitz und ließ sich dafür von der SS diese Arbeiter bewilligen.«

Ich nahm mir fest vor, den Film zu Hause noch einmal anzuschauen.

Tomek und ich gingen unter den Bahngleisen hindurch zum Fabrikgebäude, in dem inzwischen ein großes Museum untergebracht war. Hier musste Tomek gar nicht mehr viel erklären. Die Ausstellung war großartig. Am meisten beeindruckten mich die lebensgroßen Wandbilder mit Fotos von Menschen aus dem Ghetto. Zwei junge Frauen mit Hüten lachten in die Kamera. Ein ernster Junge verteilte Zeitungen. Menschen wurden von SS-Leuten aus einem Haus getrieben. Ein kleiner Junge im kurzen Wollmantel hob beide Hände, sein Gesicht von Todesangst gezeichnet.

Die längste Zeit verbrachte ich im letzten Raum der Ausstellung. Hier hingen Zitate an den Wänden. Die Aussage einer Zwangsarbeiterin über Oskar Schindler berührte mich besonders: »Er stellte mich in seiner Fabrik ein, obwohl er wusste, dass er davon keinen Nutzen haben würde.«

Auf dem Heimweg konnte ich nicht reden. Natürlich hatte ich schon einiges in der Schule über den Holocaust gelesen und gehört. Aber jetzt hier in Krakau an den Orten von damals zu sein erschütterte mich zutiefst. Ich hatte nur einen Wunsch: dass sich so etwas Schreckliches niemals wiederholte.

Vor der Haustür, kurz bevor Tomek und ich hineingingen, sagte ich leise zu ihm: »Danke, dass du und deine Familie mir als Deutscher so offen und freundlich begegnet!«

Tomek wurde verlegen und wusste nicht, was er darauf sagen sollte.

Dann machte Aneczka die Tür auf, und Anatol begrüßte uns lautstark. Er sprang an mir hoch, schleckte meine Hand ab und half mir, zurück in die Gegenwart zu finden.

Es wurde Zeit für mich, weiterzureisen. Bevor mein Interrail-Ticket ablief, wollte ich noch das Baltikum kennenlernen. Vilnius, die Hauptstadt von Litauen, war mein nächstes Reiseziel. Danach würde ich auf dem Nachhauseweg noch einmal nach Polen kommen und in Danzig einen Zwischenstopp einlegen, um in der Ostsee zu schwimmen.

Der Abschied fiel uns allen nicht leicht. Am letzten Abend kochte Aneczka ein extra gutes Essen mit Rote-Rüben-Suppe und Piroggen, den leckeren Teigtaschen, die sie mir schon bei der Ankunft serviert hatte. Den Nachtisch, Erdbeeren mit saurer Sahne, aßen wir im Wohnzimmer und schauten uns noch mal Fotos an.

Tomek nahm eine Aufnahme aus dem Ferienalbum. Die Familie stand in Venedig auf dem Markusplatz. Aneczka und Tomek lachten, Krysia verzog keine Miene.

»Damit du uns nicht vergisst«, sagte Tomek.

Dann drückte Aneczka mir ein kleines Päckchen in die Hand. Als ich das Geschenk aus dem Papier wickelte, kam die kleine Holzfigur der Geigerin zum Vorschein.

»Danke, ihr seid so lieb!«

Zum Glück hatte ich daran gedacht, im Supermarkt eine Packung Kekse zu kaufen. Meine Gastgeber freuten sich sehr über das kleine Geschenk. Dann fragte mich Krysia, ob ich vielleicht auch ein Foto zur Erinnerung für sie hätte?

Das brachte mich in Verlegenheit. Ich hatte von meinen Reisefotos noch keine Abzüge machen lassen. Da kam mir der rettende Einfall: Im Umschlag gab es ein Foto von Lenny und mir. Schnell lief ich ins Krysias Zimmer und holte es.

»Das bin ich und ... mein Exfreund.«

Anatol knurrte Lenny an. Lachend streichelte ich seinen Kopf. »Du musst nicht eifersüchtig sein. Lenny und ich sind nicht mehr zusammen.«

Plötzlich schnappte Anatol sich das Foto und fing an, darauf herumzukauen.

Aneczka ruderte verzweifelt mit den Armen. »Nooo, trudno! Anatol, was machst du denn?!«

Ich war auch erst geschockt. Trotzdem sagte ich: »Ist nicht so schlimm ...«

Bevor Anatol das Foto noch mehr einsabberte oder gar verschluckte, zog Krysia es vorsichtig aus seinem Maul. »Das trocknet schon wieder, keine Sorge.«

Ich musste lachen. Auch das wäre eine von vielen Möglichkeiten gewesen, ein Foto von Lenny zurückzulassen: es aufzuessen und mir sozusagen einzuverleiben!

Es erinnerte mich an eine verrückte Kunstaktion. Auf einer Messe in Basel hatte Maurizio Cattelan drei Bananen mit Gaffertape an die Wand geklebt und die Installation »Comedian« genannt. Zwei Sammler kauften sie sofort für über 100 000 Euro. Ein anderer Künstler aß die dritte Banane einfach auf und ließ sich dabei filmen. Seine Performance hieß »Hungry Artist«.

»Du wirst mir fehlen!«, sagte ich zu Anatol, der sich zufrieden mit der Zunge das Maul leckte. »Schade, dass ich dich nicht im Rucksack mitnehmen kann.«

WUNDER

Wer nicht auf dem Gediminas-Turm gewesen ist, der hat Vilnius nicht gesehen«, murmelte ich und musste schon wieder gähnen. »Besonders am Morgen bei Sonnenaufgang ist die Aussicht von dort oben umwerfend.«

Das stimmte wirklich, aber ich hätte den Tipp aus dem Online-Reiseführer vielleicht nicht gleich an meinem ersten Morgen in die Tat umsetzen sollen. Schließlich hatte ich gestern über zwölf Stunden erst im Zug und danach im Reisebus verbracht. Abends im Hostel war ich einer netten Niederländerin über den Weg gelaufen, die jemanden zum Kickerspielen suchte. Nach drei Runden waren wir noch in die Bar gegangen und bei ein paar Bier versumpft. Vielleicht lag es ja am letzten Bier, dass mir flau im Magen war und leicht schwindelig, während ich auf die litauische Hauptstadt hinunterblickte.

Jetzt verstand ich, warum Vilnius »das Rom des Nordens« genannt wurde. Zwischen den Dächern der Altstadt ragten immer wieder Kirchtürme und Kuppeln hervor. Über dreißig Kirchen und vierzig Klöster gab es angeblich in Vilnius. Ein warmes, goldenes Licht lag auf den Turmspitzen.

Ich machte ein paar Fotos von der Aussicht und vom achteckigen Burgturm, dann drehte ich mich nach Norden um. Es war, als würde ich einen Zeitsprung machen: Hinter dem Fluss Neris lagen die neuen Stadtteile mit ihren futuristisch gestalteten Hochhäusern. Vilnius hatte beides: eine Geschichte, die bis ins Mittelalter zurückreichte, und jede Menge moderner Geschäftshäuser und Museen. Eins davon reizte mich besonders: das MO. In dem erst vor Kurzem eröffneten Museum gab es moderne litauische Kunst und Fotografie zu besichtigen.

»Hello! Could you please take a picture of us?«, riss mich eine Touristin aus meinen Gedanken und hielt mir ihre Spiegelreflexkamera hin.

»Yes, of course«, antwortete ich höflich.

Die Touristin hakte sich bei ihrem Mann unter. Beide waren etwa fünfzig Jahre alt und trugen Partnerlook: grüne T-Shirts und weiße Hosen.

Als ich »Cheese!« sagte, lachten sie und schnitten lustige Grimassen.

»Thank you so much«, bedankten sie sich danach überschwänglich.

Der Mann schien beeindruckt von den Bildern. »You are a great photographer!« Er wechselte ein paar Worte mit seiner Frau.

Sie nickte begeistert. »Great idea, sweetheart!« Dann fragten sie mich, ob ich sie den restlichen Vormittag begleiten würde.

»Wie bitte?«, rutschte es mir auf Deutsch heraus. »Äh ... pardon?«

Der Mann lächelte. Ob ich Lust hätte, ihn und seine Frau bei ihrem Sightseeing zu fotografieren? Nur drei bis vier Stunden. Natürlich gegen ein Honorar. Er nannte eine großzügige Summe.

Ich war so überrascht, dass ich nicht wusste, was ich sagen sollte.

»That would be wonderful!« Die Frau wollte ihren Kindern zu Hause in Irland endlich mal nicht verwackelte Urlaubsbilder zeigen können.

Ich musste lachen und sagte spontan: »Yes.«

Das Museum konnte auf mich warten. Mein erster Job als Fotografin nicht.

Es wurde ein richtig schöner Vormittag. Erika und Patrick hatten einen wunderbaren Humor. Sie steckten mich mit ihrer guten Laune an, und schon nach ein paar Minuten verflog meine Müdigkeit.

Wir gingen zu dritt in die Altstadt zur Kathedrale St. Stanislaus. Mit ihren weißen Säulen erinnerte sie mich eher an einen griechischen Tempel als an eine Kirche.

Während Erika und Patrick den Kirchenbau von außen bewunderten, passte ich den Moment ab, wo sie genau zwischen zwei dorischen Säulen standen und die Sonne keine Schlagschatten auf ihre Gesichter warf. Vor dem frei stehenden Glockenturm streckten sie die Hände nacheinander aus, als ob sie den Turm umarmen wollten.

Der Innenraum der Kirche war leider ziemlich dunkel. Hier hätte ich eine hochauflösende Kamera und ein Stativ gebraucht.

»No problem«, sagte Erika.

In den Bänken saßen gerade ein paar Frauen, die beteten. Die wollte sie ohnehin nicht stören.

Ich war erleichtert, auch weil ich den Kirchenraum und die Kapelle des heiligen Kasimir, die mit dunklem Marmor verkleidet war, etwas düster fand.

Wir gingen wieder hinaus in die Sonne und schlenderten über den Kathedralenplatz. Im Unterschied zum Marktplatz in Krakau waren hier viel weniger Touristen unterwegs. So konnte ich entspannt fotografieren, ohne dass ständig Leute ins Bild liefen.

Patrick stellte sich neben die Reiterstatue des Großfürsten Gediminas, der im 14. Jahrhundert Vilnius zur Großmacht ausgebaut hatte, und warf sich in Pose.

Erika fand das besonders lustig. Sie klärte ihren Mann auf, dass Gediminas zwar ein Schwert in der Hand trug, aber nie ein Krieger gewesen war. Patrick könne sich also die Heldennummer sparen.

»No way!«, protestierte ihr Mann.

Erika wurde wieder ernst. Sie ließ ihren Blick über den großen Platz schweifen und erzählte von der fast 600 Kilometer langen Menschenkette, die 1989 hier begonnen und erst in Tallinn in Estland geendet hatte. Ich fand es auch bewundernswert, wie die Litauer damals friedlich für die Unabhängigkeit der drei baltischen Staaten demonstriert hatten. Erika und Patrick hatten die Kundgebungen sogar live im Fernsehen verfolgt.

»Come here!«, rief Patrick plötzlich aufgeregt. Er hatte eine rötliche Granitplatte gefunden. In der Mitte war ein Stern und außen in einem Kreis angeordnet das Wort »Stebuklas«.

Ich hatte davon gelesen. »Stebuklas« bedeutete auf Deutsch »Wunder«, und ein Wunder war es wirklich gewesen, dass Litauen nach 45 Jahren sowjetischer Besatzung endlich wieder frei geworden war.

Erika und Patrick wussten noch mehr über die Granitplatte zu berichten. Wenn man sich daraufstellte, die Augen zumachte und sich dreimal im Uhrzeigersinn drehte, durfte man sich etwas wünschen. Das wollten die beiden sofort ausprobieren.

Ich fotografierte erst Erika, dann Patrick und am Schluss die beiden, wie sie sich Arm in Arm gemeinsam drehten.

»And now you!« Erika streckte die Hand nach ihrer Spiegelreflexkamera aus. Sie könne sie gerne inzwischen halten.

»No, thanks«, lehnte ich ab.

Patrick sah mich verwundert an. Ich hätte doch bestimmt einen Wunsch, oder?

Ich erzählte den beiden von der Bretagne und dass es bei mir mit dem Wünschen schon mal schiefgegangen sei.

Patrick lachte. Wenn es einmal nicht geklappt hätte, müsste ich es einfach ein zweites Mal versuchen.

Patrick hatte leicht reden. Mein Wunsch *war* ja in Erfüllung gegangen, nur leider zu spät. Und heute war ich mir nicht mal mehr sicher, ob ich mir überhaupt das Richtige gewünscht hatte ...

Ich starrte auf meine Kamera, die mit dem Umhängegurt quer über meiner Schulter hing. Und ich starrte auf die teure Kamera meiner irischen Bekannten, die sie mir so selbstverständlich anvertraut hatten.

Plötzlich wollte ich es doch versuchen. Ich gab Erika die Spiegelreflexkamera, stellte mich auf die Bodenplatte und machte die Augen zu.

In meinem Herzen formte sich ein neuer Wunsch.

Ich wünsche mir, mit meinem Fotografieren und dem Zeichnen eine neue Welt zu entdecken, in der ich ganz und gar aufgehen kann.

Klang das kitschig? Egal. Ich hatte mich schon dreimal im Uhrzeigersinn gedreht.

Erika lächelte. Sie versprach, mir ganz fest die Daumen zu drücken, damit mein Wunsch in Erfüllung ging.

Wir setzten unseren Spaziergang durch die Altstadt fort, und ich wurde immer kreativer mit meinen Schnappschüssen. Auf dem Rathausplatz fotografierte ich Erika und Patrick von oben, wie sie sich Kopf an Kopf auf einer Bank ausstreckten. In einer verwinkelten Altstadtgasse ließ ich Erika mit einer Einkaufstasche vorauslaufen und Patrick hinterher, als ob er gleich ihre Tasche klauen wollte. Und in einem wunderschön begrünten Hinterhof fotografierte ich Erika im Profil, wie sie das herabhängende Laub eines Efeus durch ihre Haare verlängerte.

Mittags beendeten wir unsere Tour bei der Alten Universität. Erika und Patrick sahen sich die Fotos im Display der Kamera an und fanden sie »wonderful«. Stolz nahm ich mein erstes Fotografenhonorar entgegen. Dann verabschiedeten wir uns herzlich.

Ich ging alleine weiter zur Literatenstraße. Hier hingen an den Mauern lauter kleine, bunte Kunstwerke zu Ehren von Schriftstellern aus Litauen, aber auch aus anderen Ländern. Und Jean-Paul Sartre und Simone de Beauvoir waren dabei!

Gerade als ich ein Selfie neben dem Kunstwerk für Simone de Beauvoir machte, klingelte mein Handy.

»Hi, Nina!«, begrüßte ich meine Freundin freudestrahlend. »Stell dir vor, ich bin reich!«

»Wie das jetzt?«, fragte sie verdutzt.

Ich erzählte ihr von meinem ersten Auftrag als Fotografin und wie viel Spaß er mir gemacht hatte.

Nina war beeindruckt. »Cool! Wenn du berühmt wirst, erzähle ich allen Leuten, dass ich es von Anfang gewusst habe. Ich bin dein erster Fan.«

»Autogramme gibt's später«, sagte ich und trat von der Mauer zurück, um anderen Touristen Platz zu machen. »Wie geht's dir so?«

Nina zögerte. »Willst du zuerst die gute oder die schlechte Nachricht hören?«

»Die gute natürlich.«

»Gestern hatte ich meinen letzten Tag im Freibad. Jetzt kann ich endlich meinen Motorrad-Führerschein machen.«

»Super, freut mich sehr für dich! Und was ist die schlechte Nachricht?«

Nina seufzte. »Ich hab Lenny in der Stadt getroffen. Er hat voll traurig ausgesehen und gefragt, wie es dir geht.«

»Und was hast du geantwortet?«

Nina gluckste. »Dass wir nicht ständig telefonieren und ich es tatsächlich nicht weiß.«

»Du bist toll, danke.«

»Gerne, jederzeit. Liebe Grüße von deinen Fischen.«

»Liebe Grüße zurück. Ciao!«

Ich legte auf und machte mich auf die Suche nach einem Café. Jetzt brauchte ich erst mal einen doppelten Espresso!

Der Koffeinschock und eine große Bowl Salat halfen mir, meine Gefühle wieder zu sortieren. Es tat mir leid, dass Lenny traurig war. Anscheinend kam er nicht gut damit klar, Single zu sein. Aber das war sein Problem, nicht meins. Ich würde mir meine Freiheit nicht nehmen lassen. Es gab so viel zu entdecken hier in Vilnius, so viel moderne Kunst, auf die ich neugierig war. Irgendwann später würde ich dann in Ruhe meine Entscheidung treffen.

Kunst war überhaupt die Lösung. Nach diesem Entschluss zahlte ich, stand auf und machte mich auf den Weg ins MO-Museum.

Mitten in der Altstadt von Vilnius schien ein Walfisch gestrandet zu sein. Die Haut schimmernd weiß, das Maul mit den vielen kleinen Zähnen weit geöffnet. Ich spürte ein aufgeregtes Kribbeln im Bauch, als ich die Treppe zum Museumseingang hochlief. Innen war die Architektur fast noch spektakulärer. Weiße, offene Räume, viel Glas und in der Mitte eine schwarze Wendeltreppe, auf der man von der Lobby in die beiden Ausstellungsetagen gelangte.

Offenheit war auch das Motto des Museums. Die Sammlung umfasste Werke von 1960 bis in die Gegenwart. Fast drei Jahrzehnte konnten die litauischen Künstler ihren Protest gegen die sowjetischen Besatzer nur indirekt zeigen. Schon nach ein paar Ausstellungsräumen war ich fasziniert, wie ihnen das gelungen war. Oft hatten sie einfache Dinge des Alltags zur Kunst erklärt und teilweise radikal verfremdet. Ein Stillleben aus Blumen und Scheren, eine Spielzeugkiste verwandelten sich durch grelle Farben in eine explosive Botschaft. Landschaften wurden bewusst naiv gemalt, eine Familie in ihrer engen Küche fotorealistisch dargestellt: Vater, Mutter und Sohn voneinander abgewandt, jeder auf sich allein gestellt.

Jetzt war ich gespannt auf die Fotoausstellung!

Auch hier spielte der Alltag eine große Rolle. Arūnas Baltėnas etwa hatte eine tolle Fotoserie zu Menschen in ihrem Zuhause gemacht. Ein übervoller Schreibtisch mit persönlichen Sachen. Ein unaufgeräumtes Wohnzimmer. Ein Atelier mit einem Durcheinander an Malutensilien, mittendrin ein Kaffeebecher. Alles nicht bearbeitete Schwarz-Weiß-Aufnahmen ohne Aufhellungen oder Weichzeichner.

Ein anderer Fotokünstler hatte zwei Porträts zusammenmontiert: das eine groß in Nahaufnahme, das andere klein, gespiegelt im Glas der Brille des Porträtierten.

Die Arbeiten von Violeta Bubelytė zogen mich komplett in ihren Bann. Sie hatte sich auf Aktfotografien von Frauen spezialisiert. Bei den Einzelaufnahmen hatte ich das Gefühl, in das verletzliche Innere der Frauen blicken zu können. Unglaublich toll fand ich die Montagen. Man sah jede Frau jeweils doppelt: zum Beispiel einmal auf einem Stuhl sitzend, dann daneben stehend, beide Akte transparent, als könnten sie sich jeden Moment verflüchtigen. Bei einem anderen Doppelporträt hielten sich die Frauen an einer Stange fest und bildeten gemeinsam ein V.

Am allerbesten gefiel mir die Montage, bei der in der Mitte ein großer Karton stand. Links und rechts vom Karton sah man zwei überbelichtete Akte desselben Modells. Waren die Frauen völlig identisch, oder gab es doch einen Unterschied zwischen der linken und der rechten? Und was bedeutete der Karton? War die Frau gerade umgezogen? Hatte der Umzug sie verändert?

»Du kennst die Künstlerin?«, fragte plötzlich jemand hinter meinem Rücken.

Überrascht drehte ich mich um. Eine junge Frau im Hosenanzug stand vor mir. Sie musste von der Museumsaufsicht sein. Auf ihrem Namensschild las ich »Dina« und einen komplizierten Nachnamen.

Ich schüttelte den Kopf. »Nein, aber ich finde die Fotos unglaublich stark.«

Dina lächelte. »Ich auch. Du bist das erste Mal in Litauen, ...?«

»Jasmin. Ja, genau.« Ich erzählte kurz von meiner Interrail-Reise und dass ich mich immer mehr für Kunst interessierte.

Dina lächelte noch breiter. »Dann du bist in Vilnius in die richtige Stadt. Kennst du schon Užupis?«

»Äh ... nein. Ist das ein Museum?«

Dina kicherte. »Fast erraten. Užupis ist ein Stadtteil am Rand von Vilnius. Dort leben viele Künstler. Sie haben eine unabhängige Republik ausgerufen und ein eigenes Verfassung aufgestellt.«

Versuchte Dina gerade, mich auf den Arm zu nehmen? Ich konnte ihr verschmitztes Grinsen nicht richtig deuten.

»Doch, das stimmt wirklich«, versicherte sie mir. »Der Verfassung hat insgesamt 41 Artikel. Artikel 1 ist der bekannteste: ›Jeder Mensch hat das Recht, am Fluss Vilnia zu leben, und der Fluss Vilnia hat das Recht, an jedem vorbeizufließen.‹«

Langsam ging mir ein Licht auf. War die Republik vielleicht eine Art Kunstaktion?

Dina bestätigte meine Vermutung. Wir kamen ins Gespräch und redeten bestimmt eine halbe Stunde lang über Užupis und ganz allgemein über moderne Kunst im öffentlichen Raum. Dabei stellten wir fest, dass wir die gleichen Künstler mochten und beide Andy Warhols Arbeiten bewunderten.

»Jetzt muss ich leider weiterarbeiten«, sagte Dina. »Morgen ich habe frei. Wir können uns treffen in Užupis.«

»Sehr, sehr gerne!«, sagte ich.

Dina beugte sich zu mir herüber und murmelte: »Du musst aber mit mein schlechtem Deutsch auskommen. An die Uni ich habe Deutsch im Nebenfach. Wir sagen immer: ›Glücklich sind jene Leute, die sich an alle Artikel erinnern können.‹«

Damit verschwand sie im Nebenraum.

Der Weg nach Užupis zur freien Republik führte über eine Brücke, die in meinen Augen das Gegenteil von Freiheit bedeutete. Liebespaare hatten Schlösser am Geländer befestigt und die Schlüssel in den kleinen Fluss Vilnia geworfen. Der Trend hatte auch vor Vilnius nicht haltgemacht. Während ich auf der Brücke stand und auf Dina wartete, schwor ich mir, nie ein solches Schloss zu kaufen, egal wie verliebt ich in Zukunft auch sein sollte.

Da kam Dina auch schon, mit offenen blonden Haaren und einem kurzen schwarzen Kleid.

»Sveiki!«, begrüßte ich sie fröhlich.

»Sveiki! Hallo!«, grüßte sie zurück. »Du kannst Litauisch?«

»Nur ein paar Worte«, warnte ich sie gleich. »Lass uns lieber Deutsch reden.«

Das fand Dina gut, weil sie sowieso ihr Deutsch verbessern wollte.

Wir überquerten die Staatsgrenze zur Republik. Auf einem großen Schild stand »Užupio res publika«. Darunter waren vier kleine »Straßenschilder«: ein blauer Smiley, eine Tempo-40-Plakette, ein Bild der Mona Lisa und eine Warnung für Autofahrer, nicht aus Versehen über eine der neun Brücken in den Fluss abzustürzen.

»Komm, ich zeig dir zuerst der Meerjungfrau«, sagte Dina.

Sie führte mich zu einer Brücke ohne Liebesschlösser. Dafür hingen an ihrem Geländer drei große Traumfänger und eine bunt angemalte Schaukel. Ein Mann saß darauf und bekam nasse Füße beim Schaukeln. Die Schaukel war absichtlich so tief angebracht.

»Siehst du sie?«, fragte Dina und beugte sich über das Geländer.

»Ja.«

In einer gemauerten Nische in der Nähe der Brücke saß eine kleine Meerjungfrau aus Bronze.

Dina raunte mir verschwörerisch zu: »Sie ist ein Göttin und hat der Altstadt von Vilnius die Rücken zugekehrt. Ihr Blick geht ans andere Ufer, nach Užupis. Das heißt auf Deutsch ›hinter der Fluss‹.

Die Meerjungfrau war nicht die einzige geheimnisvolle Bewohnerin der freien Republik. Auf unserem Streifzug durch Užupis begegneten wir auch noch dem Posaunen-Engel, der die Freiheit verkündete, und dem Backpacker-Jesus.

»Ja, klar«, sagte ich zu Dina. »Jesus ist viel herumgereist, er muss einen Rucksack dabeigehabt haben.«

Zum Glück hatte ich meine Kamera mit einer extra großen Speicherkarte ausgestattet. Die brauchte ich auch, weil es so viele tolle Motive in Užupis gab. Ich fotografierte die Hauptstraße mit den vielen Metalltafeln an der langen Mauer. Über 26 Botschafter hatte die Republik bereits, und die Verfassung war in die Landessprachen aller Botschafter übersetzt worden.

»Welcher Artikel gefällt dir am besten?«, fragte mich Dina. »Bei mir ist es der 4.: Jeder Mensch hat das Recht, sich zu irren.«

Ich entschied mich für zwei Artikel, die zusammengehörten: Jeder Mensch hat das Recht, glücklich zu sein. Und jeder Mensch hat das Recht, unglücklich zu sein.

Dina und ich sahen uns noch die Ateliers an. Wir tranken einen Cappuccino im Regierungssitz von Užupis, der gleichzeitig ein gemütliches Café war. Danach holte ich mir im Postamt das Visum der Republik. Und zum Abschluss machte ich ein Doppelselfie von Dina und mir vor der Flagge von Užupis.

»Was bedeutet eigentlich das Motiv der Flagge, die offene Hand mit dem Loch darin?«, wollte ich noch wissen, bevor Dina losmusste.

»Sie bedeutet, dass man nichts festhalten kann.« Dina umarmte mich und lief über die Brücke mit den Liebesschlössern nach Hause.

EIN NEUER TRAUM

Langsam ließ ich den feinen Sand von einer Hand in die andere rieseln und starrte dabei wehmütig aufs Meer. Im August war Hochsaison am Ostseestrand in Danzig, der beliebte Badeort Sopot völlig überfüllt, doch im Stadtviertel Brzeźno merkte man von dem Trubel nicht viel. Familien bauten mit ihren Kindern Sandburgen, Pärchen sammelten bunte Muscheln. Gemächlich glitt die Skandinavien-Fähre durch die Bucht zur Danziger Anlegestelle.

Wenn ich die Augen zumachte, hörte ich nur Polnisch. Die weichen Sch-Laute vermischten sich mit dem Rauschen des Meers, und ich war einfach nur glücklich.

Fast glücklich, denn ich beneidete die anderen Urlauber. Ihre Sommerferien gingen weiter, während bei mir in drei Tagen der Interrail-Pass ablief. Schon übermorgen musste ich nach Hause fahren!

Die Zeit war wie im Flug vergangen, oder sollte ich besser sagen wie im Zug? Irgendwie konnte ich es gar nicht richtig glauben, dass ich tatsächlich drei Monate unterwegs gewesen war, ganz alleine, ohne Lenny. Es war eine superschöne Zeit gewesen.

Gestern hatte ich Aneczka, Tomek und Krysia ein paar Fotos von der Ostsee geschickt, und Aneczka hatte zurückgeschrieben: »Ach, toll! Du bist in Dreistadt.«

In Polen kannte jedes Kind den Begriff. Am sechzehn Kilometer langen polnischen Ostseestrand lag nicht nur Danzig, sondern auch Sopot und Gdingen.

An allen drei Stränden war ich schon gewesen und dann doch wieder nach Danzig zurückgekehrt. Hier konnte ich beides haben: Strand und Stadt.

Im 16. und 17. Jahrhundert war Danzig eine reiche Hansestadt gewesen. Das merkte man heute immer noch, wenn man durch die Altstadt ging und sich die eleganten Bürgerhäuser ansah. Ich hatte mir allerdings gar nicht so viele Sehenswürdigkeiten angeschaut, weil ich einfach nur schwimmen, faulenzen und ein bisschen zeichnen wollte.

Apropos schwimmen! Jetzt war ich richtig schön aufgewärmt. Mir war fast schon zu heiß. Der ideale Zeitpunkt, um ins Wasser zu gehen.

Barfuß lief ich zum Strand, spürte den warmen, weichen Sand zwischen meinen Zehen. Die erste, kühle Welle umspülte meine Beine. Ich konnte es kaum erwarten, bis das Wasser endlich tiefer wurde und meine Hüfte erreichte. Ich tauchte unter und kam nach ein paar Schwimmzügen wieder hoch. Dann fing ich an zu kraulen und suchte mir ein Ziel aus. Ein Segelboot schaukelte dort draußen auf den Wellen. Dort wollte ich hin!

Die Strecke war weiter, als ich gedacht hatte, aber ich fühlte mich stark. Gleichmäßig tauchten meine Arme ins Wasser. Immer wieder hob ich den Kopf, um kurz Luft zu holen. Ich konzentrierte mich auf den Rhythmus, dachte an nichts anderes.

Irgendwann vergaß ich die Anstrengung. Das Meer trug mich, darauf konnte ich vertrauen. Über mir am wolkenlosen blauen Himmel tauchte eine Seemöwe auf. Ich legte mich auf den Rücken und rief lachend zu ihr hoch: »Cześć! Jak się masz?«

Die Möwe kreiste um mich herum und antwortete auf mein »Wie geht's dir?« mit einem lang gezogenen Ruf. Wenn ich mich nicht täuschte, erkannte ich darin auch ein klagendes »Trudno!«.

Klar, das Leben einer polnischen Möwe war schwer, sehr schwer! Doch danach erzählte sie mir, dass sie ansonsten eigentlich einen ziemlich tollen Tag hatte. Nicht zu viel Wind, nicht zu wenig. Und die kleinen Krebse zum Frühstück waren sehr lecker gewesen. Aber jetzt musste sie weiterfliegen.

»Pa!«, rief ich ihr zum Abschied zu. »Tschüss!«

Das Segelboot war nun ganz nah. Ich legte einen Endspurt hin, hörte auf zu schwimmen und ließ mich zur Belohnung auf den Wellen schaukeln.

Vom Deck des Bootes winkte mir eine Frau zu. »Taki piękny dzień!«

»Sorry, my Polish is not that good«, antwortete ich ihr.

»Such a beautiful day!«, wiederholte sie auf Englisch und schüttelte verwundert den Kopf.

Sie war sich so sicher gewesen, dass ich von hier sei. Ich wirkte so entspannt und vertraut mit dem Meer.

Ohne es zu wissen, hatte sie mir das schönste Kompliment auf meiner Reise gemacht. Ich war angekommen.

»Nicht bewegen!«, rief ich. »Bleib genauso, wie du bist.«

Nina winkelte ihren Ellbogen wieder leicht an und legte ihre Wange in die rechte Hand. »Lass dir ruhig Zeit, Jasmin. Verkrampfter kann meine Hand gar nicht mehr werden. Du zeichnest übrigens schon fünfundzwanzig Minuten.« Nina hatte sich so hingesetzt, dass ihr Blick auf die Wanduhr unseres Frankfurter Lieblingscafés fiel.

»Hm …«, murmelte ich und fuhr zögernd mit dem Kohlestift über das Papier. Die Augenbrauen mussten eine Spur kräftiger werden und der Schwung von Ninas Mund etwas energischer.

»Denk noch mal an dein Motorrad«, erinnerte ich sie. »Stell dir vor, wie du über eine Küstenstraße fährst. Der Wind fährt dir ins Gesicht. Du spürst die Freiheit.«

Sofort veränderte sich Ninas Gesichtsausdruck. Ihre Augen fingen an zu strahlen, der Kiefer entspannte sich, das Lächeln wurde breiter.

Mit dem Handrücken verwischte ich ein paar Konturen, korrigierte hier etwas und dort etwas. Dann hielt ich den Zeichenblock ein Stück von mir weg und kniff die Augen leicht zusammen. Ja, jetzt war ich zufrieden.

»Zeig doch mal!«, bat Nina neugierig.

»Ja, gleich.« Ich erlöste sie aus ihrer Pose und trennte vorsichtig das oberste Blatt aus meinem Block. Darunter lag eine Zeichnung, die ich gestern gemacht hatte, auch ein Porträt von Nina. Ich legte beide Porträts nebeneinander auf den Tisch.

»Unglaublich!«, rief Nina. »Wie Tag und Nacht.«

»Wie Licht und Schatten.«

»Wie glücklich und unglücklich.«

Gestern hatte ich Nina gebeten, an etwas sehr Trauriges zu denken, an die dunkelste Zeit in ihrem bisherigen Leben. Sie hatte mir nicht verraten, was es genau war. »Sage ich dir irgendwann mal«, meinte sie nur.

Ich musste es auch nicht wissen. Ihr Gesicht erzählte mir die Geschichte. In Ninas Augen las ich den Schock und die Trauer. In ihrem zusammengepressten Mund die Wut, die nicht nach außen gehen durfte. In den Wangenknochen die Anspannung, die fast unerträglich geworden war.

»Weißt du, was seltsam ist?«, sagte Nina leise. »Ich finde mich auf beiden Porträts schön. Alle diese Gefühle gehören zu mir.«

»Ja, das stimmt. Warte kurz ...«

Plötzlich hatte ich eine Idee. Ich griff wieder zum Kohlestift und machte schnell eine neue Skizze. Nina mit einem großen, leeren Rucksack auf dem Rücken.

»Was gehört in deinen Rucksack?«, fragte ich sie. »Was brauchst du, um glücklich zu sein? Ein Motorrad und was noch?«

Nina stützte ihren Kopf in beide Hände. »Hm ... Das Motorrad ist natürlich toll, aber ich brauche es gar nicht unbedingt, um glücklich zu sein. Andere Dinge sind mir noch wichtiger: frei sein in meinen

Entscheidungen. Mein eigenes Geld verdienen. Einen Job haben, der mir gefällt und bei dem ich mit Kindern zu tun habe. Im Freibad oder an einer Schule vielleicht.« Sie machte eine kurze Pause und lächelte mich verschmitzt an. »Tja, also die Trillerpfeife muss natürlich auch rein in meinen Rucksack, damit ich die Kinder immer im Griff habe.« Sie lachte. »Nein, im Ernst. Schokolade mit Nüssen und Mandelsplittern. Und du. Dein Mut, deine Ehrlichkeit, deine Freundschaft.«

Ich hatte die ganze Zeit mitgezeichnet und Ninas Rucksack nach und nach gefüllt. Jetzt legte ich den Stift weg und sagte: »Danke! Deine Freundschaft ist auch in meinem Rucksack.«

Da kam die Bedienung an unserem Tisch vorbei. »Darf es bei euch noch was sein?«

»Ich lade dich auf ein Glas Prosecco ein«, schlug ich spontan vor.

»Heute nicht«, lehnte Nina ab.

Was war denn jetzt los? So kannte ich sie gar nicht.

»Schade!«, seufzte ich. »Ich dachte, wir könnten unsere Freundschaft feiern. Und dass ich wieder zurück bin von meiner Reise.«

Nina stand rasch auf. »Ein andermal, versprochen. Sag mal, kann ich noch kurz mit zu dir kommen? Ich glaub, ich hab gestern meine Jacke bei dir vergessen.«

»Ja, klar.« Ich versuchte, mir meine Enttäuschung nicht zu sehr anmerken zu lassen. Nina hatte ihren eigenen Kopf, das wusste ich.

Wir zahlten. Ich packte meine Zeichensachen in die Tasche, dann brachen wir gemeinsam auf.

Die U-Bahn war voll. Wir hatten die Rushhour erwischt. Während wir dicht nebeneinanderstanden, links und rechts eingequetscht von gestressten Menschen, sehnte ich mich zurück an die Ostsee.

Wenn ich die Augen zumachte, konnte ich den Sand zwischen meinen Zehen fühlen, die salzige Meerluft riechen und das Rauschen der Wellen hören. Aber wie lange würde diese Erinnerung so lebendig sein?

Bei der nächsten Station mussten wir raus und hoch zur Bushaltestelle. Im Bus bekamen wir zum Glück einen Sitzplatz. Nina redete pausenlos: von ihrem Ferienjob im Freibad, meiner Reise, wie das Wetter wohl morgen werden würde und was zurzeit im Kino lief.

Warum war sie plötzlich so überdreht? Irgendetwas stimmte nicht, aber als ich sie darauf ansprach, meinte sie nur: »Alles gut!«

Endlich hatten wir es geschafft und standen vorm Haus. Ich sperrte auf und rief in den Flur: »Bin wieder da!«

Keiner antwortete. Vielleicht waren meine Eltern einkaufen gefahren.

Wir gingen in mein Zimmer, wo Nina sich suchend umblickte. »Irgendwo muss die Jacke doch sein ... Komisch.« Sie zuckte mit den Achseln. »Na egal. Ich geh mal kurz für kleine Mädchen.« Damit verschwand sie im Bad.

Ich packte meine Zeichensachen aus. Dann ging ich zum Aquarium. Der Zwergwels versteckte sich mal wieder hinter einer Wurzel. Die anderen Fische zogen gechillt ihre Bahnen. Wovon sie wohl träumten? Das würde ich leider nie erfahren. Ich wusste nur: Sie waren auf ihrer eigenen Reise unterwegs.

Ich überlegte, was ich mit dem angebrochenen Nachmittag machen sollte. Am besten meine Reisefotos sortieren. Vor meinem Treffen mit Nina hatte ich die Abzüge abgeholt.

Nina blieb ziemlich lange im Bad. Merkwürdig. Ich beschloss nachzusehen und ging in den Flur. Doch die Badezimmertür stand offen, das Bad war leer! Ich wurde langsam nervös.

»Nina?«, rief ich. »Wo bist du?«

Keine Antwort.

War sie etwa nach Hause gegangen, ohne sich zu verabschieden? Das wäre das erste Mal in unserer Freundschaft. Das konnte ich mir nicht vorstellen. Ich machte eine Tür nach der anderen auf. Wohnküche: leer. Arbeitszimmer meiner Eltern: leer. Das Wohnzimmer war seltsam dunkel. Wer hatte denn da mitten am Tag die Vorhänge zugezogen?

»Überraschung!!!«, schallte es mir entgegen.

Erst sah ich nur die hochgestreckten Handys. Dann kniff ich die Augen zusammen. So viele Blitze! Alle hatten gleichzeitig auf den Auslöser gedrückt.

»Überraschung!!«, riefen sie noch mal, und dann kam Nina mit einer Torte auf mich zu.

Drei Kerzen brannten darauf. Mir schossen vor Freude die Tränen in die Augen.

»Für jeden Monat deiner Reise eine Kerze«, erklärte sie mir. »Wünsch dir was, und puste sie aus.«

Noch so eine tolle Reise durch Europa, fiel mir spontan ein. Ich machte die Augen zu und pustete, so fest ich konnte.

»Jaaaaa!«, jubelten meine Gäste.

Ich ging durchs Wohnzimmer und umarmte alle: Nina, meine Eltern, Lilli und die Leute aus meiner Schulclique, die komplette Foto-AG, Freunde aus meinem Schwimmverein, Nachbarn und zwei Cousinen, die extra gekommen waren.

Mein Vater machte eine Flasche Prosecco auf. Der Korken knallte, es schäumte in den Gläsern.

Nina kam mit zwei vollen Gläsern auf mich zu, gab mir eins davon und zwinkerte mir zu. »Ich dachte, den Prosecco trinken wir lieber hier und nicht im Café.«

»Verstehe«, sagte ich und grinste. »Die Überraschung ist dir voll gelungen. Ich hab nichts mitbekommen.«

»Auf Jasmin!«, rief Lilli laut.

»Auf Jasmin!«, wiederholten alle noch lauter.

Ich prostete meinen Gästen zu und trank viel zu schnell, weil ich so aufgekratzt und glücklich war. Dann sah ich das große Büfett auf dem Couchtisch: Salate, Pizza, Kuchen und Nachspeisen.

»Mama, du hättest dir doch nicht so viel Arbeit …«, fing ich an.

»Hab ich auch nicht«, unterbrach mich meine Mutter lächelnd. »Jeder hat was mitgebracht.«

»Danke!«, rief ich in die Runde und sah mich um. Mein Blick blieb bei Marco hängen. Er hatte seine Kamera dabei und übernahm heute den Job, den ich sonst auf Partys meist machte. Als er den Fotoapparat auf mich richtete und »Cheese!« rief, zerplatzten in meinem Kopf die Sektperlen. In jeder von ihnen tauchte ein Bild auf.

Die Abifete
Marco
Kim
Lenny

Schnell nahm ich Nina beiseite und flüsterte ihr ins Ohr: »Hast du Lenny etwa auch eingeladen?«

»Natürlich nicht. Lass dir ruhig Zeit, bis du ihn triffst.«

Nina hatte recht. Ich atmete tief durch und merkte, dass die Bilder nur ein schwaches Echo von früher gewesen waren. Es tat gar nicht mehr weh, wenn ich an Kim und Lenny dachte.

Marco rief wieder »Cheese!« in meine Richtung, und diesmal konnte ich ganz entspannt grinsen.

Die letzten drei Monate zogen noch einmal wie ein Film an mir vorüber. Ich sah mich im Zug sitzen, durch Europa reisen, fotografieren und zeichnen – und sah das Lächeln auf meinem Gesicht.

Plötzlich war alles klar. Ich schrieb Lenny eine Handynachricht und lud ihn spontan zur Party ein.

Zehn Minuten später stand er vor der Tür und drückte mir eine Schachtel in die Hand. »Karlsbader Oblaten aus Prag.«

»Oh, danke. Lieb von dir. Komm rein.« Ich holte ihm ein Bier und fragte, ob er mit mir auf die Terrasse gehen würde.

»Ja, gerne.« Lenny war ziemlich nervös, wechselte ständig die Bierflasche von einer Hand in die andere.

Auf der Terrasse war es immer noch warm. Vielleicht einer der letzten lauen Sommerabende. Die Mücken surrten. Ich setzte mich auf einen Gartenstuhl. Lenny wollte lieber stehen.

»Stell dir vor, was heute in meinem Briefkasten war!«, sagte er und zog etwas aus seiner Hosentasche.

Die Gartenlampe war nicht besonders hell, aber ich erkannte das zerknitterte Foto sofort. Ein Junge sitzt auf einem Baum, den er gerade hochgeklettert ist. Er ist stolz, dass er es geschafft hat.

»Auf der Rückseite steht, dass jemand meinen Luftballon gefunden hat. Ein Mädchen aus der Schweiz. Hast du den Luftballon abgeschickt?«, wollte Lenny wissen.

Ich nickte. »Ja. Auf dem Wörthersee hab ich ihn mit deinem Foto in den Himmel steigen lassen.«

»Warum?«

Die Frage schwebte in der Sommernacht zwischen uns.

»Weil ... weil ich dich loslassen wollte.«

Lenny schluckte. »Aber das war vor Prag, oder? Jasmin, der Luftballon ist ein Zeichen, dass wir zusammengehören! Dieses Mädchen aus der Schweiz hätte das Foto auch in den nächsten Papierkorb werfen können, aber das hat sie nicht getan. Sie hat sich extra die Mühe gemacht, mir zur schreiben. Als ob sie geahnt hätte, was das für uns bedeutet.«

Lenny stellte die Bierflasche auf den Gartentisch. Er hatte noch keinen einzigen Schluck daraus getrunken.

»Was das für *dich* bedeutet«, murmelte ich.

»Was meinst du damit?«

Ich wollte ihn nicht länger quälen. »Lenny, ich hab viel nachgedacht, über uns und vor allem über mich. Die Reise hat mir so gutgetan. Ich hab zum ersten Mal herausgefunden, wie toll es ist, alleine unterwegs zu sein, meinen eigenen Rhythmus zu spüren. Ich hab mich verändert, Lenny. Ich weiß endlich, was ich will. Fotografieren und Kunst machen und ... leben!«

»Aber das kannst du doch auch, wenn wir zusammen sind!« Lenny gab nicht so schnell auf.

»Ich will aber keine Beziehung. Und ich ...« Vor dem nächsten Satz zögerte ich. Ich wusste, dass ich Lenny damit wehtun würde, aber es ging nicht anders. »Lenny, ich liebe dich nicht mehr.«

Stille.

Sogar die Mücken hörten kurz auf zu surren.

»Bist du dir sicher?«

»Ja.«

Aus dem Wohnzimmer drangen die fröhlichen Stimmen meiner Gäste. Die Mücken surrten wieder, und Lenny räusperte sich. »Ich hätte nicht nach Prag fahren sollen. Ich hätte dich lieber anrufen sollen.«

Ich schüttelte den Kopf. »Das hat damit nichts zu tun. Meine Gefühle haben sich verändert. Es tut mir leid.«

»Mir auch.«

»Ich wünsch dir alles Gute, mit deinem BWL-Studium und überhaupt.« Ich stand auf und spürte, wie eine Riesenlast von mir abfiel.

Lenny nahm seine Bierflasche wieder in die Hand. »Ich geh dann mal besser ...«

»Bleib doch noch ... nur wenn du magst natürlich. Auf der Party sind alle meine Freunde. Ich würde mich so freuen, wenn wir Freunde bleiben.«

»Ja, vielleicht«, sagte Lenny. »Ich denk drüber nach. Aber lass uns lieber ein andermal treffen.« Er wehrte eine Mücke ab, die um sein Ohr surrte. Dann ging er ums Haus herum zum Gartentor.

Europa passte gerade so auf meine Bettdecke. Gut, dass ich auf meinem Interrail-Trip Skandinavien ausgelassen hatte, sonst hätte ich jetzt ein Problem gehabt. Fasziniert betrachtete ich meine Landkarte. Ich hatte die Reisefotos in kleinen Stapeln so verteilt, dass geografisch alles stimmte.

Im Westen Frankreich, an dessen östlicher Grenze die Schweiz, darunter Italien und nordöstlich Österreich. Im umgekehrten Uhrzeigersinn folgten Ungarn, die Slowakei und Tschechien. Weiter oben im Norden Polen und Litauen, ein Schlenker zurück nach Polen und schließlich wieder in den Westen, nach Deutschland.

So viele Erinnerungen steckten in diesen Fotos! Nicht alle waren perfekt geworden, einige würde ich aussortieren. Doch die meisten fand ich richtig gut. Und was sollte ich jetzt damit machen?

Als Erstes ein Fotobuch. Für mich selbst und als Download für all die Menschen, die ich auf meiner Reise kennengelernt hatte und die so gastfreundlich zu mir gewesen waren. Mit meinen Fotos konnte ich noch mal Danke sagen.

Und dann hatte ich einen neuen, großen Traum: Ich wollte eine Kunstmappe zusammenstellen und mich an der Kunstakademie bewerben!

Ich fing an zu sortieren, legte ein paar Fotos auf meinem Schreibtisch ab und stieß dabei auf den Umschlag, den ich auf meiner Reise die ganze Zeit dabeigehabt hatte. Ein Foto war noch drin. In Litauen hatte ich vergessen, das letzte Foto von Lenny zurückzulassen.

Nachdenklich hielt ich es in meinen Händen. Lenny stand am Main in Frankfurt und blickte auf ein Ausflugsschiff. Er hatte mir halb den Rücken zugekehrt und wirkte irgendwie verträumt. Die Aufnahme gefiel mir.

Sollte ich mich von dem Foto auch noch trennen? Nein! Ich würde es behalten. Lenny gehörte zu meinem Leben. Und ich erinnerte mich gern an ihn, an unsere schöne, gemeinsame Zeit.

Dann holte ich meine Zeichenmappe heraus. Was gehörte eigentlich in meinen Rucksack? Was machte mich glücklich?

Ich zeichnete drauflos.

Meine Kamera, Zeichenstifte, Papier, Alex, ein Bikini, das Lied, das Vito für mich gesungen hatte, Schokolade, Ninas Freundschaft, meine Familie.

Am Schluss wurden meine Sachen immer größer: ein Fluss, die Ostsee, Europa, die Erde und das Universum mit all seinen Wundern.